나의 사적인 학교

(My private school)

나의 사적인 학교

My private school

이상훈 지음

"누구나 아는 이야기지만,
아무도 하지 않은 학교 이야기"

교사를 준비하는 학생들에게는 교직의 현실을, 학부모들에게는
교직의 이해를, 현장의 교사들에게는 공감을 선물하고 싶다.

한국
교사학회
인증도서

좋은땅

프롤로그
나의 사적인 학교(My private school)

교사가 절대 선(絕對善)은 아니다.

대한민국에는 아픈 교사와 나쁜 교사가 너무나 많다. 그리고 그 공감 능력이 없는 아픈 교사와 나쁜 교사들 때문에 학생들도, 학부모도, 주변 교사들도 많은 고통을 겪는다.

내가 쓰는 이 글은 모두 나의 경험이라고 말할 수는 없다. 약간의 경험과 상상이 합쳐진 산물이다. 혹시 이 글에서 현실에 존재했던 사건이나 유사한 인물이 등장한다면 그건 우연의 일치다. 특히 PART 3부터는 일상의 학교에 상상의 사건을 더한 것이다. 그러니 이 글의 장르는 소설이며, 독자가 이 책을 에세이로 느낀다면 그건 1인칭 시점이기 때문이라고 말하고 싶다. 그리고 아주 나중에 기회가 된다면 내가 이렇게 쓸 수밖에 없는 이유에 대해 진솔하게 털어놓고 싶다.

나는 아주 어릴 적부터 교사가 되고 싶었다. 좋은 선생님이 되고 싶었다. 학생에게도, 학부모에게도, 동료 교사들에게도 말이다. 직업으로서의 교사는 만족스러우나 교직 문화는 늘 불만이었다.

정신적으로 아픈 교사들을 보면, 또 괴물로 변한 교사들을 보면, 그들에게는 치료가 시급하다는 것을 느낀다. 그러나 우리 사회는 교사에게 거대한 사회적 책임만을 강조해 오고 있다.

나를 가르쳐 주셨던 수많은 교사들을 보며, 나는 교사의 꿈을 꾸었다. 아이러니하게 저런 교사가 되지 않기 위해서 교사의 꿈을 꾸게 된 것이다.

수많은 반면교사(反面教師)를 통해 나는 선생님이 되어 가고 있었다.

교사에 대한 기사의 댓글들을 보면, 어느 하나 좋은 게 없다. 그건 댓글을 쓴 사람들이 좋은 선생님을 만나지 못했기 때문이다. 자신에게 사랑을 가르쳤던, 희망을 갖게 했던, 꿈을 키우게 했던 교사를 만나면서 학창 시절을 보냈다면, 교사에 대한 혐오와 저주의 댓글까지는 나오지 않았을 것이다.

사람들은 교직을 부러워하면서도 분노의 대상으로 삼고 있다. 심지어 교사가 방학 때 신청하는 41조 연수[1]도 문제 삼는 시대가 되었다. 사람들은 선생님들이 방학 때 쉬는 게 싫은 거다. 나는 사람들이 그러는 것에 대해 충분히 이해가 간다. 교사에 대한 좋은 경험을 갖지 못한 사람들이 교사들을 존경할 이유는 없는 것이다. 너무 당연한 결과다.

---

1 교육공무원법 제41조(연수기관 및 근무장소 외에서의 연수) 교원은 수업에 지장을 주지 아니하는 범위에서 소속 기관의 장의 승인을 받아 연수기관이나 근무장소 외의 시설 또는 장소에서 연수를 받을 수 있다.

그러기에 나는 아픈 교사는 빨리 쉬라고 하고 싶다. 그게 정신적이든 육체적이든…. 특히 공감 능력이 없는 정신적으로 아픈 교사들은 학생들과 동료 교사들에게 너무 위험한 존재다.

우리가 아픈 의사에게 치료를 맡기지 않듯, 아픈 교사에게 교육을 맡겨서는 안 될 일이다.

나의 이 사적인 학교에 대한 경험과 상상의 글이 교사를 준비하는 학생들에게는 교직의 현실을, 학부모들에게는 교직의 이해를, 현장의 교사들에게는 공감을 선물하고 싶다.

나는 교직을 사랑한다. 나에게 딱 맞은 천직이다. 그러나 이 글은 교직에 대한 환멸 그리고, 그로 인한 트라우마 때문에 쓰게 되었다.

‖ 목차 ‖

PART 1

학교 = 교사

제1장

서울특별시 A 국민학교

— 어린 국민을 병들게 하는 국민학교 선생들

1. 1982년 1학년 1반 폭력 교실 최×× 선생

— 당신은 이미 오래전에 죽었습니다

늘 일에 바쁘셨던 부모님 덕분에 예비 입학 1주일 동안 나는 고모나 이웃 아주머니의 도움으로 등교와 하교를 했다. 당시에는 국민학교(현재 초등학교) 정식 입학 전 예비 입학이라는 것이 있었다. 예비 입학 기간 1주일 동안 1학년 아이들은 교실로 가지 않고 아침 9시부터 운동장에 모여서 노래나 무용 등을 배우고 점심 먹기 전에 각자 집으로 갔는데, 학교를 너무 다니고 싶었던 나에게는 즐거운 일이 아닐 수 없었다.

그러나 아침 9시부터 11시 정도까지 3시간 이상 운동장에 8살도 안 된 아이들을 한 줄로 세우고, 노래와 무용을 따라 하라고 하니, 벌써 지쳐버리는 아이들이 많았다. 몇몇은 땅에 앉아 돌이나 막대기로 그림을 그리거나 했고, 또 몇몇은 아예 운동장 한편에 계신 부모님 곁에서 계속 있었다.

나의 1학년 담임선생님은 키가 큰 50대 중반의 남자 선생님이었는데, 늘 온화하게 아이들을 대했다. 바닥에 앉아 있는 어린이는 손을 잡아 일으켜 주기도 했으며, 부모님 옆에 서 있는 아이들은 손을 잡아 대열 속으로 넣으면서 부모님들과 웃으며 얘기를 주고받았다.

별 대수롭지도 않은 이 장면이 아직도 떠오르는 것은 여전히 이름도 또렷하게 기억나는 그 담임선생님의 온화했던 모습이 내가 정식 입학을 한 후에는 180도 달라졌기 때문이다.

월요일 아침이면 전교 6개 학년 전체가 드넓은 운동장에 모였다. 당시 나의 누나는 4학년, 형은 6학년이어서 애국 조회[2] 시간이 되면 나는 형과 누나를 찾았으나 먼지가 뽀얀 운동장에서 형과 누나를 만나기는 어려웠다. 교장선생님은 전교생이 모이면 교훈을 크게 외치라고 했는데, 그 교훈이 '성실하고 슬기롭고 애국하는 어린이'였다.

3월 초 월요일 아침은 아직 추위가 가시지 않았으며, 교실도 추운데 운동장으로 나갈 때마다 나는 집의 아랫목이 늘 그리웠다. 예비 입학 때 그랬던 것처럼 운동장 조회 때 1학년 아이들은 바닥에 앉기도 하고, 몸을 꼬기도 했는데 그런 행동은 더 이상 안 된다는 것을 나는 직감했다. 애국 조회 시간에 온화한 담임선생님이었던 최 선생은 둘째 줄에 앉아 있는 아이를 발로 세게 차 버렸다. 아이는 본능적으로 바로 섰고, 뒤편에서 보고 있던 나도 갑작스럽게 차가워진 운동장 공기를 느꼈다. 최 선생

---

2   1980년대 당시 운동장 조회를 애국(愛國) 조회라 불렀다.

은 그 아이를 시작으로 뒤로 성큼성큼 걸어왔으며 그때마다 우리는 '앞으로 나란히' 간격을 맞추느라 정신없었다. 몇몇은 뺨을 맞기 시작했고, 나에게 다가온 최 선생은 자기 발로 내 발을 한 번 차고 지나갔다. 나는 다행이라고 생각했지만, 갑자기 최 선생이 너무 무서웠다. 두려움으로 가득한 나는 조회가 끝나고 교실로 빨리 달려갔다. 교실로 돌아온 아이들은 아까 일들을 까먹었는지 교실에서 뛰거나 돌아다니거나 했다.

담임선생님이 교실에 오지 않은 상황이었지만, 나는 계속해서 두려움에 떨고 있었다.

잠시 후 담임선생님이 온 뒤에 뛰거나 돌아다니던 정신없던 그 아이들은 계속해서 뺨을 맞기도 발로 차이기도, 심지어 긴 막대기로 맞기도 했다. 일제강점기 순사가 약한 조선인들을 때리듯 피도 눈물도 없는 폭행은 한 10분간 계속되었던 것으로 기억된다.

순간 교실은 얼어 버렸고, 뒤쪽에서 우는 어린이도 보였다. 이후 최 선생은 자주 아이들을 때렸고, 폭력은 일상이 되었다.

이제 학교는 더 이상 즐거움의 공간이 아니었고, 나는 그때부터 교실에 앉으면 우울했으며 빨리 집에 가고 싶은 마음뿐이었다. 그러나 떠들거나 뛰지 않고, 숙제만 하면 최 선생에게 맞지는 않는다는 걸 깨달은 나는 폭력을 직접 당하는 일이 없어 며칠간은 안도할 수 있었다.

그러나 그 안도는 그리 길지 않았다.

최 선생은 책에 있는 내용을 공책에 그대로 베껴 쓰는 것을 자주 시켰는데, 나는 여느 때와 마찬가지로 조용히 글씨를 쓰고 있었다. 그런데 갑자기 내 머리에 강한 충격이 느껴졌다.

아직도 또렷이 기억난다. 나는 무슨 폭탄이 터진 줄 알았다. 머리에서 에밀레 종소리가 났다. 나도 모르게 으악 하고 소리를 질렀으며, 소리와 동시에 눈물도 났다.

피라도 난 줄 알았지만, 그 정도는 아니었고 혹이 난 것은 확실했다. 그리고 나를 때린 인간은 다름 아닌 최 선생이었다. 선생은 내가 ㅇ(이응)을 오른쪽에서 왼쪽 방향으로 쓰는 것을 뒤에서 보고 있다가 가격한 것이다. 명백한 폭력이었다.

그러면서 "이응을 똑바로 써."라고 말하고 앞쪽으로 가 버렸다. 난 그날 처음으로 누구에게 맞아 보았다. 40년이 지난 지금도 그날이 기억나는 건 선생이 어린 학생을 이렇게 세게 때릴 수도 있다는 걸 처음 알게 된 날이었기 때문일 것이다.

1학년 생활은 너무나 길게 느껴졌다. 매일 맞는 애들이 발생했으니 수업 시간도 쉬는 시간도 너무 무서웠다. 최 선생은 주임 선생님이라는 이유로 자리를 자주 비워서 교실에서 수업이 제대로 이루어지지는 않았던 것으로 기억된다.

당시에는 수업 중에도 어머니들이 교실로 찾아오셨는데, 그때마다 최 선생은 반 전체 아이들에게 국어책을 보고 무언가를 베껴 쓰라고 시키고, 자기는 어머니와 온화한 표정으로 대화를 나누고 있었다. 그러다가 그 어머니의 자녀를 다정하게 "ㅇㅇ야. 이리 오렴."라고 불러 어머니와 선생님과 아이가 교탁 옆에 그림처럼 나란히 앉아서 웃으며 얘기를 했었다.

어머니가 가시면 최 선생은 복도로 따라 나가서 인사를 하곤 했는데, 교실로 들어와서는 꼭 양복 속주머니를 체크했다. 나는 그게 촌지라는 것을 시간이 조금 지나서야 알았다.

　그렇게 어머니들은 일주일에 두세 번씩은 찾아왔고, 그때마다 반 아이들에게 요구르트 등을 돌리기도 했는데, 나는 어머니들이 찾아와 주는 게 너무 좋았다. 우리 엄마도 한번 오셨으면 하는 마음이 들기도 했다. 어머니가 찾아온 어린이는 이후 어린 나도 알 수 있게 최 선생의 사랑을 받았고, 어머니가 찾아온 적이 없는 어린이는 차별을 받았다. 이를테면 바지에 소변을 보는 실수가 있을 때 어머니가 찾아온 적이 있는 아이는 너무나 친절하게 집으로 보냈으나, 어머니가 찾아온 적이 없는 아이에게는 소리를 지르면서 나가라고 했다.

　1982년의 학교는 병원, 은행, 재활용 분리소, 쌀 수거 기관, 국군 위문 기관 등 정말 다양한 역할을 했다. 자세히 기억은 안 나지만, 무슨 주사를 모두 맞아야 하는데, 감기에 걸리거나 질병이 있는 어린이는 안 맞아도 되었다. 나는 주사 맞는 날 아침 여러 번 기침을 했다. 그리고 유달리 그날 아침 아픈 척하는 아이들이 많이 있었다. 주사를 맞으러 번호대로 나와야 하고, 간호사 같은 분이 간단하게 문진 같은 걸 했는데 생년월일이 빨랐던 나는 처음으로 불려 갔다.

　최 선생이 감기 걸렸냐고 나에게 물었을 때, 나는 "네. 아침부터 기침을 했습니다."라고 해맑게 대답했는데 동시에 뺨이 얼얼해 졌다. 최 선생은 내가 주사를 안 맞으려 거짓말을 한다고 생각해서 내 뺨을 후려친 것이다. 그날 내가 감기에 진짜 걸린 것인지 아니면 주사를 맞기 싫어서 그랬는지는 명확히 기억나지는 않지만, 뺨을 맞은 것은 명확히 기억이 난다.

　1학년의 기억이 아직도 선명한 건, 처음 학교로 들어간 코흘리개인 나에게 학교는 커다란 좌절과 상처를 겪게 해 준 공간이었고, 교사가 두렵다는 생각을 처음으로 했기 때문이다. 물론 지금 최 선생은 죽었겠지만, 1982년 우리 반 40여 명의 마음속에서 최 선생은 이미 여러 번 죽었을 것이다. 물리적 죽음이 아니겠지만, 어린 학생들의 마음속에서 최 선생은 1982년에 이미 죽은 상태인 것이다. 정말 끔찍한 건 최 선생이 몇 년 후 KBS 〈사랑방 중계〉(당시 텔레비전 프로그램)에 아이들과 연을 날리는 인자한 선생님으로 출연한 것이다. 나는 '세상은 저렇게 악한 괴물도 천사처럼 볼 수도 있구나' 생각하며 토요일 밤을 보냈던 기억이 난다.

2. 2학년 4반 예수쟁이 문×× 선생
— '너나 잘하세요'

2학년이 되어서 나는 처음으로 학교에 즐거운 마음으로 다닐 수 있었다. 나는 1학년 때 최 선생의 폭력에서 벗어나니 발표도 자신 있게 할 수 있었고, 학급에서 부반장도 되었다.

여전히 나의 엄마는 바쁘셨고, 반장과 부반장 엄마들이 학교를 번갈아 가며 찾아오실 때 우리 엄마는 못 오셨다. 나는 별 대수롭지 않게 생각했으나 학교에 학부모 연수 같은 게 있는 날이면 반장, 부반장 엄마는 의무적으로 와야 했던 것 같다.

그때는, 1980년대는 엄마들이 일하던 시대였나 보다. 많은 엄마들이 학부모 연수에 오지 못했는데, 그때마다 문 선생은 집에 전화 걸어 보라고 했다. 집에 걸어 봤자 아무도 없는데, 왜 전화 걸라고 하는 것인지…. 학교 정문 옆 공중전화로 가 보니 나 같은 애들이 길게 줄을 서 있었다. 난 전화도 걸지도 않은 채 교실로 돌아가 엄마가 집에 안 계시다고 하니 문 선생은 "너는 책임감이 없는 아이야."라고 하며 미간을 좁혔다.

2학년 때 가장 기억에 남는 건 조별 수업이었다. 문 선생은 무조건 조를 편성하여 수업을 했는데, 우리는 6명 정도씩 책상을 붙여서 앉아 조별로 대답하기도 했고, 게임도 하고 했다.

잘하는 조에는 교실 뒤편 조별 현황판에 문 선생이 스티커를 직접 붙여 주었다. 문 선생도 마찬가지로 아이들을 차별을 하긴 했으나 폭력 교실의 최 선생보다는 훨씬 괜찮아 보였다. 나는 우리 조의 조장이었는데,

우리 조는 다른 조보다 늘 월등하게 대답도 잘하고 숙제도 잘해 왔다.

혹시 숙제가 제대로 안 된 아이들을 위해 아침에 내가 대신 숙제를 해 주기도 했다. 덕분에 우리 조는 조별 스티커 순위에서 부동의 1위를 유지했었다.

그 일이 있기 전까지….

문 선생은 수업을 즐겁게 진행했고 아이들의 대답도 잘 이끌어 냈다. 그런데 언제부터인가 갑자기 나를 엄청 싫어하는 것이 느껴졌는데, 그게 그 이유일 줄은 몰랐다.

문 선생은 2학기 정도 토요일 수업에 아이들에게 일요일에 할 숙제를 하나 내줬는데, 그것은 일요일에 교회를 다녀오라는 것이었다. 조원 모두 교회를 다녀오면 월요일에 스티커를 하나 붙여 준다는 것이었다. 교회를 다녀왔다는 증거로 교회 '주보'를 가져오라고 했다.

당시 나는 성당에 다녔고, 문 선생에게 "선생님, 성당 주보도 되나요?"라고 물었는데 대답을 하지 않았다. 못 들은 줄 알고, "선생님, 성당 주보도 되나요?"라고 되물었을 때, 문 선생은 우리 엄마가 학부모 연수에 참석하지 않은 날처럼 미간을 계속해서 좁혔다.

이후 나는 미술 시간에 뭘 그려도 뭘 만들어도 문 선생의 핀잔을 받았고, 노래를 불러도 음이 틀렸다는 등 아이들 앞에서 되게 잘못한 학생처럼 취급받았다. 당연히 우리 조의 스티커 개수는 교회 사건 이후 더 이상 늘어나지 않았다.

문 선생은 일요일에 교회를 가지 않은 학생이 한 명이라도 있으면 월요일 아침부터 화를 냈으며, 그 화가 싫어 몇몇 아이들은 교회에 다녀왔다고 거짓말을 했다. 그 거짓말은 다른 아이들의 신고로 금방 드러났으나, 거짓말을 한 아이들은 다른 교회에 다녀왔다는 등 꼬리에 꼬리를 무는 거짓말이 이어졌다.

월요일 아침이면 아이들은 취조를 기다리는 죄인이 되어 갔다. 일요일에 교회에 간 아이들은 교회에 안 간 아이들을 고발하는 일로 월요일을 시작했고, 교회에 안 간 아이들은 월요일 아침마다 긴장하기도 했다.

문 선생은 간식을 먹을 때도 기도했으며, 아이들에게 기도하면 무엇이든지 된다는 믿음을 심어 주기 시작했다. 그리고 다른 종교를 믿지 말고 하나님을 믿으라고 대놓고 강조하기도 했다.

하지만, 나는 여전히 교회에 나가지 않았고 그게 박해 비슷하게 나를 괴롭혔으나 시간은 금방 흘러 예수쟁이 문 선생과도 헤어졌다.

3. 3학년 8반 평범한 홍××선생님
— 평범해서 좋은 선생님

홍×× 선생님은 아이들을 때리시지도 않으셨고, 욕을 하거나 종교를 강요하지도 않으신 그냥 '평범'하셨다. 그냥 평범한 분인데도 당시 나는 홍 선생님이 되게 존경스러웠다. 나를 특별히 예뻐하지도 않으셨는데 말이다. 그 정도로 평범한 선생님을 찾기가 너무 힘든 시대였다. 그때는.

교사는 평범한 정도면 된다. 그 이상도 그 이하도 될 필요는 없다.

4. 4학년 1반 지독한 우울증환자 양×× 선생
— 당신은 환자입니다

4학년이 된 나는 운 좋게도 1학기에 반장에 임명되었다. 2, 3학년 때는 부반장만 했는데, 나서기 좋아한 나는 1학기 때부터 반장 후보로 나갔다. 많은 아이들의 지지를 받아 당당하게 반장이 된 나에게 양 선생은 차돌같이 똘똘한 반장이라고 칭찬을 아끼지 않았다. 그 시기 아이들이 선생님들 칭찬에 얼마나 영향을 받는지 정작 선생님들은 알지 못할 것이다. 그런 작은 칭찬이 어린 학생들에게는 밥이며, 반찬이며, 영양제인 것이다. 어린 학생들에게 힘을 주는 원동력인 셈이다.

양 선생은 외모가 가수 이선희 스타일이었는데, 결혼을 하기 전이라 그런지 그동안 내가 만난 담임 중에 가장 젊었으며, 수업도 엄청 재미있게 했다. 그런데 가끔 소리를 지르거나 화를 낸 적이 있는데, 나는 이미 1학년 때 충분히 면역력이 길러져 별로 동요하지는 않았다.

양 선생은 어느 날 아침 수업 시작종이 울렸음에도 불구하고, 교탁 옆 자기 자리에서 일어나질 않았다. 보통 종이 치고, 담임선생님의 수업이 시작되는데 그날은 아예 자기 자리에서 일어나지 않고, 벽 어딘가를 응시하고 있었다. 아이들은 처음에는 엄청 떠들다가 선생님이 한동안 가만히 앉아 있으니 이상했는지 조용해졌다. 간혹 속닥거리는 소리만 교실을 감싸고 있었다.

나는 그런 담임선생님을 보니, 답답하기도 했고 무슨 일인가 하고 양 선생을 계속 쳐다보았다. 그런데 양 선생은 이번에는 책상 아래만 보았고, 급기야는 울기 시작했다.

소리도 없이 눈물만 떨어지는 그런 울음이었다. 아이들은 이게 무슨 일인가 했으나 양 선생은 아무 말 없이 거의 한 시간을 울었다.

그게 3월 중순의 일이었는데, 이게 시작이었다. 양 선생은 6학년 담임인 어떤 남자 선생님과 결혼을 준비하는 중이었는데, 그 남자 선생님이 쉬는 시간에 우리 교실에 매일 찾아오는 것으로 우리는 둘의 결혼을 예상할 수 있었다. 언젠가 토요일에는 양 선생이 나에게 쪽지를 주며, 학교 앞 다방에 가서 그 쪽지를 6학년 남자 선생님께 전달하라고도 했다. 임 부반장과 나는 다방에 가는 길에 그 쪽지를 열어 보았는데, 대충 "더 이상 우리는 만날 수 없다. 그러니 연락하지 마라." 뭐 이런 내용이었다.

우리는 그 쪽지를 다시 접어 다방으로 들어갔는데 그 남자 선생님은 없었다. 별의별 심부름을 다 시킨다고 생각하며 양 선생에게 6학년 남자 선생님이 거기 없어서 쪽지를 못 전해 줬다고 했다. 월요일 아침 그 남자 선생은 우리 교실로 화가 난 얼굴로 찾아왔는데, 양 선생은 고개를 숙인 채 복도에서 그 남선생과 무슨 얘기를 나누었다. 그 남자 선생은 교실 문을 벌컥 열더니 나에게 쪽지를 왜 전달하지 않았냐며 화를 내며 핀잔을 주었는데, 나는 긴장하며 "선생님이 안 계셨던 것 같습니다."라고 떨면서 대답했다.

이후 양 선생은 체육 시간에 운동장에서 울기도 하고, 음악 시간에 교실에서 울기도 했다. 나는 결혼이 저렇게 싫은가라고 대수롭지 않게 생각했다. 그런데 양 선생은 실컷 울고 난 그다음 시간에는 꼭 애들을 많이 혼냈다. 특히 반장인 나에게 반장 역할을 못 한다면서 분풀이를 했다.

학급 회의를 진행하고 있는 나에게 반장답지 못하다는 둥, 떠드는 아이들 칠판에 이름 적지 않는다고 반장 역할 못 한다는 둥, 무슨 일만 하면 나에게 뭐라고 했다. 그리고 나 대신 우리 반에서 제일 덩치가 큰 박 군에게 반장의 역할을 맡겼다. 박 군은 공부는 못했지만, 양 선생이 반장 역할을 하라고 하니 너무 좋아했다. 나는 차라리 매일 혼나느니 조용히 공부나 하련다 하고 생각했고, 반장 역할을 빼앗긴 걸 오히려 잘된 일이라 생각했다.

양 선생은 거의 매일 계속 울어 댔는데, 특히 체육 시간에 모처럼 애들이 운동장에 나가서 즐겁게 놀고 있으면 갑자기 '차렷, 열중쉬어, 교실로 들어가' 이렇게 말하곤 했다. 난 적당히 포기했다. 2학기에는 반장이든, 부반장이든 아무것도 하지 않은 채 학교생활을 했다.

그해 가을 결국 양 선생은 그 남자 선생과 결혼을 했고, 속도 없는 나는 그 결혼식에 참석했다. 선물까지 들고 말이다. 어쨌든 양 선생은 지금 생각해 보면 전형적인 지독한 우울증 환자였다. 그리고 그 증세는 어린아이들을 충분히 오염시키고도 남았다.

그녀는 학교보다 병원에 있어야 했다. 왜냐하면, 4학년 국민학생들의 행복해야 할 기억을 잿빛으로 만들어 버렸기 때문이다.

5. 1986년, 이상한 교장이 오다
— 선생 중 최고로 이상한 사람이 교장이 되는가?

아마 1986년, 그때쯤이었을 것이다. 이번에 새로 온 교장의 이름은 점득이었다. 어린 우리는 점득이, 점득이라고 불러 댔다. 그 교장은 월요일의 애국 조회 때 뭐가 그렇게 화가 났는지 조회 때마다 화를 냈고, 지루한 얘기들을 쏟아 냈다.

어느 날 애국 조회 때 점득이는 내일부터 모든 학생은 교문을 통과한 뒤 무조건 운동장을 두 바퀴 돌고 교실로 들어가라고 명령했다. 나는 속으로 '웃기고 있네. 점득이가 미쳤나?' 하고 코웃음만 쳤다. 그런데 다음 날 교장실에서 창밖을 보고 있던 점득이는 운동장을 돌지 않는 몇몇 아이들을 교장실로 불렀다. 그리고 아이들만 부르는 게 아니라 담임선생님들도 불러냈다. 담임선생님들 앞에서 아이들은 혼이 났고, 교장은 아이들을 혼내려는 목적이 아니라 담임선생님들을 혼내려고 하는 것처럼 보였다. 우리는 그 이후로 운동장에서 친구 이름을 크게 불러도 점득이에게 혼이 났고, 뛰어가도 혼이 났다. 그냥 점득이 눈에 띄면 점득이가 수첩에 학생들 이름을 적었는데, 이름이 적히면 담임선생님에게 통보되었지만, 선생님들은 크게 혼내지는 않았다. 또 점득이는 일주일에 한 번씩 글짓기를 하라고 전교 학생들에게 숙제를 냈는데, 그 숙제를 매번 까먹지 않고 아이들에게 알리는 선생님은 별로 없었다. 그런데 어느 날 각 반 반장들에게 글짓기한 원고지 가지고 교장실로 오라는 방송이 나왔는데, 선생님들은 갑자기 여러 명의 아이들에게 원고지를 나누어 주고, 한 편씩 쓰게 한 뒤 그 원고지를 반장에게 주라고 했다.

반장은 그걸 들고 자기가 쓴 것 마냥 교장실로 가져갔다. 점득이는 반장들의 글짓기를 일일이 검사하다가 글씨체가 다르다며 반장들을 엄청 혼냈다. 담임선생님들은 혼이 난 반장들을 위로하며, 괜찮다고 했다.

또 학교에 돌 미끄럼이 있었는데, 점득이는 그걸 타지 말라고 했다. 철로 된 차가운 미끄럼틀이 아닌 커다란 돌 미끄럼틀이라 아이들이 좋아했는데, 각 반 담임선생님들이 그걸 타지 말라고 조회나 종례 시간에 매번 강조했다. 나는 그 이유를 알 수 없었다. 그냥 애들이 웃으며 떠드는 게 점득이는 싫었던 것 같다.

지금 생각해 보면 점득이도 사실 정신적으로 많이 아팠던 게 아닌가 싶다. 당시 여러 명의 선생님들은 교장이랍시고 이해가 안 되는 저런 짓을 하는 점득이를 보는 게 고역이었을 것 같기도 하다. 점심 식사 후 선생님들이 삼삼오오 모여 교실에서 커피를 마실 때 다른 아이들은 놀고 떠들었지만, 나는 선생님들이 무슨 말씀하시나 들어 보았는데, 늘 점득이 어쩌고 점득이 어쩌고 했다.

우리처럼 선생님들도 점득이가 참 싫었나 보다.

6. 5학년 4반, 6학년 9반 길×× 선생
— 촌지(寸志), 그 놀라운 힘

5학년과 6학년의 기억은 겹친다. 그도 그럴 것이 담임선생이 같은 사람이어서. 졸업한 지 30년이 훨씬 지난 지금 솔직히 5학년과 6학년의 학교생활이나 친구들이 명확히 구분되어 기억되지는 않는다. 그냥 5학년 때가 6학년 때인 것 같고, 6학년 때가 5학년 때인 것 같다.

그럼에도 길 선생의 기억은 생생한데, 길 선생은 무엇이든 받는 걸 좋아했던 것 같다. 그걸 알아서 그런지 아이들은 길 선생에게 여러 가지 선물을 했다.

우리 엄마와 비슷한 또래의 통통한 아주머니였던 길 선생은 나에게 자기 집 은행 심부름을 많이 시켰던 것으로 기억된다. 그런데 나는 그게 나쁘지 않았다. 길 선생은 아무한테나 심부름을 시키지는 않으니까 말이다.

어느 날 옆 반 담임이 우리 반 반장과 부반장인 나를 불러 내일이 담임선생님 생일이니 아이들에게 전달하라는 것이다. 나는 선생님 말씀은 금과옥조라고 생각하고, 아이들에게 내일 선생님 생일이니까 선물을 준비하라는 취지로 반에 돌아가서 말했다.

나도 집에 가서 엄마한테 선생님 생일이니까 3천 원만 달라고 했다. 5살 많은 우리 형이 무슨 담임선생 생일까지 챙기냐? 아부하냐? 이렇게 얘기했는데, 형은 원래 좀 나를 비판적으로 보는 유일한 사람이어서 그 말을 대수롭지 않게 여겼다.

나는 저녁 늦도록 약수동 시장을 아이들과 길 선생 선물을 사러 돌아다녔다.

결국 3천 원으로는 마땅히 살 게 없어 나는 편지만 써서 길 선생에게 전달했다.

우리 반에는 경옥이라는 애가 있었는데, 학교에 경옥이 엄마나 아빠 대신 늘 할머니가 왔다. 얘는 길 선생 생일에 선물을 거창하게 준비했던 것으로 기억된다. 과일도 싸 오고, 선물도 사 오고, 모처럼 길 선생은 환하게 웃었다.

우리는 그 장면을 보고, 길 선생보다는 경옥이를 싫어하기 시작했다. 한동안 길 선생은 너무 티 나게 경옥이를 칭찬하곤 했다. 예를 들어 음악 시간에 〈해당화가 곱게 핀 바닷가에서〉 이 노래로 실기시험을 봤을 때 다른 애들이 아무리 노래를 잘해도 칭찬을 안 하다가 완전 가성으로 이상하게 부르는 경옥의 노래가 끝나자 "그래, 저렇게 불러야 되는 거야." 라며 말도 안 되는 칭찬을 했다. 그러자 경옥이 뒷번호 애들은 다들 가성으로 "해당화가 곱게 핀 바닷가에서 나 홀로 걷노라면 수평선 멀리……" 라고 괴기스럽게 불러 댔다.

나는 지금도 〈해당화가 곱게 핀 바닷가에서〉라는 노래가 너무 무섭다.

이것 말고도 미술 시간에 찰흙으로 작품을 만들면, 경옥이 작품은 교실 앞에 전시하게 해 주었고, 아무리 잘 만들었어도 다른 애들은 청소 도구함 옆 한편에 전시하게 했다. 미술 시간은 진짜 가관이었는데, 경옥이는 지금 생각해도 추상화 같은 거를 그려 댔다. 미술 시간에는 자기가 그린 그림을 들고 교탁 앞에 서면 아이들이 작품의 장단점을 평가하곤 했었다. 말썽꾸러기 동철이는 "경옥이 그림은 걸레 같아요." 이렇게 말해서 우리 모두를 웃겼는데, 길 선생은 저건 "경옥이 작품의 특성이야. 화가 고갱 느낌 나지 않니?"라고 변호까지 해 주었다.

그때 우리는 고갱이 누군지도 잘 몰랐다.

그런 날들이 계속될수록 우리는 길 선생보다 경옥이를 미워했다. 심지어 길 선생이 경옥이에게 중간고사 답을 가르쳐 주었다는 소문이 교실에 퍼지기까지 했다. 이 소문은 길 선생 귀에까지 들어가 길 선생은 불같이 화를 내면서 소문의 진원을 밝히고자 했다. 그러나 그건 누가 시작하지 않아도 우리 반 누구든 그렇게 생각했던 상황이라 난 누가 소문을 시작했는지 궁금하지도 않았다.

우리는 경옥이를 '아부쟁이', '네. 네. 굽신굽신.' 이렇게 불렀는데 눈치 빠른 경옥이는 놀리는 우리를 보고 소리를 질렀다. 복도에서 옆 반 담임교사와 수다를 떨던 길 선생은 깜짝 놀라 교실로 들어왔고, 경옥이는 울면서 길 선생에게 "선생님, 애들이 자꾸 저 놀려요."라고 하니 길 선생은 경옥이를 복도로 조용히 불러냈다.

다른 학생들은 교실에서 아무리 울면서 일러도 그 자리에서 이유를 묻고 해결하는 평소 길 선생과는 완전 달랐다. 복도에서 길 선생과 경옥이가 무슨 말을 했는지는 잘 모르겠다. 아마 자기를 놀리던 아이들에 대한 고자질이었겠지.

앞문을 세차게 열던 길 선생은 경옥이를 한 번이라도 놀린 학생은 다 일어나라고 했다. 한 번이라도…. 남자아이들은 거의 다 일어났고, 우리는 일어난 채로 엄청 혼났다. 나는 솔직히 경옥이를 놀린 적이 거의 없었으나 '한 번이라도'라는 말에 한 번쯤은 놀렸겠지 하고 일어난 것이다.

5, 6학년 생활은 다소 아쉽게 끝이 났던 것으로 기억된다.

친구들과 많이 어울리기도 했고, 유달리 나는 집보다는 밖에서 많이 놀았다. 공부도 잘해서 그런지 나는 자존감도 자존심도 하늘을 찌르는 국민학생으로 살아가고 있었다. 그리고 모든 일은 내 뜻대로 풀린다고 생각했고, 선생들은 다 마음에 들지 않는 사람들이라 생각했다.

(1) 다시 만난 길×× 선생

길 선생을 내가 교사가 된 뒤 내 나이 36세에 연락이 닿아 만나게 되었다. 졸업하고 23년 정도가 지나서였다. 전화 통화를 한 번 했는데, 나를 아주 또렷하게 기억했다. 나에게는 고마운 일었다. 나는 6학년 9반이었던 동창들에게 길 선생 만나러 가자고 했더니 다들 고개를 저었다. 만나고 싶지 않다고 했다. 나도 사실 존경의 마음으로 만나는 것은 아니었다.

길 선생은 내가 엄청 똑똑해서 사회적으로 엄청 높은 사람이 되었을 것이라고 상상했다고 했다. 내가 교사가 된 것도 되게 자랑스러워해 주었다. 그런 분위기에서 길 선생과 이런저런 이야기들을 했다.

나는 길 선생의 가족관계도 잘 알고 있었다. 아들 둘이 있었고, 남편분은 교수였다. 길 선생이 강남구 개포동 쪽 아파트에서 살았던 것도 기억난다고 했더니, 길 선생은 "너는 별걸 다 기억하는구나. 넌 기억력도 좋다."라고 칭찬해 주었다. 갑자기 나는 국민학생이 되어 버린 기분이었다. 함께 식사를 하며 이런저런 이야기를 나누었다. 동철이 얘기, 삼길이 얘기 등 6학년 때 굵직굵직했던 사건들에 대해 얘기했다. 길 선생은 아직다 기억하고 있다며, 나중에 동창회 하면 본인을 불러 달라고 했다.

나는 길 선생에게 가장 궁금한 경옥이 얘기를 물었는데, 길 선생은 경옥이 이름조차 기억도 못 했다. 경옥이 이름은 내가 알려 주니 그때서야 조금 기억이 난다고 했다.

길 선생은 자신이 특별히 예뻐했던 여자아이 정도로만 기억했다.

그리고 길 선생은 나에게 이렇게 말했다. "너도 선생이니까 내 마음 알지? 특별히 예쁜 아이가 있잖니?" 다소 힘없어 보이는 길 선생의 말에 나는 "그럼요. 저도 선생인걸요."라고 말했다.

오는 길에 난 다시 속으로 이렇게 대답했다. '선생님, 저는 선생님처럼 특별히 예쁜 아이를 만들지는 않아요. 경옥이가 예쁜 아이가 아니라 선생님이 예쁜 아이로 만드신 거잖아요.'

길 선생은 교직 생활을 하면서 아마 수많은 경옥이를 만들었을 것이다. 그러니 기억이 안 나겠지. 길 선생이 나보다 경옥이를 더 기억할 줄 알았는데, 이름조차 기억 못 하다니. 경옥이가 들으면 많이 섭섭했을 것이다.

제2장

산중턱에 있는 B 중학교
— 사춘기 학생보다 더 또라이 같은 선생들

1. 아드레날린의 시대
— 중학생들은 말하는 원숭이들

남자중학교에 입학한 나는 교실에서 동물의 왕국을 보았다. 사춘기의 왕성한 호르몬을 뿜어내는 14세의 중학생들에게는 학교는 놀이터이자 싸움터였다.

내가 다닌 중학교에는 이상한 서클 같은 것도 있었는데, 그들은 '일군'이라고 불렸다. 내가 보기엔 그냥 양아치들이었는데, 소문에는 ○○상업고등학교 형들과도 연결되어 있다고 소문이 나서 그런지 일군 멤버들을 건드리는 학생들은 없었고, 시간이 갈수록 일군 멤버들은 기세등등했다.

일군들은 자기 마음에 안 드는 만만한 아이들을 방과 후에 금호동 해병대산으로 불러 열나게 패 댔다. 그냥 자기 마음에 안 든다는 이유였다. 그리고 맞고 온 아이들은 기가 푹 죽어 학교생활을 했다. 나도 조금 겁이 났지만, 나는 맞을 이유가 전혀 없어서 신경 쓰지도 않았다. 그러나 맞을 이유는 내가 판단하는 게 아니었다.

중학교 2학년 때 저녁이면 약수동이며, 장충동 등을 친구들과 돌아다니고 깔깔거리던 나는 가끔 일군 아이들을 마주치곤 했는데, 나는 걔들을 알지도 못했고 걔들도 나를 잘 알지도 못하니 그냥 지나칠 뿐이었다. 저녁이면 약수동 오락실에 가거나, 독서실 앞에서 친구들과 수다 떠는 것이 나의 일상이었다.

부모님은 딱히 걱정 안 하셨는데, 나는 이때 공부를 진짜 안 했던 것 같다. 동대문 운동장에 놀러 가서 친구와 쇼핑도 하고, 2만 원짜리 뱅가드 구두를 여러 번 보고 꼭 사야겠다는 생각을 하기도 했다.

어쨌든 그때는 친구들과 몰려다니고, 아무 생각 없이 노는 게 그렇게 즐거웠었다. 그러던 어느 날 우리 반 찌질이 하나가 나한테 "너 어떤 형이 운동장으로 오래."라고 말했다. 나는 우리 친형이 학교에 온 줄 알았다. 그런데 창밖을 보니 일군과 연결된 ○○상업고등학교 형들이었다.

'오 마이 갓! 왜 나를.' 나는 맞기 싫어서 운동장을 거치지 않고 학교 후문으로 몰래 도망갔다.

집에 가면서 자꾸 뒤돌아보았는데, 다행히 그 형들은 없었다. 집에 가서 나는 잠을 잘 수 없었다. 다음 날 학교에 가기 싫었다. 분명 그 형들이 날 기다릴 테니까 말이다. 뜬눈으로 밤을 새우고 학교에 갔다. 이럴 땐 어떤 친구들도 도움이 안 되었다. 말해 봐야 도와줄 수 없으니 말이다. 오늘은 그 형들이 우리 교실 앞까지 와서 나를 잡아갈 것만 같았다.

그날 3교시였다.

우리 학교짱 장희가 선생님들 회의 간 사이에 일군들한테 집단으로 린치를 당하고 있었다. 권투까지 배운 장희가 일군들에게 무참히 맞으며 도망 다녔다. 3층 교실에서 맞기 시작하여, 2층 우리 교실까지 도망 왔다. 일군들 중에는 6학년 때 우리 반이었던 삼길이도 끼어 있었다. 우리 반 교실은 쥐 죽은 듯 조용해졌다. 장희가 맞는 걸 조용히 모두 목격하고 있었다. 장희는 교실에서 복도로 도망갔는데, 복도에서도 장희는 여전히 터지고 있었다.

호기심 많은 우리 반 부반장 석영이가 책상에 올라가 창문으로 그 광경을 보고 있었다.

이때 일군 멤버 삼길이가 석영이를 보고, 교실로 들어와서 석영이를 패기 시작했다. 뭘 보냐며 머리를 손으로 때리고 발로 복부를 찼다. 착한 석영이는 처음에는 맞다가 갑자기 돌변해 삼길이를 패는 것이다. 석영이가 그렇게 싸움을 잘하는지 몰랐다. 석영이는 삼길이를 엄청 팼고, 나중에 일군들은 석영이와 삼길이를 떼어 놓았다. 일군들이 석영이는 때리지 않았는데, 그건 석영이가 학교에서 알아주는 공부 천재였고, 친구 관계도 좋아서였던 것 같다. 한바탕 싸움이 끝나고 다들 흩어졌는데, 머리를 많이 맞은 석영이는 담임선생이 들어와도 엎드려 있었다.

담임선생은 석영이 아프냐고 물었으나 우리 반에서 석영이의 상황을 대답해 주는 용기 있는 아이는 아무도 없었다. 평소에도 생각 없는 부반장 성조가 앞에 나가 담임선생에게 모든 상황을 말했다. 담임의 작은 눈은 점점 커지더니 갑자기 교무실로 뛰어갔다. 그리고 한 시간 동안 돌아오지 않았다.

나는 오늘 방과 후에 장희만큼 맞을지도 모른다는 생각에 도망가고 싶었다. 담임선생은 점심시간이 다 끝나서야 교실로 와서 "일군과 관련 있는 새끼들은 다 일어나라."라고 했으나 우리 반 일군 조무래기는 일어나지 않았다. 그러자 담임은 갑자기 또 어딜 다녀왔다. 잠시 후 방송에서 일군들에 대한 무기명 조사를 한다는 내용이 흘러 나왔다. 아이들은 일군들의 이름을 종이 적어 담임에게 냈다.

그날로 일군은 일망타진되었다. 그리고 다행스럽게 그 후 방과 후에 나를 부른 사람은 아무도 없었다.

2. 정신이상자 선생, 선생들

내가 다닌 중학교의 교사들은 거의 다 정신병자들처럼 느껴졌다. 그 중 가장 이상한 3명의 빌런을 꼽아 보겠다.

(1) 요구르트 빌런 박×× 선생

박 선생은 등이 꼬부라진 사람이었다. 척추장애인이었다. 생각 없는 중학생들은 그를 꼽추라고 불러 댔다. 박 선생이 없을 때만. 박 선생의 키는 140cm 정도도 안 되어 보였는데, 박 선생은 첫 시간에 자기는 키가 더 자라야 한다며 다음 시간부터 번호대로 수업 시간에 요구르트를 준비하라고 했다. 나는 장난인 줄 알았는데, 장난이 아니었다.

요구르트가 교탁에 없는 날에는 무작위로 아이들에게 질문하여 답을 못 한 아이들을 때리기 시작했다. 정확히 박 선생의 두 번째 수업부터 아이들은 빠지지 않고, 요구르트를 교탁에 놓았다. 박 선생은 수업 전 요구르트를 먹고 시작했다. 요구르트 말고 꼬모나 슈퍼 100(요거트 종류)이 교탁에 놓인 날이면 박 선생은 기분 좋아하며 아이들에게 매우 잘해 주었다. 아이들은 경쟁하듯 요거트를 준비했고, 혹시 요거트를 준비하지 못한 날은 다들 두려움과 긴장감으로 수업 시간을 보내야 했다.

(2) 완전 또라이 미술 최×× 선생

최 선생은 말을 더듬었다. 나는 말을 더듬는 것이 뭐 큰 흉은 아니라고 느껴졌다. 왜냐하면 학생들 중에도 그런 애들이 몇 명 있었기 때문이다. 그는 미술 시간이면 자기 혼자 무엇인가를 그리거나 깎거나 했다.

최 선생이 2학년 때 나의 담임이었는데, 그는 내 이름조차 기억하지 못했다. 수업 시간에 아이들 이름 대신 야, 너, 등으로 불렀다.

어느 날인가부터 미술 시간에 빨랫방망이와 조각도를 가져온 최 선생은 조용히 자기 혼자 조각을 했다. 그러면서 "내가 이 도깨비방망이를 완성하는 날에 너희들은 죽었다."라는 말도 안 되는 말을 몇 번의 미술 시간에 했다. 빨랫방망이를 깎아 만든 것은 완벽한 도깨비 방망이 모양이었다. 그럴싸하게 만든 도깨비 방망이에 물감 칠까지 한 최 선생은 토요일 미술 시간에 들어와 중간고사 성적 떨어진 아이들을 번호대로 불러냈다.

성적이 떨어져서 맞는 것이야 굳이 담임이 아니어도 각 교과 선생님들이 늘 하던 일이라 대수롭지 않게 여겼는데, 이 또라이 선생은 달랐다. 맞을 때마다 주문을 외우라는 것이다.

처음 다섯 대 맞을 때는 "성적 오를 것이다. 뚝딱."

두 번째 다섯 대 맞을 때는 "성적 올랐다. 뚝딱." 이렇게 외치라고 했다. 총 열 대 정도를 맞았는데 아프기도 아프거니와 친구들이 내가 맞는 장면에 웃어 대는 통에 자존심이 무척 상했다. 이런 모자란 선생에게 맞는 내 모습이 정말 비참했다.

집에 가서 나는 엄마에게 다 일렀다. 벌겋게 부어오른 허벅지를 보신 엄마는 약을 발라 주시면서, 공부 열심히 하라고만 하셨다. 그때는 모자란 선생도 인정받는 시대였다.

(3) 어디든 있는 신처럼, 예수쟁이 설××선생

예수쟁이는 여기저기 다 있나 보다. 설 선생은 장충동 대형 교회 장로인가, 집사인가였던 것 같다. 설 선생도 수업 시간에 "교회 다녀라. 천국

간다."라는 말을 늘 입에 달고 살았다.

매일 방과 후 쪽지 시험을 보고 매일 때리던 선생 같지 않던 저 선생이 마치 자기는 천국을 간다고 하니 우리는 그를 선생 취급도 하지 않았던 것 같다.

우리 반 동우는 1인당 5만 원씩 모아서 청부 살인으로 설 선생을 죽여야 한다고 하기도 했다. 이 농담 같은 말이 진지하게 와닿을 정도이니 설 선생이 우리 반 친구들에게는 진짜 싫은 존재인 건 확실했다.

어느 날 설 선생은 전학생 한 명을 데리고 왔는데, 전학생은 설 선생이 다니는 대형 교회의 목사의 아들이었다. 목사 아들은 그날부터 극진한 대접을 받았다. 설 선생은 목사 아들에게 각종 문제집을 챙겨 주거나 대놓고 칭찬을 했다.

나는 이때 국민학교 2학년 때 담임선생이었던 문 선생과 6학년 때 담임선생이었던 길 선생이 매일 오버랩 되기도 했다.

좋은 개신교 신자가 많다는 걸 나는 안다. 그런데 내가 만난 개신교 신자 선생들은 다 하나같이 왜 이럴까?

내가 교사가 되어 방학 때 어떤 학교에서 잠시 보충수업을 해 준 적이 있는데, 그때 어떤 개신교 신자 선생님이 내 옆자리였다. 그분은 늘 기도를 하고 계시고, 개신교 음악을 들으셨다. 난 그것까지는 다 이해하고, 나쁘다고 생각하지 않았다.

그런데, 그 반 반장이 선생님께 뭐 물어보고, 선생님이 대답해 준 적이 있었는데 반장은 "네, 선생님. 알겠습니다."라고 답하니 그 선생님이 "그럴 땐 '아멘.'이라고 하는 거야."라고 했다. 이 광경을 옆에서 보면서 나는 이 선생도 빨리 병원에 가야 한다고 생각했다.

제3장

폭력의 C 고등학교

— 학생은 개돼지, 선생은 조련사

1. 폭력의 시대는 끝나지 않았다

폭력이 일상화된 남자고등학교, 교사도 학생도 미쳐 갔다.

나는 우리 형이 졸업한 C 고등학교에 입학을 했다. 집에서 가깝기도 했고, B 중학교는 해병대산 옆에 있는 완전 꼭대기였는데, C 고등학교는 주택가 평지 안에 있어서 나는 너무 좋았다. 또한 내가 다녔던 B 중학교 옆 해병대산에는 늘 깡패가 살았는데, C 고등학교 옆에는 주민들이 살고 있었다.

해병대산 깡패들은 지나다니는 중학생들을 상대로 100원만 달라고 해놓고, 정작 100원 이상 있는 돈도 다 뜯어 갔는데, 적어도 C 고등학교에는 깡패는 없었다. 단 동대문운동장에는 깡패가 많으니 가지 말라고는 했다.

나는 같은 동네 사는 키가 큰 친구 철민이와 같이 다녔는데, 얘가 태권도가 3단이라 든든했고, 고등학생이 되니 깡패 같은 건 별로 무섭지도 않았다. 철민이는 늘 아침에 우리 집으로 나를 부르러 왔다. 나는 아침까지 먹고 등교하느라 매일 친구를 대문 앞에서 기다리게 했는데 그때마다 우리 아빠는 친구를 기다리게 하면 안 되니 밥 먹지 말고 가라고 하셨다. 그래서 난 친구한테 "앞으로 7시 10분에 내가 나갈 테니까 그 전에 와도 부르진 마라. 네가 불렀을 때 내가 등교 준비 안 되어 있으면 나는 아빠한테 혼난다."라고 말했다. 그때의 나는 참 못된 녀석이었나 보다.

하루는 밥 먹고 배가 아파서 철민이에게 먼저 가라고 했다. 다행히 그날은 아빠가 출근을 일찍 하셔서 친구를 먼저 가게 한 것에 대해서는 혼나지 않았다.

학교에서 만난 철민이는 나한테 다급하게 물었다.

"상훈아, 너 등굣길에 깡패 안 만났니?"

"어, 안 만났는데…."

"야, 오는 길에 나는 어떤 형이 돈 달라는데, 내 팔로 그 형 밀면서 돈 없다고 했어."

"다행이다." 나는 속으로 철민이는 덩치 큰 태권도 유단자니 깡패도 쫄았을 것이라고 생각했다.

아무렇지 않게 아침에 나눈 대화가 다음 날 폭풍우를 예감한 것인지 그때는 몰랐다.

사건은 그다음 날 일어났다. 여느 때처럼 철민이와 등교를 하던 나는 저쪽에서 한 무리의 형들이 오는 걸 대수롭지 않게 여겼으나, 철민이는 그 형들이 가까이 오자 나에게 "어제 저 형이야."라고 했다. 그러니까 그

깡패 형이 자기 친구들을 몰고 와 철민이가 등교했던 시간에 길목에서 서 있다가 철민이를 보고 우리 쪽으로 오고 있었던 것이다. 그 형들은 우리에게 자신들을 쳐다보지 말고 고개 숙이라고 하고, 돈을 달라고 했다.

정말이지 내 인생에 처음으로 깡패를 만난 날이다. 난 별로 무섭지도 않았다. 다만 지갑 속에 돈이 얼마나 있는지 머릿속으로 생각 중이었다. 그 형은 내 친구만 때렸고 나는 때리지는 않았다.

다행히 지나가는 어른들이 우리를 유심히 보니까 그 형들이 먼저 도망갔다. 다행히 돈도 빼앗기지 않았다.

2. 이해할 수 없는 선생들

교사는 어떻게 되는가? 일반적으로 사범대학교나 교육대학원 졸업 후 사립학교는 학교의 채용 절차에 따라서 공정하게 선발하면 되고, 공립학교야 당연히 시험을 통과하면 되는 거 아닌가?

어쨌든 일정한 절차들을 거쳐 교사가 되는데, 왜 내가 겪은 학교들은 그 어떤 채용 절차도 안 거친 듯한 선생들만 바글바글했는지 모르겠다.

(1) 군인 출신 교련 선생

진짜 깡패는 오히려 학교에 있었다.

교련, 이제는 옛날얘기가 되었지만, 내가 고등학교 다닐 때는 일주일에 2번 정도는 교련 수업이 있었다. 교련 선생은 군인 출신이었다. 군인도 교사가 되는가? 아무튼 교련 선생은 이름도 특이했다. 'ㅇ종대' 횡대, 종대 할 때 종대다. 이름 자체가 군인인 사람이었다.

그런데 군인은 군대에 있어야 했다. 왜 학교로 와서 학교를 군대로 만들려고 하는지…. 정말 미치겠다. 이제 10대 후반의 여드름도 가시지 않은 아이들에게 왜 군대 생활을 학교생활로 이입시키려는지 모르겠다.

교련 선생은 가끔 군복을 입고 학교에 왔다. 선글라스에 지휘봉. 진짜 지금 생각하면 웃긴 얘기지만, 그때는 그런 선생들이 많이 있었다.

추석 전날 대청소를 하던 날이 난 아직도 또렷하게 생각난다. 대청소 날에는 항상 유리창 청소를 해야 한다.

그래야 진정한 대청소이다. 그런데 남학생만 다니는 고등학교에 유리창을 닦을 손걸레가 있을 리 만무하다. 걸레 같은 걸 찾다가 교탁 아래에 있는 누군가 버리고 간 오래된 교련복이 보여서 너도나도 나누어 가지고 우리는 복도의 유리창을 닦고 있었다. 유리창 턱에 앉아 조금은 위험하게 닦고 있을 무렵 그 군 출신 교련 선생이 지나갔다.

교련 선생은 다 내려오라고 하며 한 줄로 자기를 바라보고 똑바로 서라고 했다. 나는 위험하니까 내려오라는 말이라고 생각하고 고마워하려고 할 찰나에 앞쪽부터 따귀를 때리면서 오는 미친 교련 선생을 보고 말았다.

맨 끝에 서 있던 나는 '왜 맞아야 하는 거지?'라고 생각하며 내 차례가 되었을 때 세게 맞기 싫어서 교련 선생의 손과 함께 고개를 돌렸다. 다른 애들보다는 덜 아프게 맞은 것 같아서 좋다고 생각했는데 빗맞았다는 이유로 한 대 더 세게 맞았다. 그리고 어리둥절한 우리들에게 경상도 사투리가 진하게 배어 나오는 한마디를 하며 그는 사라졌다.

"이놈의 새끼들, 제복으로 말이야. 유리를 닦아?"

그가 사라졌을 때 우리는 웃었다. 당신이 말한 그 제복이 당신에게 그렇게 소중한 것인지 몰라도 우리에게는 선배들이 버리고 간 쓰레기에 불과한 것이라는 걸.

나는 속으로 '오늘은 당신도 쓰레기 제복 같았어.'라고 생각했다.

(2) 사시(그때는 '사팔뜨기'라고 불렀음) 국어 선생

내가 다닌 학교는 서울하고도 중구 즉 서울의 중심. 우리 집에서는 종로 16분, 신촌 30분, 강남 20분, 명동 16분이 걸릴 정도로 정말 좋은 동네다. 난 지금도 우리 동네 장충동을 사랑한다. 지금은 멀리 떨어져 살지만. 가끔 본가 서울에 갈 때면 나도 아이가 되어 간다.

그런 좋은 동네 한복판에 있는 우리 학교의 선생들은 다들 왜 그런지. 신이 일부러 나에게 이런 선생들만 만나게 한 것 같다. 물론 나를 이렇게 만든 것도 그 선생들처럼 되지 않기 위한 것이 가장 컸기에 가끔 신에게 고맙기도 하다.

사팔뜨기 국어 선생은 정년을 앞둔 것처럼 늙었다. 그는 특히 중세국어를 엄청 열정적으로 가르쳤는데, 중세국어는 모의고사에 잘 안 나오고, 중요하지도 않았다. 그러니 국어 시간은 아무도 듣지 않고 자거나, 떠들거나, 아니면 다른 공부를 하는 시간들이었다.

사팔뜨기 국어 선생은 학생들에게 국어 자습서를 반드시 사라고 했는데, 지학사를 사라고 했다. 한샘 국어는 주방용품이라는 말도 안 되는 농담을 지껄였는데, 나는 단 한 번도 웃지 않았다. 지학사 자습서를 거의 매 수업 시간마다 검사했는데, 고등학생들이 선생님이 사라고 해서 다 사지는 않는 분위기라 다들 빌리러 다녔다.

그런데 매일 검사를 하니 빌리는 것도 일이었는데, 번호대로 검사할 때 앞번호 학생이 검사를 맡고 뒷번호 학생한테 넘겨도 이 선생은 알지 못했다.

그리고 국어 선생의 검사라는 것은 문제 풀이를 검사하는 것도 아니고, 책에 형광펜으로 칠하는 것을 확인하는 것이었다. 무슨 색칠 공부도 아니고, 아무튼 그렇게 형광펜을 많이 써 대서 손이 다 형광색으로 변할 정도였으니까.

나는 사팔뜨기 선생을 너무 무시하는 학생들의 모습을 보니 그 선생이 조금은 불쌍하다는 생각이 들었다. 선생님이 들어와도 아이들은 계속 떠들었고, 한 20분간 떠들다가 선생님이 "이제 다 떠들었냐?"라고 우리에게 물으면 짓궂은 놈들은 "아니요. 좀만 더요."라고 응대하는 날들이 많아졌다.

학생들은 이런 사팔뜨기 국어 선생을 존중하거나 두려워하지 않았는데, 이 국어 선생을 학생들이 제일 두려워하는 날이 있긴 했다. 그날은 중간고사나 기말고사 기간이다.

왜냐하면 이 국어 선생이 사시여서 어디를 쳐다보는지 알 수 없어 학생들은 절대 커닝(cunning)을 할 수 없었기 때문이었다. 이 국어 선생의 목소리는 엄청 컸는데, 시험 보다가 갑자기 "야 너 나와!"라고 소리치면, 엉뚱한 녀석이 일어나서 나가려 했는데, 그때마다 이 선생은 "너 말고, 너!" 이렇게 외쳐 시험 보는 교실을 카오스의 세계로 인도했다. 그 선생이 눈으로 가리키는 학생과 진짜 나오라고 한 학생이 일치하지 않아서, 우리는 시험 시간에 이 사팔뜨기 선생이 제일 두려웠다.

(3) 양아치를 사랑한 척한 진짜 양아치 선생

1학년 때 영어 선생은 좋은 담임인 척을 잘했다. 특히 공부를 못하는 아이들이나 양아치 같은 아이들에게 엄청 잘해 주는 것처럼 보였다.

오히려 공부를 잘하는 아이들이 차별을 받는 느낌이었으니까 말이다.

이 선생은 학생들을 되게 위하는 척했다.

갑자기 일요일에 도봉산 가자는 등 진짜 말도 안 되는 일들을 벌였는데, 처음에 나는 담임의 그런 모습이 나빠 보이지는 않았다. 어느 날 한 녀석이 성인비디오 테이프를 학교로 가져왔는데, 갑자기 그날따라 무슨 바람이 불었는지 종례 때 담임선생이 가방 검사를 해서 녀석이 이 비디오테이프를 숨기지 못하고 걸렸다. 담임은 무슨 비디오냐 물었는데, 녀석은 "외국영환데요. 그냥 외국영화요."라고 당당히 말했다. 담임이 계속 물었을 때도 녀석은 "외국영화요. 저도 아직 안 봤어요."라고 당당하게 말했다. 이때 녀석이 조금만 덜 반항적이었어도, 담임이 그렇게 화를 내지는 않았을 텐데.

화가 난 담임은 "그래. 그럼 다 기다려. 가지 말고 기다려."라며 교무실로 그 비디오 테이프를 들고 갔다. 교무실에는 비디오 비전이 하나 있었는데, 그건 야간자율학습 감독 교사가 교무실에서 뉴스나 드라마 등을 보는 용도였다. 담임은 그 테이프를 들고 교무실에 가서 틀었나 보다. 담임은 교무실 간 지 1분도 안 되어서 다시 교실로 돌아왔다. 우리의 예상대로 그 테이프는 포르노 비디오였다. 담임은 그 테이프를 들고 교실로 와서 이 테이프와 연관된 새끼들은 다 남으라고 소리를 지르고 교무실로 가 버렸다.

우리들은 엄청 웃어 댔다. 양아치 몇 명만 남고 다들 집으로 갔다. 그 다음부터 담임은 뭐가 삐쳤는지 조회와 종례를 들어오지 않았으며, 양아치들은 쉬는 시간이나 점심시간에 교무실에서 벌을 섰다.

처음에 우리는 조회, 종례를 안 하는 게 불안했는데, 나중에는 오히려 즐겼다. 8교시가 끝나면 종례 없이 튀어 버렸으니까 말이다.

담임이 하루는 교무실에서 커다란 몽둥이로 양아치들의 엉덩이를 때리다가 갑자기 "내가 너희들을 잘못 가르쳤다. 나를 때려라."라는 드라마와 같은 말을 했다. 나중에 들은 얘기다. 드라마에는 드라마로 답해 줘야 한다. 이때 연기력 좋은 양아치 하나가 "선생님 아닙니다. 저희가 잘못했습니다. 죄송합니다."라며 선생님에게 안기면서 이 사건은 일단락되었다.

40대 중반에 양아치만을 사랑했던 그 담임은 결국 자기가 이긴 것처럼 자기가 진정한 교사인 것처럼 굴었지만, 우리는 사실 담임선생 머리 꼭대기에서 앉아 있었다.

(4) 선생님, 왜 그러셨어요?

고등학교 2학년 때는 문학 선생이 담임이었다. 이 문학 선생은 약간 투박했지만, 지금 본 담임 중 가장 공정했고, 선생님 같았다. 이때부터 나는 문학 과목에 두각을 나타내긴 했는데, 그래서 그런지 담임은 날 되게 예뻐했던 것으로 기억된다.

우리 형이 5년 전에 졸업했는데, 형의 안부를 물을 정도로 인간적이었다. 문학 선생님은 덩치도 크고, 키도 커서 되게 위풍당당한 모습이었다. 1학년 때 담임처럼 양아치만을 사랑하지도 않았고, 대부분의 학생들을 잘 이끌어 주었다. 난 늘 2학년 때 담임선생님이 고마웠다.

우리 학교에는 특별반이라는 것이 있었는데, 각 반 학생들 중 우수한 학생들만 특별반에 들어 갈 수 있었다. 나는 공부를 잘 했지만 특별반에는 들어가지 않았다. 왜냐하면 특별반 학생들은 돈을 따로 내야 했기 때문이다. 한 달에 20만 원 정도를 더 내야만 했는데 나는 그 돈을 부모님에게 내 달라고 하고 싶지는 않았다.

특별반 학생들은 학교에서 정말 특별 대우를 받았다. 저녁에 외부 강사가 학교로 와서 과외도 해 주었고, 주말에는 그 학생들을 위한 학원도 따로 있었다.

나는 이 당시 완전히 수학을 포기했었다. 수학을 왜 배우는 지 도저히 알 수 없었다. 쓸데없이 미분이니 적분이니 왜 멀쩡한 걸 쪼개고 붙이나? 확률이야 가위바위보 확률이나 주사위 확률만 알면 되었지 왜 모든 걸 확률에 맡기나?

그런데 그때는 문과라도 수학을 해야 했고, 과목마다 단위 수가 있어서 수학을 못 보면 전체 등수가 쭈욱 밀렸다. 나는 단위 수를 곱하지 않았을 때는 수학 빼고 거의 모든 과목에서 우수한 점수를 받아서 최상위권이었는데, 수학 단위 수만 들어가면 점점 등수가 뒤로 갔다. 4단위의 수학을 곱하면 전체 등수가 뚜욱 떨어졌다. 그런 내게 담임은 수학만 올리면 되니까 특별반에 들어가라고 권유했다. 나도 특별반에서 수학이나 배울까라고 잠시 생각했지만, 돈도 너무 큰 돈이었고 그때는 국어가 더 재미있었다. 그래서 재미없는 수학을 하느니 그 시간에 책이나 더 읽고, 일기나 한 장 더 쓰자는 주의였다.

늦가을로 기억된다. 을씨년스러움이 묻어나는 날 학교에 웬 방송국 카메라가 왔다. 여기저기 찍고, 우리 반 부반장도 인터뷰를 했다. 교장 선생님도 약간 떨떠름하게 인터뷰를 했던 것 같다. (교장선생님의 당시 별명은 '찌빠'였는데, 목 디스크가 있으셔서 뒤로 돌아보려면 몸을 전체 돌려야 해서 아이들이 교장이 마치 로봇 같다고 해서 '찌빠'라고 불렀다. 찌빠라는 게 무슨 만화의 로봇 캐릭터였던 것 같다. 아무튼 고등학교 남자 녀석들은 참 창의적이다.)

그런데 갑자기 학교가 뒤숭숭했다.

알고 보니 특별반 학생들이 다닌 학원에 무자격자 강사들이 많았고, 거기 원장이 우리 학교 선생들에게 돈을 줬다는 뉴스가 그날 저녁에 나왔다.

그날 저녁 9시 뉴스에 바로 우리 학교가 나왔고, 철없는 나는 그걸 비디오로 녹화했다. 그리고 애들끼리 돌려보았다.

뉴스는 재방송이 없으니까. (인터넷으로 다시보기 하면 되지 않냐고? 1992년에 우리나라는 천리안, 나우누리 시절이었다. 핸드폰은 SF 영화에서나 보던 때였으니까.)

다음 날 담임은 조회에 들어오지 않았다. 아예 출근도 하지 않았다. 며칠 지나 오후 문학 시간에 잠깐 들어왔는데, 멍하니 창밖만 바라보았다.

이후 담임은 계속 출근하지 않았고, 대신 나이 든 영어 선생님이 들어오셨는데, 영어 선생님은 담임이 사정상 몇 달 못 나온다고 했다. 담임이 브로커였던 것이다.

담임 말고는 다른 교사의 일상은 변하지 않았다. 여전히 기술 선생은 수업 시간에 기술실에서 바둑을 두었고, 과학 선생은 여전히 애들을 팼다. 체육 선생은 공만 줬고, 우리는 여느 때처럼 학교를 다녔다. 결국 담임은 3개월 후에 돌아왔는데, 이후 당당했던 담임의 모습은 온데간데없었다.

멍청한 양반, 차라리 독일어 선생처럼 개인 과외를 하지. 왜 그런 일을 해서 뉴스에도 나오고, 징계도 받고….

2학년을 마칠 때 담임선생은 다시 돌아왔는데, 그 일에 대해서는 아무 말도 하지 않았다. 가끔 수업 시간에 미안하다는 말을 했는데 남자 고등학생들인 우리의 감수성으로 선생님의 그 말에 어떤 감정을 표하지는 못했던 것 같다.

그렇게 나의 학창 시절은 끝이 나고 있었다.

PART 2

교사라는 꿈에 닿기

나는 수능 1세대다. 1993년에 수능이 처음 탄생되었는데, 그해는 두 번 수능을 보고, 둘 중 총점이 높은 성적표를 대학에 제출할 수 있었다. 1학기 수능은 엄청 쉬웠고, 2학기 수능은 엄청 어려웠다.

1학기 수능을 폭망한 나는 2학기 수능에서 만회하려 했지만, 우리 반, 아니 우리 학교에서 2차 수능에서 1차보다 더 잘 본 학생은 거의 없었던 것 같다. 전국에서도 아마 찾기 힘들 것이다. 아무튼 그때 수능은 미쳤다.

수능을 망치고 나는 재수학원에 등록했다. 내신이 좋아서 시험 없이 재수학원에 등록했는데, 그때 당시 재수학원에 들어가려면 필기시험도 합격해야 했고, 심지어 종로나 대성학원은 대학보다도 들어가기 어렵다는 말도 있었다. 진짜 재수(再修)도 재수(財數) 없으면 못 하는 시절이었다. 그때는 그랬다.

나는 서울 남산 밑에 있는 정일학원에 다녔는데, 그 학원은 여학생의 비율이 너무 높아 일명 쌍쌍 파티가 많았다.

종로(학원)는 술이요, 대성(학원)은 당구요, 정일(학원)은 여자라는 말이 유행이었다. 재수생들 사이에서만.

남중, 남고 나온 나도 눈이 휘둥그레질 정도로 예쁜 여학생이 많았다. 당연히 커플도 많이 생겼고, 심지어 O.T니 M.T니 대학생 흉내까지 내는 정신없는 재수생도 많았다. 학원에서 그렇게 노는 사람들이 나는 되게 한심해 보였다.

우리 반에는 30세가 넘은 분도 있었고, 심지어 옆 반에는 스님이 다니셨다. 수녀님도 계셨고….

재수학원도 학교와 마찬가지로 담임도 있었다. 우리 담임은 지각하는 학생들을 엄청 혼냈는데, 나도 학원 가기 싫어 지각을 엄청 자주 했다. 담임은 종례 시간에 재수학원비 미납자 이름을 크게 부르며 납부할 것을 독촉하기도 했다. 어쩜 학교 선생이나 학원 선생은 다 하나같이 그랬는지 모르겠다.

나는 학원이 끝나면 늘 남산도서관에 걸어가서 늦게까지 책을 읽다가 버스를 타고 집에 갔다. 그 버스도 곧장 집으로 가는 것을 타지 않고, 서울시청까지 가서 다시 돌아오는 83—1 버스를 애용했다. 그 버스를 타고 서울 시내 야경을 보면서 집으로 돌아가는 풍경을 나는 좋아했다.

재수학원의 선생들은 다들 어쩌나 못 가르치는지. 이 사람들은 진짜 안 되겠다 싶었다. 재수하면서 수학을 시작해서 진짜 좋은 대학 가려고 했는데, 솔직히 수학은 더 포기하게 되었다. 수학 강사가 푼 답과 답안지의 답이 이렇게 자주 다른데 내가 거기서 무얼 배울 수 있단 말인가.

재수를 하고도 점수가 별로 오르지 않았다. 그렇다고 모험을 하면서 대학을 지원했다가 삼수하게 될까 봐 점수에 맞게 안전하게 국어국문학과에 입학했다. 국어국문학과에 입학하면 국어 선생님이 될 수 있는 줄 알았는데, 교직과정이 없다는 말을 듣고 나는 절망했다. 에휴, 왜 그때는 입시 상담을 그렇게 엉망으로 했단 말인가? 분명 우리 담임이 국어 선생 되려면 국어국문학과 가라고 했는데. 결국 나는 국어 교사가 되기 위해 대학원까지 진학해야만 했다.

취업이 안 되는 국어국문학과 학생들이 많아 다들 대학원을 진학하는 분위기여서 교육대학원도 가기가 힘들었다. 다행히 나는 5개 대학원에 지원했는데 운 좋게 5개 모두 합격했다. 고등학교 때는 성적이 안 되어 못 들어갔던 대학에 대학원생으로 들어가서 공부하니 좋긴 했다.

대학원을 다니면서 본격적으로 교육학 공부도 하고, 교생실습도 나가면서 교사가 되기 위한 준비를 차근차근 했다.

대학원에서는 5학기에 논문을 써야 했는데, 난 대학원 다니면서 결혼을 해서 공부만 할 수는 없는 노릇이었다. 학원 강사 아르바이트도 해야 했다. 나의 5학기 계획은 논문을 대충 쓰면서 임용고시 공부에 집중하는 것이었다. 결혼을 한 나는 임용고시를 무조건 한 번에 붙어야 했다.

5학기에 논문을 쓸 때 담당 교수가 배정되는데, 나는 정말 간간한 정수기 같은 젊은 교수가 배정되었다. 그때는 한 교수당 두 명의 대학원생이 배정되었고, 교수와 밥을 먹으면서 친분을 쌓으면 논문이 쉬울 거라고 대학원 선배들이 조언했다.

그런데, 깐깐한 교수에게 배정되었던 나와 내 동기는 학부만 졸업하고 바로 와서, 교수와 밥 먹고 친분 쌓는 것 같은 일에 익숙하지 않았다. 불행히도 내 동기는 갑자기 논문 학기에 휴학을 해 버렸다. 깐깐한 정수기 같은 교수는 정수기 코디처럼 나의 논문만을 진짜 많이 지도해 주었다. 내 논문을 마치 박사논문처럼 지도했다. 아니 지시했다.

다른 대학원 동기들 얘기를 들어 보니 두꺼운 리포트 쓰는 수준으로 하면 될 거라는데, 왜 나는 교육대학원 석사논문을 무슨 박사논문처럼 써야 했는지 아직도 잘 모르겠다.

교육대학원생이 왜 일반대학원생 세미나에 가야 했는지…. 아무튼 나만 그렇게 깐깐하게 논문을 검토받았다. 다행히 나는 대학원을 수료가 아닌 졸업을 할 수 있었다. 지금 돌이켜 보면 부끄러운 논문이 되지 않아 자랑스럽지만, 내 논문을 누가 읽겠는가?

아무튼 임용고시 공부를 할 시간도 없어 나는 그해 임용고시에 똑 떨어졌다.

아, 하나 빼먹었다. 그때 내 아내는 임신 중이었고, 임용고시 떨어진 다음다음 달에 첫아기가 태어날 준비를 하고 있었다.

대학원에서 열심히 공부해서 나름 똑똑하다고 생각한 나의 자만심은 임용고시 실패로 쏙 들어가 버렸다. 임용고시는 대학원 공부하고는 다른 차원이었고, 똑 떨어진 나는 너무 우울하여 침대에서 나오지 않았다. 엄마는 괜찮다고 했고, 아내도 그랬고, 장모님도 그랬지만…. 내가 안 괜찮았다. 아이가 태어나는데 앞으로 어떻게 살 것인가라는 삶의 문제에 인생 처음으로 봉착한 것이었다.

가끔 그 시간들을 다시 생각하면 끔찍하다.

어쨌든 나는 일을 해야만 했다. 그런데 할 줄 아는 것은 가르치는 것밖에 없어서 나는 기간제교사라도 해야 했다. 임용고시 점수가 그렇게 낮지 않아서 재수하면 붙을 자신이 있었지만, 내가 재수하면 내 아내와 내아이에게 너무 미안한 일이었다. 물론 아내는 내가 재수해도 응원했겠지만….

이때부터 나의 사립학교 대장정은 시작되었다. 지금부터는 내가 교사로 있으면서 경험한 얘기와 상상한 얘기, 그리고 들은 얘기들을 풀어 보려고 한다. 다시 강조하지만, 내가 쓴 얘기가 모두 사실은 아니며, 처음에 밝혔듯이 비슷한 사건과 인물이 있을지라도 그건 모두 우연이다.

학교는 진짜 다양한 인간의 집합소다.

지금부터 나는 사립학교에 임용되어 16년 근무하고 사립학교를 나오기까지의 경험과 상상, 그리고 들은 얘기들을 본격적으로 기록하련다.

이 글이 교사가 되려는 임용고시생들에게 또는 현직 교사들에게 얼마나 도움이 될는지는 잘 모르겠지만, 아무튼 내 얘기가 교직에 관한 하나의 처세론을 넘어 어떤 교사가 되어야 하는지 알게 해 주는 지표가 되길 희망해 본다. 시작한다. 시작.

제2장
참을 수 없는 교사 채용의 엉성함

1. 사상 검증 면접

나는 일단 기간제교사라도 해야 했다. 당시 대부분 사립학교는 정교사 채용 공고가 없었고, 정교사는 그 학교 기간제교사 중에 채용을 한다고 들었고, 실제로도 정교사 TO(결원)가 있어도 일단 기간제로 채용했다가 그 사람의 됨됨이를 보고 뽑곤 했다.

그래서 기간제 공고는 진짜 많았는데, 정교사 채용 공고는 거의 없었다.

아무튼 나는 처음으로 이력서를 썼고, 멋지게 자기소개서도 썼으며, 근무 계획서 등도 썼다. 학교마다 요구하는 것이 천차만별이었다. 나는 졸업증명서, 성적증명서, 학위증명서, 교사자격증, 고등학교 생활기록부까지 수많은 서류들을 한 50장씩 떼어 놓았다.

일단 서울부터 지방 소도시까지 쭉 원서를 냈다. 우편으로 내라는 학교는 양반이다. 자필로 써서 직접 내야 하는 전근대적인 학교도 많았다. 한 달 동안 우체국과 학교를 다니며 원서를 냈다.

그런 노력에 비해 기간제 채용은 너무 쉽고도 엉성하게 이루어졌다. 나는 50군데 정도 지원하였는데, 거의 절반이 넘는 25개 학교 이상 최종 합격하였다. 어떤 곳은 면접도 안 보았는데 합격 전화가 왔다.

처음 면접을 본 곳은 서울에 있는 한 여자고등학교였다.

여기는 면접 날짜 전에 나만 따로 특별 면접을 하고 싶다며 그 학교 교무부장이 나에게 전화를 했다. 자기소개서를 보고 나를 꼭 뽑고 싶다는 것이었다. 물론 내가 구구절절 잘 쓰긴 했던 것 같은데, 그래도 나를 왜 따로 보고 싶어 했을까? 어쨌든 나는 매형에게 겨울 코트도 빌렸고, 결혼식에 입었던 겨울 양복을 입고 그 학교를 찾아갔다.

그 학교에 도착하니 방학이어서 사람들이 별로 없었다. 나는 교무부장과 교감이 왜 나를 특별 면접을 하고 싶어 했는지 정말 궁금했다.

교감은 나에게 학교 구경을 시켜 주었다. 나를 채용하려는 것이 분명했다. 교감은 면접실에서 나에게 이것저것 물었다. 그런데 그 질문들이라는 게 정말 의아했다.

"이상훈 선생님은 전교조에 대해 어떻게 생각하세요?" 교감의 첫 질문이었다.

"전교조는 교사들의 단체로서 진보적인 정책에 어쩌고저쩌고…. 결국은 학생들과 학교, 교사들을 위한 활동을 하는 단체라고 생각합니다." 나는 대답하면서 희열을 느꼈다. 내가 이렇게 즉흥적인 질문에 완벽한 문장으로 대답을 하다니….

그러나 내 대답이 있은 후에 교감이 물은 것은 더 이상했다.

"이상훈 선생님은 이라크 파병에 대해 어떻게 생각하세요?"

당시 이라크 파병 문제로 국내가 시끄러웠고, 시사에 관심이 많은 나는 아침마다 늘 〈손석희의 시선집중〉을 들었는데 거기서 시사저널의 이숙이 기자(지금은 시사인)가 한 말을 질문에 대한 답으로 그대로 옮겼다. 물론 교감은 내가 이숙이 기자의 말을 옮긴 거라고는 생각하지 못했겠지.

"파병은 우선 그 나라 국민을 위한 것이어야 합니다. 그러나 현재 이라크 국민들의 여론은 파병에 찬성하지 않는 분위기가 강한 편입니다. 그리고 파병이 우리나라에게 어떤 이익을 줄 것인가에 대한 고민이 없는 상황에서 파병을 무리하게 추진해서는 안 되는 일이라고 생각합니다."

진짜 나는 말을 참 잘했다. 나는 당당하게 똑 부러지게 말하면서 '당신들은 진짜 사람을 볼 줄 아는 군.' 이런 생각을 했다.

그런데 이 학교 면접 질문은 이 두 가지가 다였다. 교감은 돌아가도 좋다고 했다. 나는 첫 면접이었던 이 학교가 좀 이상했다. 아니 나에게 교사의 실무와 아무 상관없는 이 두 가지를 물어보려고 특별 면접을 한 것일까?

어쨌든 특별 면접까지 했으니 나는 출근 준비를 하면 될 거라 생각했다. 결론을 말하면 그 학교에 나는 합격하지 못했다. 특별 면접까지 진행해서 뽑겠다고 해 놓고, 뽑으려고 보니 나의 사상이 맘에 들지 않았던 것이다. 즉 사상 검증에서 나는 탈락한 것이었다.

합격자 발표일이 한참 지나 그 학교에 전화를 걸어 보니, 이미 다른 사람을 채용했다고 했다. 결국 나의 사상이 문제였던 것이다. 나는 이 학교의 경험을 통해 교사 채용 면접의 모범 답안들을 머릿속에 넣어 둘 수 있었다.

2. 교사 채용 면접의 모범 답안

이후 나는 어떤 면접이든 자신 있었다. 정답을 미리 알고 있으니까 말이다. '전교조는 없어져야 할 단체요, 이라크 파병은 국익을 위해 찬성이요, 고향이나 지역을 물어보면 무조건 서울 출신이요, 학생들에게 체벌보다는 상담이요, 집이 멀면 이사 올 것이요, 보충수업비를 안 줘도 봉사할 수 있고, 어떤 종교든 수용 가능하며, 방학에도 일하러 나오겠다.' 이렇게 답을 준비하니, 대부분 면접을 보면 합격을 했다. 기간제교원을 뽑는데 논술 시험이 있는 학교도 있었다. 사립학교들이 기간제교사 뽑는 게 왜 이렇게 중요했냐면, 대부분 그 학교 기간제교사로 1년에서 2년 정도 근무시키고 정교사로 채용하려고 했기 때문이다. 대부분 1, 2년 시켜 보고, 수습사원처럼 시켜 보고 잘하면 정교사로 채용해 주는 분위기였다.

나는 합격한 여러 학교 중 서울 본가에서 가까운 학교를 선택했다. 왜냐하면, 그래야 엄마가 해 주는 따뜻한 밥을 먹을 수 있으며, 아빠가 나를 출근시켜 주실 수 있을 거라고 생각해서이다. 그리고 기간제교사 하다가 정교사가 되어도 서울에서 정교사가 되는 게 훨씬 좋은 일이라고 생각했다. 내 고향도 서울이니까.

그러나 이건 진짜 이기적이고, 결혼을 했어도 여전히 어린, 철이 없는 나의 생각이었던 것이다. 아내는 시골집에서 만삭이었는데, 나는 서울살이를 기대하고 있으니 말이다.

서울에 그 학교는 불교 재단이었다. 나에게 하는 질문은 이런 것이었다.

"이상훈 선생님은 절에 가 본 적 있으신가요?" 나이가 지긋한 교장선생님이 질문을 하셨다. 여기 면접은 서류를 통과한 5~6명 정도를 한 면접장에 몰아넣고, 교장, 교감 등이 돌아가면서 질문을 하는 형태였다.

나는 성당에 다니는 중이었다. 절이라고는 석가탄신일에 장모님 따라서 비빔밥 먹으러 간 기억밖에 없었다. 절은 비빔밥이나 팥죽을 먹으러 간 경험 외에는 없었던 것이다. 절 이름도 생각이 안 났다. 그러나 첫 학교에서 완전 데인 나는 면접관이 원하는 대답을 해야 함을 본능적으로 알고 있었다.

"예, 저는 경남 하동에 쌍계사에 가 본 적이 있습니다." 이 대답은 국문학과 전공자면 누구나 할 수 있다. 김동리의 〈역마〉를 읽었으니 쌍계사는 너무나 자연스럽게 나올 수 있는 것이다. 난 〈역마〉 속의 쌍계사를 말했을 뿐인데, 교장은 매우 흡족하게 생각했다.

다른 질문들도 했는데, 별로 기억이 나지 않는다. 어쨌든 나는 쌍계사로 천주교 신자지만 불교 재단의 기간제교사로 채용이 되었다. 아주 우습게도 면접 끝나고 집으로 가는 길에 교장선생님이 합격 전화를 주셨다. 교장선생님의 말씀이 멋졌다. "이상훈 선생님, 우리 학교를 위해서 나와 함께 근무하면 어떠신지요?"

"네. 감사합니다. 열심히 하겠습니다."

일단 내가 원하는 지역에 기간제교사로 채용되고 나니 여러 모로 자신이 생겼다. 여기서 열심히 해서 정교사를 하든지 아니면 기간제교사 생활하면서 임용고시를 한 번 더 봐야겠다는 생각을 했다.

3. 사립학교 정교사 되기

이 불교 재단 학교에 기간제교원으로 합격하고도 나는 여러 군데 교사 채용 공고를 뒤졌다. 아내가 우연히 신문에서 발견한 사립학교 정교사 채용 공고를 보여 주었다. 이 학교는 천주교 학교라고 하니 나는 더욱 끌렸다. 정교사 채용이니 더욱 좋을 수밖에. 그런데 1차 시험일이 너무 늦었다. 2월 중순 이후였다.

나는 일단 서류만 내 보자라는 마음으로 우편으로 서류를 보냈다. 1차 서류 합격 통보를 받았다. 2차 필기시험 일자가 공교롭게도 아내의 출산일과 겹쳤다. 나는 나의 첫아이 탄생을 함께하지 못할 수도 있다는 게 너무 아쉬웠다. 그런데 지금 생각해 보면 그때의 나는 진짜 나는 철이 없었나 보다. 그 학교에 전화해서 혹시 시험일 변경이 가능하냐고 물었으니까 말이다. 첫 전화는 교무부장이 받았는데, 나보고 꼭 시험을 보라며, 일단 상의는 해 보겠다고 하고 이따가 전화 주겠다고 했다. 나는 다행이라고 생각했다. 출산을 앞둔 아내가 있는 수험생을 배려하다니 역시 천주교 학교인가? 하고 생각했다.

상의하겠다고 해 놓고 전화가 안 와서 불안했다. 내가 직접 전화를 해 보았다. 이번에는 교감이 받았다. 이 교감은 나에게 말이 안 되는 소리라며 퉁명스럽게 이야기했다. 어쩌면 이 교감과 나의 악연은 여기서부터 시작되었는지 모르겠다.

조금 후에 교무부장한테 다시 전화가 오는데, 시험일을 옮기는 것은 어렵다며 나한테 꼭 시험을 보라고 했다.

계속 강조하면서. (후에 들은 얘기지만 당시 교무부장이 나를 꼭 뽑고 싫어 했다고 했다.)

2차 필기시험 날 긴장을 하지는 않았지만, 그날은 필기뿐만 아니라 수업 시연도 있어서 여러 가지를 준비해야 했다. 다행히 나는 강남에서도 학원강사를 할 정도로 강의는 어느 정도 자신 있었다.

필기시험은 그리 어렵지 않았고, 수업 시연도 괜찮게 했다. 수업 시연은 이 학교 국어 선생님 모두가 평가를 해서 왠지 공정하다는 느낌을 받았다.

정말 운 좋게도 2차 시험까지 통과한 나는 최종 면접만을 앞두고 있었다. 최종 면접날은 남들보다 정말 일찍 도착했다. 두 시간 정도 일찍 도착했던 것 같다.

나에겐 일종의 자기최면 같은 것이 있는데, 그건 면접에 일찍 도착하면 그 학교 선생님들에게도 좋은 인상을 줄 뿐만 아니라 나도 많이 안정이 되는 느낌을 가지게 된다는 것이다.

아주 다행스럽게 내 아이는 2차 시험일에도 태어나지 않았고, 최종 면접일에도 태어나지 않았다. 아내의 배는 불렀지만, 첫아이는 늦게 태어난다는 우리 엄마의 말이 헛말은 아니었다.

2차까지 합격한 학교의 최종 면접 두 시간 전에 일찍 가서 수험생 대기실에 들어가려다가 복도를 청소하고 있는 누군가를 보았다. 그 사람은 나한테 누구시냐고 물었다.

"이번에 교사 채용 면접을 보기로 한 이상훈이라고 합니다."

"아, 아이 태어나신다는 분. 혹시 아이가 태어났나요?"

"아니요. 아직 아닙니다."

복도를 청소하는 걸로 봐서 행정실에 근무하는 분 같았다. 그 사람은 진공청소기로 계속 청소를 했고, 나는 면접 대기실에 조용히 앉아 있었다.

최종 면접에서 국어 2명과 사회 1명을 선발하기로 한 이 학교의 면접 대기실에는 20여 명 넘게 긴장하며 앉아 있었다.

면접실은 교장실이었다. 교장실에 들어가서 나는 깜짝 놀랐다. 아까 복도를 청소하던 그 나이 지긋한 남자가 교장이었던 것이다. 교장이 왕인 줄 알았는데, 2시간이나 먼저 와서 청소를 하다니. 정말 괜찮은 교장이라고 생각했다. 여기도 여전히 전교조 질문을 했다.

"저는 교사는 학생들을 가르치는 일에 열정을 쏟는 직업이라고 생각합니다. 하느님에게 소명을 받은 직업이라고 생각합니다. 전교조 교사들의 정치적 행위나 집단행동 등은 저는 이해할 수 없습니다. 저는 교사가 되어도 전교조와 같은 단체에서 절대 활동하지 않을 생각입니다."

이런 걸 퍼펙트라고 하는 것이다. 나는 퍼펙트했다. 때로는 마음과 다르게 얘기하는 것에 더욱 진심을 담기가 쉽다고 생각한다. 나는 지금도 전교조나 교총 등에 특별한 반감은 없는 편이다. 그냥 자기의 선택이니까. 현재 나는 그 어디에도 속해 있지 않다.

내 이 완벽한 대답에 교장은 이렇게 응수했다.

"전교조 그분들도 교육을 위하는 분들 아니겠어요? 그분들과도 함께 가야 하는 거죠."

나만큼 이 교장도 퍼펙트다. 난 참 이 교장이 맘에 들었다.

시골구석에 있는 이 학교는 별로 맘에 들지 않았지만, 이 교장은 참 맘에 들었다. 이 교장에 대한 자세한 얘기는 이따가 서술해 주겠다. 이 교장이 얼마나 이상한지….

4. 저 퇴직하겠습니다

이 시기 나는 서울에 있는 고등학교의 기간제교사로는 이미 합격했고, 개학 전에 이 학교의 여러 선생님들에게 인사도 했으며, 부서 회식에도 참석했다. 내 업무도 알게 되었고, 교과서와 학습 자료도 모두 받았다. B 지역의 천주교 재단의 정교사 합격 결과는 아직 안 나와서 그냥 떨어졌나 보다 생각하고, 3월 2일에 서울에 있는 불교 재단의 사립고등학교 기간제교사로 첫 출근을 했다. 양복을 차려입고, 인생에서 첫 취업이라 약간 설레는 마음이 있었다.

3월 2일, 그 학교에서 신임교사로 교직원 회의에 소개된 나는 이 학교에서 잘해서 정교사가 되리라 마음먹었다. 인생 첫 교직원 회의를 마치고, 내 자리에 앉았는데 핸드폰 진동이 울렸다.

가끔 나는 핸드폰의 진동도 빛깔이 있다고 생각한다. 바지 안에서 느껴지는 이 진동은 뭔가 나에게 새로운 소식을 줄 것 같았다. 나는 전화기를 들고 빠르게 복도로 나갔다. B 지역에 있는 내가 정교사 시험을 보았던 사립학교의 교무부장의 전화였다. 나에게 최종 합격했다며 지금 오실 수 있냐고 했다. 나는 바로 답변했다. 한 치의 망설임도 갖지 않았다.

"네. 바로 출근하겠습니다."

나는 약간 눈물이 나려 했다.

그렇게 서럽다던 기간제교사 생활을 시작도 안 했는데, 바로 정교사가 되다니, 이건 기적 같은 일이었다. 수많은 나의 동기들이 임용고시를 떨어지고, 기간제교원으로 간 걸 잘 알기에 나에게는 정말 감사한 일이었다.

서울 집에 놓아둔 옷이며 짐을 챙겨 다시 아내가 있는 그리고 나의 첫

아이가 태어나는 곳으로 갈 수 있어 너무 좋았다.

바로 서울 사립학교 교무부장에게 말했다. 죄송하지만, 정교사가 되어 퇴직해야 할 것 같다고 했다. 교무부장은 축하한다며 세련되게 인사해 주었다.

서울의 사립학교 입사 첫날 나는 퇴직을 한 것이다.

집에 가는 버스에서 아빠에게 전화를 했더니 너무 좋아하셨다. 엄마는 살짝 우셨던 것 같다. 그날의 내 기쁨에 찬 목소리는 버스를 쩌렁쩌렁하게 울렸을 것 같다. 친한 친구들한테도 버스 안에서 엄청 전화를 돌렸다. 형, 누나도 덩달아 너무 기뻐해 주었다. 취업도 안 한 내가 결혼이라는 걸 했고, 아이까지 태어날 때 다행히 취업을 그것도 정교사로 취업을 했다고 하니 누가 들어도 드라마틱한 이야기일 것이다.

2004년은 IMF에서 완전히 벗어나지 못한 상황이었고, 사립 정교사는 돈을 먹여야만 된다는 소문이 있었는데, 나는 돈 1원 한 푼 (아니 차비는 들었다) 들이지 않고 당당하게 합격했다.

너무 기뻤고, 시골집으로 가는 고속버스에서 춤을 추고 싶을 정도였다.

끝없이 끝없이 나는 기쁨의 다리를 지나고 있었다. 그리고 그 다리가 내 교직 생활 끝까지 이어질 것이라고 생각하고 믿었다.

그러나, 사립학교의 어두운 터널이 나를 기다리고 있음을 그때는 정말 몰랐다.

PART 3

나의 사적인 학교의 오후

나의 교직 생활을 서술하는 데 기준점을 찾기는 참 어렵다. 그냥 사립 학교 교사로 16년을 쭈욱 근무했는데, 그걸 아무 기준 없이 서술하기는 더 어려운 일이다. 학교는 특성상 관리자의 성품이나 가치관, 교육관 등으로 학교가 운영되는 면이 많다. 그러나 학교는 교장이 아니다.

　학교가 원하는 교사가 되라는 말은 선배 교사나 교감, 교장이 줄기차게 하는 말이다. 그런데 학교는 '학생+학부모+교사' 3주체가 합쳐진 곳이다.

　선배 교사나 교감이나 교장이 말했던 학교가 원하는 교사는 교장이 원하는 교사라는 걸 나는 금방 깨달을 수 있었다. 한마디로 관리자 말에 순응하는 교사가 좋은 교사라는 등식이 성립되는 것이다. 그 등식이 공고해질수록 학교는 엉망이 되어 간다. 왜냐하면 거기에는 가장 중요한 학생이 빠져 있기 때문이다.

　지금부터의 얘기는 내 경험과 상상의 산물임을 밝힌다. 내 상상도 있고, 출처를 알 수 없는 주변 선생님들에게 들은 얘기들을 접목시킨 것이다. 비슷한 인물이 있어도 그건 모두 우연의 일치다. 캐릭터화를 위해 만든 가상이며 허구이다.

　계속 강조한다. 이 글은 소설이다. 에세이가 아니다. 가끔 소설이 더 현실적이긴 하다고 말할 수 있겠지만….

군인 교장 — 바둑 교감

1. 미쳐 돌아가는 학교

내가 첫 교직에 들어섰을 때, 내가 교사의 꿈을 이루었다고 생각했던 그때. 학교는 생각보다 많은 벽들이 있었다. 특히 관리자들의 이상한 취향이 평범하고 나약한 교사들을 많이 변하게 했다. 원래 변할 만한 교사들이었는지도 모르겠지만….

군인 출신 교장은 실제로는 직업군인 출신도 아닌 장교로 짧게 군 생활을 한 게 다였지만 군인 정신으로 똘똘 뭉친 인간이었다. 군인 정신 중 희생정신으로 똘똘 뭉쳤으면 좋으련만, 이 교장은 자신이 지휘관이고 교사는 간부, 학생은 사병으로 생각하는 인간이었다.

그러니 항상 자신은 가장 빛나는 자리에 있어야 하고, 최고 높은 위치에 있어야 한다고 생각하고 있었으며, 교사들은 일사불란하게 움직여 주기를 바랐다. 자기가 교감에게 명령하면 교감은 부장한테, 부장은 평교사에게, 평교사는 학생에게 전달되어야 했다.

시험기간이면 선생님들은 학생들을 빨리 보내고, 채점을 마치고, 테니스나 배드민턴 등을 치면서 여유를 즐기곤 했다. 그런데 그것이 못마땅했던 군인 교장은 시험 시간을 1, 3, 5교시로 편성하고 2, 4 교시에는 학생들이 자습을 하도록 하게 했다. 5교시가 끝나도 학생들은 바로 귀가하지 못했고, 7교시까지 무조건 자습을 하도록 하게 했다. 그러나 그것에 대해 이의를 제기하는 교사는 없었다. 뒤에서만 말할 뿐이었다.

왜냐하면, 그 교장은 늘 "학생을 위해서, 학생을 먼저 생각합시다."라는 대단한 철학을 앞세웠는데 사실은 전날 밤 늦게까지 공부하고 온 학생들이 많아서 정작 학생들은 시험이 끝나면 잠깐 편하게 쉬거나 자야 했다. 그런데 그것마저 빼앗아 가면서 학생들을 위한다는 대의를 앞세웠다.

그러나 실제는 그게 아니었다. 사실은 학생들에게 급식을 먹이기 위해서였다. 그때는 무상 급식 이전이었으므로 학생들에게 급식비를 납부하게 해서 급식업자를 도운 것이다. 당시 급식실 사장은 매점도 같이 운영했으니 시험 기간에 1,000명 정도가 밥을 먹고 안 먹고는 급식업자 겸 매점 사장에게는 정말 중요한 일이었던 것이다.

결국 그 교장은 급식을 먹이기 위해 천여 명의 학생들을 남긴 것이다. 우리들은 그렇게 믿고 그렇게 이야기를 해 댔다. 그런데 그 얘기는 곧 교장 귀에 들어갔다.

이상한 교장이라 그런지 늘 프락치를 심어 놓았다. 우리의 얘기들을 군인 교장에게 그대로 전달하는 미친 선생이 있었다. 군인 교장은 어느 날 자신은 급식업자를 돕기 위해 학생들에게 밥을 먹이는 것이 아니라고 했고, 학교 급식업자가 자기 집에 찾아온 적이 있지만 자신은 문전박대했으며 급식업자에게 그 자리에서 십 원 한 푼 받지 않았다고 했다.

우리들은 뒤에서 또 얘기했다. '교장실에서 받았겠지.'

이 교장은 자기가 군인이라 생각하는지 아니면 학교를 군대로 만들고 싶었는지 각 반에 부대의 상징 같은 깃발을 나누어 주었다. 전체 조회 시간이면 그 깃발을 기수로 지정된 학생이 들고 오게 했고 한 달 동안 결석생이 없는 무결석 반에는 그 깃발에 리본을 자기가 직접 달아 주면서 흐뭇해했다.

2000년대 초반에 이 1970년대에 있을 법한 정신 나간 풍경을 보고, 나는 웃지 않을 수 없었다. 각 반에 기수가 있다는 게 말이 안 되는 일이다. 그 군인 교장이 나의 면접 때 전교조도 함께 가야 한다고 말했던 인간이었다. 그 인간이 막상 내가 진짜 정교사가 되니, 나에게 전교조는 절대 가입하지 말라고 압박을 하니 참 웃긴 교장이라는 생각이 들었다.

또 체육대회가 되면, 각 반 기수들이 기를 높게 들고 교장에게 경례를 하며, 깃대를 앞으로 향하게 하는 등 군대에서도 흔히 보기 힘든 그런 이상한 풍경이 이 학교에서 몇 년째 지속되었다. 그리고 이 군인 교장은 체육대회에 성화가 빠지면 안 된다며, 실제 성화를 사서 성화 봉송도 했다.

그게 다가 아니었다. 군인 교장은 체육대회 기간 동안 성화가 켜 있어야 한다고 하기도 했다. 무슨 올림픽도 아니고, 아예 그리스에서 성화 불붙일 인간이었다. 그러나 실제 불을 붙인 성화를 옮겨 줄 성화대는 구하기 어려웠는지 붉은 조명에 천을 펄럭이는 마치 옛날 술집에 가면 불꽃이 연출되도록 한 그 촌스러운 스탠드를 구령대 앞에 세워 두었다.

나는 진심으로 웃었다. 그러나 웃는 이는 나밖에 없었다. 다들 어찌나 진지하던지….

이런 행동을 하는 교장이 운영하는 학교가 정상일 리 있겠는가?

십여 년이 지난 뒤 나는 군인 교장의 소식을 신문을 통해 알게 되었다. 퇴임 이후에 그 교장이 자기가 아는 기간제교사가 근처 사립학교 정교사 되는데 브로커 역할을 해서 경찰조사를 받았다는 내용의 기사였다.

군인 교장은 그 기간제교사의 부모와 같은 성당을 다니는 친한 사이여서 단순히 소개해 주었다고 주장했다는데, 우리는 직감했다. 급식실 사장이 집을 찾아온 것처럼 그 기간제교사의 부모도 군인 교장 집을 찾아왔겠지.

군인 교장이 돈을 안 받았다고 믿는 사람은 아무도 없었다. 마침내 그 군인 교장은 구속되어 징역형을 받았다. 몇몇 선생님들은 웃으며 기뻐했다. 인과응보가 가끔은 실현된다며 좋아했다. 법과 정의는 살아 있다며 웃으며 얘기했다.

그런데 그 교장을 위로한다며 면회를 가고 사식을 넣어 주는 선생들도 존재했다.

나는 학교는 참 다양하고도 이상한 사람들의 집합소라는 생각이 들었다.

2. 교장과 놀아 주면 교감 된다

게다가 교감이라는 작자는 진짜 무능의 끝판왕이었다. 교사였을 때도 말도 잘 못하고, 수업도 잘 못하던 사람이었다. 그런데 이 사람이 어떻게 교감이 되었을까? 진짜 궁금했다. 이 사람을 교감으로 뽑은 사람은 군인 교장 바로 전의 교장 신부였는데, 이 신부는 바둑이 취미였었다고 한다.

마침 교감의 아들이 바둑기사를 준비하던 학생이었다. 그리고 그때는 상피제고 뭐고 없던 때이니 교사인 부모와 자녀들이 함께 학교를 다녀도 문제가 없었던 시기였었다. 이 교감은 교감 전에 종교부장이라는 직책을 맡고 있었는데, 주말마다 학교 안에 있는 신부님 관사에 들어가서 아들과 신부님을 바둑을 두게 하고 자기는 옆에서 훈수를 두거나 청소를 했다고 한다.

결국 이 사람은 교감이 되었다.

이후 이 학교에서 교감이 되고 싶은 교사들은 교장의 취미를 함께해 주면서 관리자를 꿈꿨다. 일명 그걸 '교장과 놀아 주기'라고 불렀다. 그런 게 통하던 시대였다. 그런데 이건 20년이 지난 지금의 사립학교에서도 통하긴 하더라.

이런 이상한 교장과 교감 때문에 많은 선생님들이 이 학교를 떠나고 싶어 했다.

나 역시 이때 이 학교를 벗어나고 싶어 무던히도 노력했던 것으로 기억된다.

이 군인 교장과 바둑 교감은 교사들을 전교조 대 교총의 대결 구도를 계속해서 만들어 냈다.

교장의 지시를 받은 교감은 인사위원회나 학교운영위원회 교원 위원을 선출하기 바로 전 날에는 전교조 선생님들이 인사위 위원이나 학운위 위원이 되어서는 안 된다며, 전교조가 아닌 선생님들에게 전화를 해서 투표를 잘하라는 협박성 발언도 일삼았다.

이 전화를 받은 다음 날 나는 바로 행정실로 달려가 교총을 탈퇴한다고 선언했다. 우리 학교 최초였다. 교총은 교감이 내가 발령받자마자 당연히 가입해야 하는 것처럼 얘기해서 가입했더니 그걸 빌미로 자기와 늘 의견이 같아야 한다고 생각하는 것 같아 너무 불쾌했다.

교직 경력 3년도 안 된 교사가 교총을 탈퇴하는 건 그 당시 센세이션이었다. 군인 교장은 나의 대학원 선배 교사에게 내가 탈퇴하지 못하게 하라는 임무를 주었다. 학생부장이었던 그 선배가 어느 날 나에게 술 한잔하자며 우리 동네로 왔다.

그 선배는 자기도 교장이 시킨 일을 안 할 수는 없다며 오히려 자기를 좀 도와달라고 했다. 그날 밤 교감은 나에게 전화를 해서 전교조를 가입하는 거냐고 물었지만, 나는 그 어디에도 속하고 싶지 않다고 했다. 교감은 이어서 교총 탈퇴로 많은 불이익이 있을 수 있다고 협박했지만 그런 협박을 받으니 나는 오히려 더 당당하게 나가야겠다고 생각했다.

나는 전교조든 교총이든 중요하다고 생각하지 않았으며, 그냥 동료 교사들과 잘 지냈다. 전교조 교사와 교총 교사를 구분한 적은 단 한 번도 없었다. 다만 나는 나와 맞는 교사와 그렇지 않은 교사로 나누면서 살면 되는 거라 생각했다.

3. 학교의 진짜 주인 교목실장

2004년 나는 두 명의 동기 선생님과 정말 열심히 생활했다. 평범한 시골 학교에 30대 남교사 3명이 한 번에 발령받았으니 학교는, 아니 교장이나 교감은 우리에게 엄청난 기대를 했다. 그뿐만 아니라 미션스쿨이었던 우리 학교에는 교목실장(신부)이 있었는데 이 사람은 교장보다도 우위에 있어 보였다.

남교사 세 명인 우리는 늘 주목을 받았던 것 같다. 특히 내 동기인 내가 존경하는 정 선생님은 정말 대단한 교사였다. 수업 능력도 소통 능력도 탁월했다. 나는 이 학교에 오기 전에 여러 학교의 교사 채용 최종 면접 자리에서 정 선생님을 마주친 기억도 있다. 정말 활달한 정 선생님을 모든 선생님들이 좋아했다. 또 술도 잘 마셔서 남교사 중심의 이 학교에서는 진짜 많은 사람들이 정 선생님을 좋아했다. 나는 정 선생님을 지금도 존경한다.

어느 날 저녁 교목실장 신부는 우리 셋을 관사로 불렀다. 그러면서 우리에게 여러 가지 이야기들을 쏟아 냈다. 교목실장의 여러 가지 이야기 중 가장 핵심은 전교조에 절대 가입해서는 안 된다는 것이었다. 그리고 종교를 이 학교에 심어 주라고 했다. 물론 미션스쿨이니 종교 이야기를 할 수는 있겠지만 전교조 교사들에 대해 분노에 찬 이야기를 할 때 우리 셋은 신부가 조금 이상하게 느껴졌다. 신부라는 사람이 누군가를 저렇게 미워한다는 것을 직접 표현하는 모습이 너무나 세속적으로 보였다. 아무튼 우리 셋은 모두 천주교 신자였으므로 종교에 대한 이야기는 다 수긍했으나 전교조 교사들에 대해 욕하는 모습은 이해하기 힘들었다.

그리고 마지막으로 신부는 우리에게 이렇게 당부했다.

"너희들이 나의 오른팔이 되어 줘라."

우리는 조용히 관사를 빠져나왔다.

그리고 근처 술집에 가서 이런저런 이야기를 나누었다.

"선생님, 저 신부 좀 미친 것 같지 않아?"

"우리는 교사로 온 거잖아."

"우리 스스로 부끄럽지 않으면 돼."

이후 우리는 교목실장 신부 근처에도 가지 않았다. 우리는 교사라는 직업을 가진 존엄한 인간이지 누구의 오른팔이나 누구의 하수인이 아니기 때문이었다. 그리고 오른팔은 하나면 되지, 우리가 누군가의 또 하나의 팔이 될 일은 아니었다.

이상한 신부와 군인 교장, 그리고 바둑 교감의 환상의 컬래버는 우리 학교를 하루에 십 년씩 뒤로 뒤로 밀고 갔다. 교사들은 청바지를 입으면 안 된다고 교직원 회의 때 교장이 주장하거나, 교감은 셔츠를 바지 안으로 집어넣지 않은 남 선생님을 복장 불량이라며 지적하기도 했다. 멜빵을 좋아하는 동기 장 선생님은 멜빵을 셔츠 안에 넣으라는 지적을 받기도 했다.

또 학교에 기숙사가 있어서 기숙사 근무를 서는 교사는 거기서 자야 했는데, 교장과 교감은 잘 때 반바지를 입지 말라고도 했다. 말도 안 되게 학생들에게 수학여행 때 교복을 입고 가게 하기도 했다. 학생들은 출발하자마자 버스에서 사복으로 모두 갈아입었다.

나는 답답했다. 속이 답답했다. 그러나 직장 생활이라 생각했다.

그래도 우리 동기 세 명은 서로 위로와 격려를 하면서 학교생활을 열심히 했다. 셋 중에서도 정 선생님은 뭐든지 잘해서 남녀노소 할 것 없이 그를 모두 좋아했다. 회식을 하거나 행사를 할 때면 모든 교사들이 늘 정 선생님을 찾을 정도였으니까 말이다.

어느새 1학기가 지나갈 무렵, 학교가 아침부터 술렁술렁거렸다. 마치 엄청난 일이 벌어진 것처럼 말이다. 그런데 지금 생각하면 아무 일도 아님에도 불구하고, 그때의 그 학교에서는 엄청난 일이었던 것이다.

그 엄청난 일이라는 게 정 선생님이 전교조에 가입했다는 것이다. 나는 본인의 의사에 따라 가입한 것이고, 크게 신경 쓰지 않았다. 동기 장 선생님도 그냥 정 선생님의 판단을 존중하였다. 그러나 그렇게 많은 사람들에게 인기가 많았던 정 선생님은 갑자기 교장을 중심으로 한 교장 추종파의 교사들로부터 배척을 받기 시작했고, 군인 교장은 나와 장 선생님을 교장실로 불러서 정 선생님의 가입 동기 등을 캐물었다.

그런데, 나는 정 선생님의 전교조 가입에 호들갑 떠는 이 사람들이 더 이상해 보였다. 이후 사람들은 그렇게 칭찬을 했던 정 선생님을 마치 대역죄라도 진 사람처럼 싫어하기 시작했다.

그렇게 변하는 사람들의 모습을 보니 정말 이게 사람 사는 세상인가 싶을 정도로 이상하게 느껴졌다.

4. 뭔가 모자란 바둑 교감

자신의 능력이 아닌 아들의 바둑 실력으로 교감이 된 그는 시간이 갈수록 횡포를 부렸다. 그런데 그 횡포라는 것이 경력이 적은 교사나 고분고분한 교사에게만 집중되었다. 바둑 교감은 신임 교사에게 1년 동안은 출근을 30분 먼저 하라고 했다. 나는 그게 직장 생활인 줄 알고 처음에는 잘 따랐다. 주변 선배 교사들에게 물어보니 부당한 지시는 따르지 않아도 된다고 했다. 그러고 보니 자기도 늦게 오면서 누구보고 일찍 오라고 하는 것인지, 나는 한두 달 일찍 오다가 좀 지나서는 출근 시간에 맞추어 출근을 했다.

바둑 교감의 주요 업무는 선생님들을 감시하는 거였다.

바둑 교감이 감시하는 것은 정말 웃긴 게 수업이나 학생과는 전혀 관련 없는 것들이다. 지금 생각하면 그런 사람이 관리자가 되었던 기간은 교사들에게는 너무나 큰 불행이었다.

그가 감시했던 것은 다음과 같다.

1. 남자 선생님들은 셔츠를 바지 안에 넣어 입는가?

2. 졸업 앨범 찍는 날 남자 선생님들은 양복을 입고 왔는가?

3. 학부모 총회 때 식사 자리에 참석하지 않은 교사는 누구인가?

4. 본인이 나누어 준 손걸레를 잃어버리지 않고 남교사 화장실 청소를 잘하는가? (당시 교사 화장실은 교사들이 하기로 했다.)

5. 월 1회 주말 등산에 참석하는가?

6. 퇴근 시 냉난방기와 선풍기를 끄는가?

이런 것들을 매일 점검한 바둑 교감은 이 중에 어기는 것이 있으면 꼭 와서 잔소리를 해 댔다. 비굴한 바둑 교감은 신임 교사, 순종적인 교사들에게만 잔소리를 했다. 바둑 교감에게 한 번이라도 대드는 교사나 전교조 선생님들에게는 한마디도 못 했다. 바둑 교감은 전형적인 강자에게 약하고, 약자에게 강한 비열한 유형의 인간이다.

나는 그걸 잘 알았다. 처음에는 나도 바둑 교감의 얘기를 들어 주는 척하다가 한번 폭발했다. 그랬더니, 그다음부터는 나에게 너무 부드럽게 잘 대해 주었다.

5. 나도 폭발할 때가 있다

내가 폭발한 사건은 이거다.

난 방송반 담당으로 방송실에 머무는 시간이 많았다. 모의고사 때는 듣기 평가를 틀어야 했고, 행사 때는 각종 방송들을 준비해야 했다. 방송반 업무는 재미있었고, 아이들과 영상도 만들면서 신나게 했다. 아이들은 토요일에도 늦게까지 방송실에서 영상을 만들곤 했다.

어느 월요일 아침, 바둑 교감이 나를 불렀다. 나보고 경위서를 쓰라고 했다. 그 이유는 주말에 방송실에 에어컨이 켜 있었다는 이유였다. 에어컨이 켜 있어서 학교에 전기세가 너무 많이 나온다고 말했다. 나는 너무 화가 나서, 아니 에어컨은 켜고 갈 수 있는 문제다. 이건 주의를 받을 문제지 경위서를 쓸 문제는 아니라고 생각한다고 말했다. 하지만 당시 여러 명의 교사가 경위서를 쓰던 암울한 시기여서, 계속 싸우기는 힘들었다. 지각한 교사도 경위서, 문제 출제 실수도 경위서, 외출 허락 안 받고 담배 사러 갔다가 들어와도 경위서였다.

아무튼 나는 썼다. 쓰면서 얼마나 열 받는지, 저런 인간에게 굴종적이 되어 가는 내가 너무 싫었다. 그래서 나는 복수의 기회를 기다렸다. 그런데 그 복수의 기회는 며칠 안 가서 나에게 천금같이 찾아왔다.

경위서를 쓰고 한 2주일쯤 지났던 것 같다. 5교시 중간에 갑자기 전자과 건물에서 불이 났다. 오래된 선풍기에서 불이 나서, 연기가 가득 찼다. 소방차의 빠른 도착으로 불길은 거의 발생하지 않고, 금방 진압되었다.

군인 교장은 이때다 싶어 긴급 교직원 회의를 소집했다. 선생님들이 교실 관리를 제대로 하지 않는다는 걸 혼내고 싶었던 것이다. 누구의 실수인지는 모르겠지만, 아무튼 일종의 일벌백계의 효과를 노리고 싶었나 보다.

"교실을 비울 때는 당연히 선풍기를 꺼야지, 왜 안 꺼서 이런 일이 벌어지게 하십니까?"

선생님들은 아무 말도 하지 않았다. 뭐 딱히 틀린 말도 아니니 말이다.

"교실 관리를 똑바로 하시고, 출입문 관리, 선풍기, 에어컨 관리 좀 철저히 하십시오."

교장의 이 말은 권고가 아닌 교사들에 대한 경멸을 담은 말투였다. 불이 난 교실의 담임이었던 나이 많은 그 선생님은 교장이 이런 소리를 해도 별 감흥이 없어 보였다. 그런데 이 회의 때 갑자기 전자과의 젊은 선생님이 자리에서 일어났다. 그리고 아주 기계적인 관점으로 이런 얘기를 했다.

"선풍기가 고장인 겁니다. 하루 종일 틀어도 선풍기에서 불이 나지 않습니다. 불이 난다는 것은 선풍기가 고장 나서 그런 겁니다. 그리고 그 선풍기 수리 요청했는데, 그동안 행정실에서 고쳐 주지도 않았고, 매년 여름 전에 점검했다는데, 도대체 뭘 점검했다는 겁니까?"

나는 시원했다. 비전문가인 내가 들어도 맞는 말이다. 선풍기를 하루 종일 틀어도 불은 안 난다. 그건 우리가 모두 경험적으로 알 수 있는 바였다.

교장은 급히 회의를 마쳤다. 바둑 교감은 안 그래도 안면홍조가 심한데, 그래서 우리는 피카추라고 불렀는데, 그날은 전기까지 발사될 정도로 얼굴이 빨갛게 되었다.

나는 이틀을 기다렸다. 복수의 기회를 잡았으니까 말이다.

난 바둑 교감을 찾아갔다. 교감선생님께 조용히 드릴 말씀이 있다고 하고 휴게실로 함께 갔다.

"교감선생님 너무하십니다."

"이상훈 선생님, 내가 뭘 너무한다는 거죠?"

"저는 에어컨 켜 놓았다고 경위서 쓰라고 하셨잖아요. 그런데 교실에 불이 난 교사한테는 왜 경위서 안 받으십니까? 차별입니까?"

바둑 교감은 깜짝 놀라는 표정이었다. "아니, 그건… 아무튼 그건… 교장선생님이 시키신 거고…."

"그럼 교장선생님한테 가서 제가 따져도 되겠습니까?"

"아니… 그건 아니고…. 아무튼 내가 반(半) 정도 미안하게 되었어요."

정확히 바둑 교감은 반 정도를 사과했다. 더 몰아붙이려다가 그냥 참았다. 아무튼 바둑 교감에게 사과를 받아서 너무 시원했다. 이 일이 있은 후에 바둑 교감은 나를 조심스럽게 대했다. 나는 셔츠를 더 빼고 다녔고, 심지어 청바지도 자주 입었다. 바둑 교감은 나한테는 아무 말도 하지 않았다.

이게 약육강식의 학교구나. 학생들의 교실에만 약육강식이 있는 게 아니고 교사들의 교무실에도 약육강식은 있었다.

6. 바둑 교감 분석

나는 바둑 교감을 인간으로 보지 않았다. 자식 팔아 교감된 것도 꼴 보기 싫고, 강약약강은 더 꼴 보기 싫었다.

에어컨 사건 이후 교감은 더 이상 나에게 아무 말도 하지 않았고, 적어도 나는 매우 프리한 학교생활을 하고 있었다. 그러나 바둑 교감은 나에게 반격의 기회를 노리는 듯 보였다. 그러나 나는 틈을 주지 않았다. 나는 지각도 하지 않았고, 조종례 철저, 학부모 민원도 제로였다. 바둑 교감은 나 말고 다른 교사에게 비인간적인 모습을 보이긴 했는데, 그거야 바둑 교감 천성이니 내가 관여할 부분은 아니었다.

바둑 교감은 수업이 있는 교사가 수업 시작 종 쳤는데 교무실에 20초 정도라도 앉아 있으면 빨리 들어가라고 소리를 지르며 선생님들을 막 몰아붙이는 놈이 되어 갔다.

심지어 추운 겨울에 코트를 입고 교무실에서 교실로 이동하지 말라는 해괴망측한 말들도 회의 시간에 해 댔다. 이건 철저하게 군인 교장의 명령이었다.

군인 교장은 회의 시간에 "교사는 항상 교사다워야 한다."라고 강조했는데, 그건 결국 교사의 옷차림이었다. 군인 교장은 한여름에도 긴 셔츠에 넥타이를 매고 양복을 입고 다녔다. 그리고 그게 표준이 되길 바랐는데, 그걸 따르는 사람은 몇 없었다. 나는 콧방귀도 뀌지 않고 다녔다.

내 나이가 36세가 되던 해의 여름 막바지에 나의 아버지는 갑작스런 폐렴으로 중환자실에 한 달 정도 입원하셨다. 어느 날 오후 나의 전화 벨

소리는 유난히 낯설었다.

전화 벨소리에도 감정이 들어 있다는 걸 다시 한번 깨닫는 순간이었다. 중환자실의 담당 의사 전화였다. 의사는 빨리 가족 모두 병원으로 오라고 했다. 급하게 병원에 가서 아버지의 임종을 보는 순간, 나는 처음으로 가족의 죽음을 경험했다.

나는 비통한 심정으로 중환자실 밖에서 한참을 울었다. 정신을 차린 후 아버지의 죽음을 친지들에게 알리고 학교에도 알려야만 했다. 친지들 모두 함께 울었으며, 친한 친구들, 동료 선생님들도 나에게 전화로 많은 위로를 해 주었다. 나는 출근 문제로 교감에게 전화를 걸었다.

"교감선생님, 오늘 아버지가 돌아가셨습니다." 이렇게 전화로 알리자 바둑 교감은 이렇게 대답했다. 거짓말 하나도 보태지 않고, 과장도 하지 않고, 정확히 이렇게 말했다.

"내일 개학인데, 수업은 어떻게 하실 거예요?"

나는 눈물이 쏙 들어갔다. 순간 잘못 들은 줄 알았다. 부친상을 당한 교사에게 교감이라는 작자가 저런 말을 할 수 있을까?

"네? 며칠간은 출근 못 합니다."

"알겠습니다."

이렇게 대화를 주고받고 전화를 끊었다. 이날의 이야기는 십수 년이 지난, 아니 내가 죽을 때까지 기억에 또렷이 남아 있을 것이다. 그리고 내가 세상에 누군가 한 명을 저주할 수 있다면, 그래서 그의 인생을 완전히 망가지게 할 수 있다면, 나는 당연히 주저 없이 바둑 교감에게 저주를 보낼 것이다.

그리고 그의 인생을 망가지게 해 달라고 기도할 것이다. 그러나 지나고 보면 바둑 교감은 약과이다. 교직에는 더한 괴물이 많으니까 말이다.

바둑 교감은 어머니가 돌아가신 어떤 여선생님이 49재 때문에 조퇴한다고 했더니, 퇴근 시간에 맞게 퇴근하라고 하기도 했다. 수업은 다 했는데도 말이다. 이것뿐만이 아니라 남편을 간호해야 해서 조퇴를 해야 한다는 여자 선생님에게 간병인이라는 제도가 있는데 왜 선생님은 조퇴를 하냐며 책망하기도 했다.

이런 수많은 일들을 겪은 선생님들은 바둑 교감을 저주했고, 몇 년 후 응급실에 입원한 바둑 교감의 소식을 들은 대부분의 선생님들은 안타까워하지 않고, 매우 고소하게 생각했다. 바둑 교감이 아직 살아 있다는 것은 참 슬픈 소식이라는 어떤 선배 선생님의 말이 웃기기도 슬프기도 했다.

7. 첫 담임 폭망

(1) 담임이라는 폭력

나는 2005년에 첫 담임을 했다. 전교조 가입했다는 이유로 내 동기 정 선생님은 담임에서 배제되었고, 다른 동기 장 선생님은 인문계 반 담임을, 나는 실업계 반 담임을 했다. 실업계 학생들은 공부도 못했을뿐더러 학교에서도 찬밥 신세였다.

실업계 때문에 학교가 안 좋아진다는 등 흡연자는 다 실업계라는 등 한 학교에서 과만 나누었을 뿐인데, 인문계 대 실업계의 대결 및 비난 구조가 고착화되어 있었다. 그건 비단 학생들 사이뿐만 아니라 교사들 사이에서도 널리 퍼져 있었다. 학생부장은 실업계 학생들은 인문계 건물 근처도 오지 못하게 했다. 그런데 인문계 학생들은 실업계 건물로 갈 수 있었다. 안 그래도 가정에서 상처 많이 받은 경제적으로 어려운 실업계 학생들에게 학교는 차별을 몸소 실감시켰다.

나는 첫 담임이 되자마자 이 실업계 학생들에게 자부심을 심어 주고, 열등감을 걷어 내고자 했다. 당시만 해도 3월에 가정방문이 있었는데, 나는 테니스부 학생 포함하여 36명의 학생 집에 모두 방문했다. 대부분 부모님이 일을 하셔서 학부모 상담은 거의 불가능했고 학생의 집만 잠깐 둘러보았다. 그중 몇몇 학생은 한부모가정, 심지어 조손가정도 많이 있었다. 가정방문을 위해 내가 가져간 승용차가 주차할 자리가 전혀 없는 곳에 사는 학생도 있었고, 그냥 지나가는 도로 옆에 집이 있는 학생도 있었다. 1980년대 가난보다도 훨씬 더 가난하게 사는 학생들의 모습을 보았다.

　그런 아이들에게 나는 마치 일제강점기의 개화를 주장하는 신지식인의 모습으로 살아 보려 했으니, 그들에게 나의 정성과 사랑이 얼마나 공허했을까? 얼마나 허위로 느껴졌을까?

　아무튼 그때 나는 뭔가 계몽 의식에 불타 있었다. 결국은 다 불타 버렸지만….

　첫 담임의 열정으로 나는 다음과 같은 일들을 해냈다.

　첫 번째로 나는 학생들과 함께 교실을 꾸몄다. 당시만 해도 실업계 학급은 환경 미화를 별로 하지 않았던 것 같다. 실업계 학생들은 환경 미화에 별 관심이 없었고, 실업계 반 교사들도 관심이 없기는 마찬가지였다.

　두 번째로 나는 옆 반보다 10분 먼저 등교하게 했고, 아침에 독서를 하도록 했고, 조회 시간에는 좋은 말들을 계속해 주었다.

　세 번째로 나는 학생들의 생일을 챙겼는데, 한 달 단위로 생일자들을 위해 케이크도 사 주었고, 간식도 사 주면서 교실에서 파티도 했다.

　그밖에 수업 시간에는 학생들을 더 재미있게 참여하도록 했고, 자율학습을 하고 싶어 하는 학생들에게는 저녁에 교실에서 공부할 수 있게 했으며, 가끔 맛있는 것도 학생들에게 사 주었다. 그리고 실업계 학생들을 위한 보충수업도 모두 참여하게 했다.

　3월 한 달은 나의 열정이 너무 뻗쳐서 한 명이라도 엇나가면 나는 견딜 수 없이 힘들었다. 엇나가려는 학생들과 상담을 통해 공부가 왜 필요한지 등에 대해 설명했으나 지금 생각해 보면 당시 우리 반 녀석들은 나의 이 수많은 말들을 어른의 잔소리로만 느꼈을 것 같다.

　30대 젊은 남교사가 열정적으로 하는 것은 학교생활을 대충하고 싶은 실업계 학생들에게는 폭력으로 느껴졌는지는 모르겠다. 아이러니하게 내가 더 열정적으로 할수록 아이들은 반대 방향으로 계속해서 도망갔다.

그리고 5월 정도에 사건은 터지고 말았다. 실업계 학생들도 무조건 보충수업을 들어야 한다는 나의 신조가 무너지는 일이 벌어지고야 말았다.

2005년 5월 12일, 나는 아직 날짜도 기억이 날 정도다. 그날은 보충수업이 2시간 연속 있는 날이다. 보충수업이 끝나야 나도 종례를 했으므로, 학생들의 보충수업이 끝날 때까지 나는 교무실에서 책을 읽고 있었다. 7교시 보충 첫 시간에 들어간 선생이 수업 시작한 지 10분도 안 되어서 교무실로 왔다.

"5반, 6반 학생들이 모두 도망갔네요." 나는 교실로 뛰어가 보았다. 교실에는 진짜 착한 아이 한 명만 남아 있었다. 조손가정의 그 아이만 남아서 나에게 미안한 표정을 지었다. 실업계 두 반 70명의 학생이 모두 도망갔으니, 보충수업은 더 할 필요가 없었던 것이다. 나는 분노했다. 학생들에게 전화했으나 받지 않았다. 다들 받지 않았다. 너무 화가 났지만, 이 분노를 어떻게 조절해야 할지 몰랐다. 집에 와서도 잠을 한숨도 못 잤다. 그동안 내가 그들에게 보인 열정, 사랑, 정성이 모두 부정당하고 말았다는 기분이었다. 다음 날(5월 13일 금요일) 출근하자마자 나는 한 명씩 나오라고 했고, 지시봉으로 쓰는 당구 채로 다섯 대씩 있는 힘을 다해 체벌을 했다. 당구 채는 정확히 7명을 때리니 부러졌다. 당구 채가 부러지는 건 처음 본다.

교무실에서 가장 두꺼운 매, 일명 정신봉이라 불리는 매를 가지고 와서 다시 나머지 학생들을 때렸다.

지금은 체벌은 상상도 할 수 없지만, 그때까지만 해도 체벌은 일상이었다. 결국 나는 34명(테니스 1명, 도망 안 간 학생 1명 제외)을 다 때리고 나서야 어깨가 너무 아프고, 손에 물집이 잡혔다는 것을 알았다. 34 × 5 = 170이니까 170번의 강력한 스윙을 한 셈이다. 그러나 다 헛스윙이었다. 애들을 때리는 것은 다 의미 없는 헛스윙이었던 셈이다.

교무실로 돌아와 한참 멍하니 앉아 있었다. 결국 내가 보인 열정이 실업계 꼴통들에게는 폭력이었던 것이다. 하기 싫은 일을 억지로 시키는 것이 실업계 학생들에게는 폭력이었던 것이다. 그렇다면 내가 해 준 수많은 좋은 말들, 칭찬, 격려, 그리고 내 돈을 들여 해 준 생일잔치, 간식 제공은 무엇이었던가? 나 스스로 돌이켜 보니, 때론 내 진심이 학생들에게는 별것도 아닌 일이 되는 순간일 수도 있었던 것이다.

그리고 정확히 다음 날(5월 14일 토요일) 내가 교사로 맞은 첫 스승의 날(15일이 일요일이어서 토요일에 스승의 날 행사를 함)에 나는 그렇게 정성을 쏟았던 학생에게 그 어떤 축하의 말도 듣지 못했다. 선물을 기대했던 것은 아니다. 그냥 "선생님, 스승의 날 축하드려요."라는 말과 함께 〈스승의 은혜〉를 불러 줬다면 난 아마 교실에서 감동했을 것이다. 꼴통들은 짠 것처럼 정말 단 한 명도 나에게 스승의 날을 축하한다는 말을 안 했다. 옆 반에서는 스승의 날의 노래인 〈스승의 은혜〉가 울려 퍼지고, 오색 풍선이 교실에 달렸지만….

그날 일찍 집에 돌아와 난 소파에 누웠다. 아내는 꽃 한 송이 못 받아 온 나를 보고 적지 않게 놀랐다. 아내에게 나는 "좀 피곤하네. 나 좀 잘게."라고 말하고 침대에 엎드렸다. 눈물이 조금 날 것 같았는데, 울지는 않았다.

(2) 그 부모에 그 자식, 그 자식에 그 부모

스승의 날 이후 나는 조금 달라졌다. 가르치는 일에 대한 열정이 식지는 않았지만, 꼴통들을 대하는 것에 대한 열정은 빨리 식었다. 스승의 날 선물 못 받은 것 때문만은 아니었다. 그동안 벽에 대고 나 혼자 짝사랑했던 엉뚱한 열정을 빨리 다른 쪽으로 옮겨야 했다. 이후 나는 철저하게 수업 연구에 매진했고, 책에다가 학생들이 좋아할 만한 개그도 메모해 놓아서 수업 시간을 지루하지 않게 했다. 철저하게 가르치는 일에 집중했다.

그런데 어쨌든 담임인 게 죄인지 꼴통들을 머리로는 계속 남의 새끼들이라며 밀어냈지만, 가슴 한편으로는 저 꼴통들을 내가 아니면 누가 사랑해 주겠느냐는 생각도 했던 것 같다.

꼴통들이 알아주든 말든 나는 내 나름대로 최선을 다했었고, 그냥 내 성향상 학생들을 포기하는 일은 어려웠다.

2학기에는 롯데월드 소풍이 있었다. 모두 자유 이용권을 끊어야 하는데, 집이 경제적으로 어려워서 자유 이용권을 구매하지 못하는 아이들도 있었다. 우리 학교 인문계 학급에는 형편이 어려운 학생이 별로 없었는데, 실업계에는 많았다. 특히 우리 반에 많았다.

다행스럽게 롯데월드에서 기초생활수급자(당시에는 생활보호대상자)의 가정의 자녀에게는 자유 이용권이 지급되었다. 한 반에 두 명 정도 지급되었는데, 우리 반에는 형편이 어려운 학생들이 그보다 더 있었다. 아무도 모르게 내 돈으로 학생을 조용히 불러서 몇 명은 내주었다. 지금 와서 생색내는 것 같은데, 아무튼 그때의 나는 그랬다.

자유 이용권은 당시 2만 원에서 3만 원 사이였는데, 그것도 못 내는 가정이면 진짜 어려울 거라 생각했고, 어려운 가정임에도 기초생활수급자로도 지정 못 받았다면 뭔가 더 힘든 상황이지 않겠는가?

소풍비는 학생들이 각자 행정실에 내고, 행정실에서는 그 돈을 모아 롯데월드로 보내면 되는 시스템이었다. 그런데 2학년 전체 학생들이 쉬는 시간마다 행정실에 몰리니 행정실이 너무 시끄럽기도 했고, 행정실 안에 있는 교장실의 군인 교장은 아이들에게 자꾸 뭐라고 했다. 교복을 안 입는다는 둥 담배 냄새가 난다는 둥…. 그리고 종 치면 아이들을 모두 내쫓곤 했다.

꼴통들이 그걸 나한테 일렀는데, 내가 교장한테 뭐라고 할 수 있겠는가? 나는 반 총무한테 돈을 걷어서 행정실에 한꺼번에 내라고 했다. 기초생활수급자 가정의 학생들과 정말 형편이 어려운 학생들은 비공개적으로 미리 행정실에 낸 것으로 처리했다. 총무도 기초생활수급자 가정의 학생이어서 티 안 나게 알아서 잘 체크했다.

롯데월드로 소풍 가기 1주 전쯤 사건이 터졌다. 첫 담임이 왜 폭망인지, 진짜 이 꼴통들은 대책이 없다.

소풍비, 총무가 걷은 돈이 싹 다 없어졌다. 60여만 원이 넘는 돈이 체육 시간 후에 싹 다 없어졌다. 완전히 싹 다….

나는 어떻게 해야 하나? 60여만 원을 내 통장에서 주고 없던 일처럼 하고 소풍을 즐겨야 할까? 아니면 도둑을 잡아야 할까? 그러나 내가 꼴통들에게 60만 원을 쓰는 건 의미 없다. 왜냐하면 도둑놈은 어차피 우리 반에 있으니까. 나는 학생들을 한 명씩 불러 물어봤지만, 모두들 모른다고 했다. 그렇게 이틀이 갔고, 소풍은 이제 3일 남았다.

나는 "경찰이 내 친구다. 그리고 메일로 범인 제보 받았다. 나한테 오지 말고, 학생부로 가서 돈 내고 용서 빌어라. 그러면 나도 모른 척해 주겠다."라고 씨알도 안 먹히는 거짓말로 아침 조회를 시작했다.

그렇게 하루가 갔다. 이젠 이틀 남았다. 나는 무엇이든 결단을 해야만 했다. 동화처럼 도둑이 학생부로 가서 눈물로 죄를 고백하는 일은 벌어지지 않았다.

이틀 전 나는 돈을 찾기란 불가능한 일이라 생각되었다. 그래서 학급 회의를 진행했다. 그 학급 회의는 내가 원하는 방향으로 결론을 내리기 위해 연 것이다. 나는 "돈을 한 번씩 더 내자. 지금 잃어버린 돈을 나까지 포함해서 37로 나누어 한 번 더 내는 걸로 하자."라고 말했다. 꼴통들은 소풍 가는 일이 중요해서, 그거라도 안 내면 소풍 못 가니까 다 동의했다. 그런데 이 동의는 꼴통들의 동의로는 부족하다.

나는 종례 후 36명의 부모님과 모두 통화했다. 통화는 정확히 10시에 끝이 났다. 한 네 시간 통화를 했다. 부모님들께 소풍 비용에 대한 얘기, 담임으로서 책임이 크다 등 감성에 호소하는 얘기들을 하다 보니 시간이 그렇게 되었다.

그런데 다행스럽게도 모든 부모님은 이해한다며, 괜찮다고 했다. 정확히 1명의 아버님을 제외하고는…. 그 아버지는 "아니 어떻게 학교에서 그런 일이 있어요? 관리를 제대로 못 한 거잖아요." 등등 나의 아픈 구석을 정확히 마구마구 헤집어 놓았다. 학생은 매우 착한데, 그 아버지는 진짜 못되었다고 생각했다. 어쨌든 결국은 소풍비를 모두 한 번 더 내기로 한 걸로 끝이 났다. 그런 줄 알았다. 다음 날 아침 출근하기 전까지는….

출근하니 군인 교장이 2학년 담임 모두를 교장실로 소집했다. 교장은 학급에서 그런 일이 있었는데, 꼭 소풍을 가야 하냐며 나를 질책했다. 어떤 부모가 교장한테 아침에 바로 전화를 했던 것이다. 나중에 안 거지만, 어제 그 아버지는 아니었다. 나와 통화할 때 가장 친절했던 어떤 아이 어머니였다. 나와의 통화에서는 자기가 더 낼 수 있다고까지 했던 어머니가 교장한테는 이런 애들을 위해 왜 소풍을 가냐고 따졌다고 한다. 아무튼 군인 교장의 일장 연설이 있었으나 선배 교사가 대부분 부모가 협조하겠다고 하니 그냥 가는 걸로 하자고 얘기해 주어서 아침은 일단락되었다.

나는 아침 조회 때 "너희들 부모님 중에는 소풍 동의하지 않는 분이 계신 것 같다. 부모님이 동의하지 않으면, 이따위 소풍 나도 안 가고 싶다."라고 짧게 말하고 교무실로 돌아왔다. 정확히 10분 뒤 교장 호출 "이상훈 선생님, 학생들에게 조회 때 부모에 대한 그런 얘기하지 마세요." 나는 놀랐다. 그사이에 애가 전화해서 엄마한테 일렀고, 그 엄마는 다시 교장한테 이른 것이다.

"제가 그런 의도로 얘기한 것은 아닙니다."라고 했지만, 사실 나는 그런 의도로 했다.

우여곡절 끝에 우리 반은 소풍을 갔고, 군인 교장은 소풍 당일 관광버스를 타려는 나에게 와서 소풍비 훔쳐 간 범인을 잡으라고 명령했다. 나도 '살인의 추억'처럼 미치도록 잡고 싶다고 이 미친 교장아···. 나는 속으로 '교장 복이 없어도 이렇게 없냐'고 생각하며 모든 사람들이 행복해지는 롯데월드에서 나 혼자 불행해짐을 느꼈다.

소풍은 그렇게 끝이 났다.

소풍 다다음 날 학생부장이 나를 불렀다. 그리고 우리 반 학생이 학생부장을 찾아와 잘못했다며 돈을 반납했다고 했다. 나는 그 학생이 누구냐고 물었지만, 학생부장은 알려 줄 수 없다고 했다. 학생을 위하는 길이라며….

나는 속으로 '웃기네. 그렇다고 내가 모르냐?'라고 생각하며, 학생부기획이었던 나와 친한 박 선생님에게 "오늘 학생부장을 찾아간 전자과 학생이 누구냐."라고 물어보았다. 박 선생은 "응, 걔. ○○○가 왔었어." 라고 대답했다.

그 아이 이름을 듣고 나는 너무 놀랐다.

그 학생은 다름 아닌 나에게 화를 엄청 냈던 아버지의 아들이었다. 학교에서 어떻게 그런 일이 있냐며 내 가슴을 후벼 판 아버지의 아들이었다. 나는 당장 전화기로 달려가서 "당신 아들이 돈 훔쳤다. 당신 아들 때문에 일어난 일이다. 어떻게 아이가 60만 원이나 훔칩니까? 당신 아들이 범인입니다."라고 그 아버지의 가슴도 후벼 파고 싶었지만, 그렇게 하지 않았다. 그렇게 한다면 결국 그 학생은 도둑으로 판명 날 테고 학교를 제대로 다니지 못하게 될지도 모른다는 생각이 스쳤다.

그래, 이 꼴통 새끼들아, 이게 내가 너희들을 사랑하는 방식이다.

그로부터 10년 정도 지나 다시 담임이 된 나는 우리 반 책거리 파티로 롯데리아 햄버거를 단체 주문을 했는데, 무슨 운명의 장난처럼 롯데월드 소풍비를 훔쳤던 녀석이 배달을 왔다. 녀석은 나한테 반갑게 인사했다. 롯데리아에서 일한다는 거다.

나는 속으로 말했다.

'너는 롯데하고, 인연이 정말 깊구나.'

8. 이상한 나라의 환경부장

나는 군인 교장을 속으로 엄청 무시했다. 너무 촌스럽기도 했고, 생각 자체도 무슨 1960년대에 머물러 있었으니까 말이다. 청바지를 입지 말라는 둥, 셔츠를 빼 입지 말라는 둥, 교복을 입고 수학여행을 가라는 둥…. 진짜 무슨 조선시대도 아니고….

이걸 바둑 교감은 그대로 선생들에게 강요하니 진짜 설상가상 교장, 교감들이다.

그런데 군인 교장과 바둑 교감의 말들이 다 맞다고 생각하는 사람이 의외로 많았다. 특히 부장들은 군인 교장이 임명하는 시스템이니 부장들은 더욱 교장한테 잘 보이려 했다.

특히 심한 사람은 환경부장이었는데, 이분은 나와 고등학교 동문이어서 나를 잘 챙겨 주려고 했는데, 그 방식이 진짜 이상했다. 교장한테 잘 보이는 법이라든지 친분 있는 선생님들과 회식 갈 때는 절대 아무에게도 말하지 말라는 둥 전교조 선생님들이랑은 밥도 먹지 말라는 둥…. 이런 얘기들을 해 대서 나는 이 선생님과 1년 정도만 친분을 유지하고, 금방 멀어졌다. 그런데도 가끔 지금도 나에게 안부 문자메시지가 온다. 정년 퇴직한 지 10년도 다 되었는데도 말이다. 정말 예나 지금이나 나를 잘 챙겨 준다.

환경부장 교사는 환경 미화 심사의 날을 마치 군대에서 검열을 하는 날이라고 착각한다. 학생들이 교실을 깨끗하게 청소하고, 환경을 아름답게 가꾸는 것을 넘어서서 토요일 오후 담임들이 교실에 남아 있고, 환경부장과 그 부하 교사가 전교의 학급을 모두 돌면서 먼지를 찾으러 돌아다닌다.

만일 창틀에 먼지 하나라도 있으면, 담임선생님을 불러서 지적을 해 댔다.

도대체 이건 어느 나라 학교 방식인지….

게다가 환경부장이 각 반의 지적했던 사항을 교무실 게시판에 학급별로 적어 놓고, 그 반 담임이 지적 사항을 해결했으면 그 내용을 지우는 정말 손 안 대고 코 푸는 시스템이다.

나는 우리 반 지적 사항들을 끝까지 안 지웠다. 그대로 두었다. 학교에 청소하러 온 것도 아닌데, 저렇게 청소에 열 올리는 게 이해가 안 되어서이다. 그런데 결국 나 같은 사람은 아무도 없어서 모두들 지적 사항을 해결도 안 했지만, 가서 그냥 지웠다. 나만 빼고 말이다.

어느 날 토요일에 친구 결혼식 때문에 조퇴를 하려고 바둑 교감한테 말하니, 자기를 따라오라는 거다. 가 보니 우리 반 환경 미화 지적 사항에 있었던 복도 천장의 거미줄을 보여 주는 거다. 거미줄은 우리 반만 있는 것도 아닌데…. 나는 빨리 청소하겠다고 했다. 그리고 교감에게 조퇴 사인 받고, 교장한테 바로 갔는데, 교장이 나에게 친구 결혼식에 꼭 가야 되냐고 물었다. 친한 친구여서 가야 한다고 했더니, 복도 천장의 거미줄 좀 떼고 가라고 했다.

교장실을 나오면서, 나는 이 이상한 사람들(환경부장—교감—교장)의 트라이앵글 구도를 언제까지 봐야 하는지 한숨이 나왔다.

그러나 시간은 그들의 트라이앵글 구도도 금방 깨지게 했다.

9. 교사에게 정신감정이 필요한 이유

과목을 밝히진 않겠다. 선입견을 가질 수도 있겠지만, 그런데 아무튼 내가 경험한 그 과목의 선생들은 대부분 정신감정이 필요해 보였다. 처음에 엄청 친절하게 나와 내 동기 장 선생님에게 다가온 선생이 하나 있었다. 밥도 사 주고, 학교 이런저런 이야기들을 했다. 우리가 잘 모르는 선생님들 얘기들은 매우 흥미로웠다. 그런데 시간이 갈수록 그 선생의 얘기들은 정말 황당했다. 진짜라고는 믿을 수 없는 말들이었다. 눈빛마저 약간 사이코틱했다.

예) 전교조 새끼들이 나를 죽이려고 매일 모의해.

　　전교조 새끼들은 학교의 마스터키를 가지고 있어.

　　지금도 물리실에서 마스터키를 깎고 있는 중이야.

　　나는 학부모 총회에서 어머니들과 블루스 추는 게 좋아. 등등

나는 빠르게 이 이상하고 괴상한 선생과 절교했다. 생각해 보니 선배라는 사람이 밥을 사 줄 때도 진짜 싼 거만 사 주었다. 또 식당에서 할인된 가격으로 먹을 수 있는 런치 타임이 끝났음에도 불구하고, 식당 주인한테 런치 타임으로 계산해 달라며 진상 손님처럼 굴었다. 나는 그 선생이 참 창피했다.

후에 그 선생은 이루 말할 수 없는 사고를 많이 쳤다. 그러나 그 선생은 성당에 열심히 다닌다는 이유로 어떤 징계도 받지 않았다.

우리 동아리 학생들이 벽화를 그렸는데, 그 그림이 마음에 안 든다고 주말에 나와서 혼자 그 벽화 위에 자기 그림을 덮어서 그리는 정말 상상불가의 행동들을 했다. 내가 너무 화가 나서 교장 신부한테 찾아가 정식으로 그 교사의 행위에 대한 문제 제기를 했으나, 그 교장 신부는 나보고 이해하라고 했다. 그 선생은 나에게도 우리 동아리 학생에게도 어떤 사과도 하지 않았다.

그뿐이랴 생활기록부의 종합 의견을 하나도 쓰지 않은 채 진급을 시켜서 난리가 났음에도 이 이상한 선생은 태연했다. 심지어 교무실에서 야한 영화를 보는 정신병자였으나 그 선생은 어떤 징계도 받지 않았다. 왜냐하면 성당을 열심히 다니는 교사이기 때문이다.

불쌍한 건 그 반 학생들이었다.

그 선생은 고지혈증으로 아픈 학생을 학급에서 "야, 고지혈증."이라 부르는 반인륜적인 행위를 해도 어떤 징계도 안 받았고, 교육청에 민원을 넣어도 학교에서는 성당 열심히 다닌다는 이유로 어떤 징계도 내리지 않았다. 그 선생은 여전히 잘 살고 있다.

어떤 선생님이 그 이상한 선생을 가리키며 이렇게 말했다.

"쟤 정신상태는 약물치료로는 안 돼. 격리 병동에 입원시켜야 해. 방학 중에 입원해서 치료 좀 받았으면 좋겠어."

나는 무슨 공사판 같은 이 학교가 점점 싫어졌다. 이즈음 나는 빨리 학교를 벗어나고 싶었는데, 막상 방법이 생각나지 않아 영어 공부만 죽어라 했다. 대학 졸업 후 영어와는 완전히 이별한 내가 아무리 영어에게 구애를 해도 영어는 나를 떠나 버렸다. 서울대 박사과정을 준비하려고 했으나 영어 시험 통과도 못 한 못난 나였다.

미실 교장 — 바둑 교감

1. 불쌍한 사람들

학교의 변화는 정말 이사장 마음먹은 대로 할 수 있었다. 종교법인이라 이사장이 상주하지는 않았지만, 학교에 있는 교목실장(신부)이 이사장 역할을 하였다. 교목실장은 무엇이든 마음대로 할 수 있었고, 그러다 보니 교장보다는 교목실장 쪽에 줄을 서는 사람들이 보였다.

군인 출신 교장은 교목실장한테 찍혔는지 갑자기 교감으로 강등되어 법인 내 다른 학교로 가 버렸다. 솔직히 나는 좋았다. 적(군인 교장)의 적(교목실장)은 우리 편이었던가?

하지만 교목실장은 교사 출신이 아니어서 그런지 교사들의 마인드를 전혀 이해 못 했다. 자신한테 굽신거리지 않는 교사들을 어떻게든 괴롭히려고 했다.

그런 교목실장에게 가장 협력한 사람이 옆에 있는 중학교의 교장이었는데, 교목실장은 이 교장을 중·고 통합 교장으로 내세우고, 자신한테 고분고분하지 않는 전교조선생님들을 법인 내 다른 지역의 학교로 인사발령을 내 버렸다.

하루아침에 십수 년씩 근무하던 학교에서 낯선 학교로 쫓겨나는 선생님들의 대부분은 전교조 선생님들이었다.

그런데 우리 학교의 전교조 선생님들이 다른 지역으로 쫓겨나면, 그 지역에 있는 전교조가 아닌 선생님들이 우리 학교로 오는 경우가 생겼다. 해마다 연말이면 선생님들은 타 지역으로 쫓겨날까 봐 조마조마했다.

전교조 선생님들은 그런 분위기에 더욱 압박을 느꼈고, 전교조가 아닌 선생님들도 지역이 바뀌어서 발령이 날까 봐 전전긍긍했다.

그러면서 전교조에 가입한 선생님들이 타깃이 되기 시작했다. 재단 내의 3개 학교의 일부 선생님들은 전교조 때문에 이런 일이 벌어지게 되었다며 반목의 분위기를 만들었다.

평범하고 나약한 교사들은 인사시스템을 완전히 해체한 교목실장을 욕하는 것이 아니라 교목실장에 아부하지 않는 전교조 선생님들을 욕하기 시작했다. 이해할 수 없는 일들이 연말마다 반복되었다.

결국 내 동기 정 선생님은 타 지역으로 쫓겨났다. 물론 지금은 매우 잘 지내지만, 그때는 정말 울면서 갔다. 학교 정문에서 나도 정 선생님과 함께 부당한 인사 철회에 대해 피켓시위도 했는데, 소용없었다. 다 소용없었다.

시간이 지나면서 사람들은 말이 없어졌고, 따로 모이는 것도 눈치를 봐야 했고, 교장이나 교목실장에 반기를 아니 반기는 둘째 치고, 다른 의견도 회의 때 제시하면 안 되는 분위기가 형성되었다. 실제로 미실(신라 시대 임금 이상의 권력을 누리던 여걸, 당시 〈선덕여왕〉이라는 드라마에서 고현정이 악녀로 열연함)이라는 별명의 여교장은 회의 시간에는 교사 개인의 의견을 제시하면 안 된다고 공표하기도 했는데, 그 말에 이의를 다는 사람은 아무도 없었다.

미실 교장은 자기가 중학교 출신 교장이었으므로 고등학교에는 지지 기반이 없을 거라고 생각했는지 중학교에서 고등학교로 온 교사들을 일종의 프락치로 심어 놓았다.

정말 교장들은 하나같이 다 왜 그런지. 나는 인간에 대한 진절머리를 느꼈었다. 학교는 교장이 망쳐 놓는 느낌이었다.

더 무서운 것은 아무도 교장의 그런 행동이 이상하다고 느끼지 않는 분위기라는 것이다. 오히려 이 학교에는 교장한테 잘 보이고 싶은 사람들로 넘쳐났다. 그리고 아직 굳건히 학교를 지키고 있는 교목실장에게 잘 보이고 싶어 하는 사람들도 많았다. 교목실장은 우리 동기들을 자신의 오른팔로 만드는 것에 정확히 실패했다. 한 명은 전교조, 나머지 두 명은 뭔가 고분고분하지 않았으니 아마 패배감을 느꼈을지도 모르겠다.

학교는 점점 기형적으로 변해 갔고, 사람들은 교장의 입만, 교목실장의 행동만 쳐다볼 뿐 능동적으로 수업을 하거나 좋은 학교로 만들고 싶어 하는 교사들은 안 보였다. 겉으로는 모두 행복해 보였으나 내가 꿈꾸는 학교와는 점점 멀어져만 가고 있었다.

미실 교장은 여자라는 성별을 핸디캡으로 생각하고 있었다. 그래서 어떻게든 교사들을 엄격하게 통제를 하려고 했다. 담배를 사러 교문 앞을 나가도 외출 허락을 받게 했고, 조퇴나 연가는 전혀 쓸 수 없게 했으며, 방학 중 41조 연수는 실제로 방학 중 어느 한 사안에 대해 조사하고, 개학해서는 그 사안에 대해 다른 교사들에게 연수를 하게 했다.

미실 교장이 잘한 것이 하나 있는데 그건 여교사의 육아휴직은 바로바로 할 수 있게 해 준 것이다. 나는 그것만은 좋은 현상이라고 생각했다.

그때는 사립학교의 경우 육아휴직에 인색한 학교가 많았고, 사립학교에서 육아휴직을 사용할 수 있다는 것은 매우 고무적이며 자랑스러운 일이었다.

근처의 다른 사립학교들에서의 육아휴직은 곧 퇴직을 의미하기도 했으니까 말이다. 당연한 권리가 교장의 허락이 없으면 안 되는 이상한 학교들이 많았다.

미실 교장은 여교사들을 위해서 폭넓게 사용하도록 한 육아휴직이었지만, 교목실장은 여교사들이 거의 빠짐없이 육아휴직을 쓰는 것을 못마땅해했다. 교목실장은 앞으로 여교사는 절대 뽑지 않는다는 망언을 사석에서 서슴지 않았고 옆에서 아부하는 인간들은 거기에 동조를 했다.

바둑 교감은 어떻게 변했을까? 자식 팔아 교감까지 된 위인이니 교장에게 정말 충성하면서 살 수밖에 없었을 것이다. 바둑 교감은 팬옵티콘의 감시시스템처럼 변해 갔다. 인간이 아닌 무슨 기계처럼 변해 갔다.

이 시기도 교사가 아주 작은 실수라도 하면 주의문(일종의 반성문)을 써서 교장에게 제출해야만 했다. 예를 들어 수업을 깜빡 잊은 교사도 반성문을 써야 했고, 시험 문제 오류가 하나만 있어도 반성문을 써야 했다. 시험 문제 오류는 출제자뿐만 아니라 해당 교과 부장도 반성문을 써야 했다. 그러니 너도나도 반성문을 쓰던 시기였다.

어떤 교사가 방학 중 방과후 수업 시간을 착각하여, 교무실에서 그냥 앉아 있었던 적이 있었다. 이 교사가 잠깐 화장실에 갔을 때, 교무실에 아이들이 찾아와서 선생님 안 들어오셨다고 얘기했다. 그걸 들은 바둑 교감이 학생들을 일단 교실로 돌려보냈다. 그리고 본인은 바로 교문 옆 경비실로 갔다. 경비실에서 한 시간 동안 앉아서 수업에 안 들어간 교사를 잡으려고 잠복하고 있었다.

수업에 안 들어간 교사는 그 사실도 모른 채 화장실 다녀와서 자기 자리에서 수업 시간을 착각한 채 앉아 있었다. 수업 시간이 끝날 무렵 바둑 교감은 경비실에서 잠복을 끝내고 교무실로 돌아와 그 선생님을 찾아가 화를 냈다.

본인이 그 선생님을 얼마나 기다린 줄 아느냐며 화를 내면서, 주의문을 제출하라고 했다. 황당한 그 선생님은 그냥 당하고 있었다.

이런 학교가 정상일 리 있겠는가? 그러나 겉으로 보이는 평온한 이 학교가 너무 무서웠다. 선생님들의 화합을 위해 마니또를 한다든지 여교사들은 모여서 여행을 간다든지 겉으로 너무 행복해 보이는 이 학교가 나는 점점 무서웠다.

마니또로 내가 뽑은 사람은 미실 교장이었다. 나는 그녀에게마니또 선물로 루시드폴의 〈레 미제라블〉이라는 CD를 선물했다. 프랑스어로 '레 미제라블'은 '불쌍한 사람들'이라는 뜻이다.

2. 시범 케이스 문 선생님

계속해서 통제를 강화했던 미실 교장은 주 2회씩 하는 교직원 회의 때마다 회의 참석자 확인을 위해 교사들이 들어오면서 이름과 서명을 쓰도록 했다. 60여 명의 교사가 한 줄로 서서 그 일을 하고 있는 광경이란 정말 안타까웠다. 60대의 교사부터 20대의 기간제교사까지 한 줄로 서서 사인을 하고 회의를 시작했다. 고작 지각하는 교사 1명을 찾기 위해서였다. 지각하는 교사가 교감한테 이런 이런 사유로 조금 늦는다고 얘기할 텐데 그걸 안 한다고 생각하는지 아니면 교사들을 믿고 싶지 않은 것인지 아무튼 우리는 회의 때마다 줄을 서야만 했다.

인사이동 등으로 학교에 낯선 선생님도 많아졌고, 연말이 되면 어디로 쫓겨날까 걱정하면서 우리는 학교생활을 하고 있었다.

법인 내 타 지역 학교에서 여러 교사가 우리 학교로 쫓겨 왔는데, 그중 문 선생님은 여러모로 튀었다. 교직원 회의 때 발언도 자주 하고, 교장을 찾아가 이런저런 이야기도 했다. 특히 교직원 회의 때 선생님들이 한 줄로 서서 사인하는 것은 선생님들을 못 믿는 처사라고 당당하게 이야기했다. 솔직히 나는 그때 그런 용기까지 나지 않았다. 왜냐하면 그렇게 했다가는 내 동기 정 선생님처럼 다른 곳으로 쫓겨날 것 같다는 생각이 들었다.

학교는 날로 재미없었고, 나는 10년도 안 된 교사지만 벌써 매너리즘에 빠지기 시작했다. 활기 없는 학교는 군대 비슷했고, 나는 통제받는 사람처럼 느껴졌다. 시험기간이면 문제를 틀릴까 봐 조마조마했다. 주의문을 받으면 안 되니까 말이다.

그러던 중 수학 교사였던 문 선생님의 중간고사 문제에서 오류가 발견되었던 것이다. 수학 문제 몇 개가 잘못되어서 정답이 없는 문제가 세 문제 발견되었다. 그런데 평소면 주의문으로 끝나야 할 일이 문제 수가 많다는 이유로 정직 처분을 받게 되었다. 두 문제 틀린 사람은 주의문으로 끝났는데 세 문제는 정직이라는 징계를 내린 것이다. 미실 교장의 사적 복수가 시작된 것이다.

정직 3개월이라는 중징계는 3개월 간 학교도 못 나오고, 월급도 제대로 못 받는 무서운 징계다. 파면, 해임 아래의 징계이니 교사를 잘라 내기 위한 직전의 징계로 진짜 큰 징계다.

사람들은 수군거렸지만, 누구 하나 변호해 주지 않았다. 게다가 당시 수학과 부장은 문 선생님 시험지를 정확히 검토하지 않았다는 이유로 견책이라는 징계를 받기까지 했다. 수학 교사 문 선생님은 교원소청심사위원회에 이의 제기를 했고, 우리 학교 교사들은 선처를 바라는 탄원서를 제출하였다. 그러나 서명만 하는 간단한 탄원서에 모든 사람이 동참하지는 않았다. 모든 사람이 아니라 1/3 정도는 서명하기를 주저했다. 서명을 받으러 다니는 노 선생님을 피해 다니거나 빼 달라고 하는 사람들이 있었다. 두려웠던 게지. 자기도 사적 복수를 당할까 봐 두려웠던 게지.

다행이라고도 할 것 없지만, 문 선생님은 무결석 반으로 교육감상을 받은 게 있어 징계 감경 대상이 되었다. 문 선생님은 감봉으로 징계가 낮춰졌고, 교원 소청심사위원회에서는 사립학교의 징계 권한을 인정해 줘 감봉 3개월을 확정해 버렸다.

문 선생님이 중간고사 시험 오류로 징계를 받은 일이 있은 후 교사들은 시험 기간이면 학생들보다 더 긴장했다.

그러나 미실 교장의 엄정하고 가혹한 잣대는 문 선생님 같은 사람들에게만 향해 있었다.

기말고사 시험에 시험지를 잘못 제출하여 학생들에게 재시험까지 보게 한 교사는 어떤 징계도 받지 않았다. 30문제 이상 잘못 출제한 교사는 아무 일이 없었고, 세 문제 틀린 문 선생님은 교장에게 회의 때 수시로 의견을 냈다는 이유로 중징계를 받은 것이다.

상식이 조금이라는 있는 평범한 학교였다면 그런 징계는 상상도 할 수 없는 일이다. 아니 일반 회사에서도 불가능한 이런 일들이 이 학교에서는 계속 생겨나고 있었다. 그리고 그런 일들이 이상하다고 말하는 사람은 아무도 없었다.

이후 학교는 더욱 혼란스러웠고, 교장의 사적 복수는 계속되었다. 교장뿐만 아니라 두 눈 시퍼렇게 뜨고 있는 교목실장은 교사들을 어떻게 하면 마음대로 통제할까라는 생각만 하고 있었다.

3. 교장 위의 교목실장

학교에는 정교사뿐만 아니라 기간제교사도 많이 있었다. 휴직 등의 대체(代替)로 온 기간제교사도 있었고, 정규 TO가 있는 결원 기간제교사도 꽤 있었다. 결원 기간제교사들은 어떻게든 정교사가 되기 위해 학교 아니 교목실장에게 충성을 다했다.

기간제교사들은 교목실장이 주관하는 아침 미사에 빠짐없이 참석했고, 연말이면 세례까지 받았다. 아침 미사는 무언가를 교목실장에게 요구하는 미사의 성격이었다. 교장이나 교감을 시켜 달라는 요구부터 정교사를 시켜 달라는 요구가 미사의 목적이었다. 우리는 그 성격을 다 알고 있었다. 교무부장이 되면 미사를 가기 시작했고, 기간제교사들도 미사를 다 갔으니 말이다. 결국 우리 학교는 학교와 성당의 중간, 그 어디쯤에 있었다.

교목실장에게 잘 보이려고 심지어 학생들을 동원해서 미사를 보게 하는 담임교사도 생겨났고, 반 아이들을 무조건 세례를 받게 하는 교사도 생겨났다. 아이들은 담임이 하라니까 울며 겨자 먹기로 성당을 다니기도 했다. 결국 교사 개인의 영달을 위해 학생들을 동원하고 희생시키는 이상한 폭력의 풍경들이 아침마다 펼쳐졌다.

나는 천주교 신자라 가끔 학교 미사에 참석했으나 미사의 성격이 요구로 변모해 가는 걸 느끼는 순간부터는 학교에 있는 성당은 가지 않았다. 그냥 조용히 동네 성당에서 묵상하고 기도했다. 그게 진짜 미사라고 생각했기 때문이다.

교목실장 신부는 전형적인 마초였다. 여성들을 자기 밑에 두고, 마치 비서처럼 다루었다. 일부 젊은 여교사들은 그런 신부에게 잘 보이기 위해 애를 썼다. 한 달에 한 번 정도 젊은 남교사와 여교사가 교목실장 집에 모여 술을 먹고 놀았다. 그 집에서 신부에게 잘 보이려고 과일을 깎는 여교사도 있었으며 교목실장 신부와 커플처럼 구는 여교사도 있었다. 신부와 커플처럼 구는 여교사의 남편도 같은 학교 교사였는데, 자기 아내가 신부 바로 옆에 붙어서 애교를 떠는 모습을 보고도 화가 나지 않았는지 정말 이해할 수 없었다. 마치 동물의 왕국 같은 풍경들이 펼쳐졌다.

한 유부녀 신임 교사도 교목실장 집에 갔었는데, 그 집에서의 광경들이 너무 충격적이어서 다시는 가지 않겠다고 했다. 그 교사의 말을 빌리면 '아방궁 파티' 같다고 했다. 여교사들이 그 신부에게 어떻게든 잘 보이려고 애쓰는 모습이 너무 무서웠다고 했다.

신부를 중심으로 남녀 교사가 빙 둘러싸고 술을 먹고, 놀고, 심지어 주말에 모여 영화도 보는 등 진짜 이상한 풍경 등이 펼쳐졌다.

교목실장은 날로 무섭고 강해져 갔다. 월 1회 등산을 가자는 신부의 말에 법인 내 3개 학교 일부 교사들은 일요일에 등산을 갔다. 나는 단 한 번도 그런 불편한 등산에 참석한 일이 없었다. 그러나 3개 학교에서 등산을 가겠다는 교사는 점점 많아졌으며, 나는 그들이 실제 산을 좋아했는지는 알 수 없었지만, 우리 학교가 권위적인 사기업의 모습으로 바뀌어 가고 있다는 것은 알 수 있었다.

기간제선생님들과 교장, 교감, 일부 부장들, 그리고 아방궁 멤버들이 등산의 주역으로 기억된다. 정교사가 되기 위해 기간제선생님들이 등산에

적극 참여한 것은 100% 이해할 수 있었지만, 나머지는 왜들 그랬는지….

그들도 두려웠던 게다. 교목실장 눈 밖에 나는 게 두려웠던 게다. 군인 교장이 교감으로 쫓겨나는 것을 두 눈으로 봤으니 말이다. 법인 내 다른 학교의 교감은 평교사로 강등되기도 하는 등 학교들의 혼란스러움은 말로 표현하기 어려웠다. 시간이 갈수록 다들 끼리끼리 모이기 시작했고 상대편과는 인사도 하지 않았던 분위기였다.

교목실장은 지금 근무하는 교사로는 자기의 충신을 기르기 어렵다고 판단했는지 자기 마음에 드는 신규 교사들을 채용하려고 했다. 내가 교사가 될 때만 하더라도 몇 가지 전형 기준이 있었다.

1. 서류 전형(대학 및 대학원은 수도권 출신만 합격)
2. 필기시험(해당 학교에서 출제)
3. 논술 시험
4. 수업 시연
5. 최종 면접

그러나 이런 단계를 거쳐 뽑은 나 같은 사람이 교목실장의 오른팔이 되라는 권유를 뿌리치니 교목실장은 나름 충격이 컸나 보다. 단위 학교에서 진행하던 전형은 법인으로 가져와서 필기시험으로 사도신경이나 십계명을 쓰게 했다. 종교가 없거나 다른 종교의 기간제선생님들은 정교사가 되기 위해 세례를 받거나 기도문을 외우기 시작했다.

아무리 좋은 대학을 나와도 소용없었다. 기도문을 외우지 못하면. 아무리 수업을 잘해도 소용없었다. 기도문을 외우지 못하면.

심지어 교목실장은 등산으로 신임 교사를 뽑는 정말 경악할 만한 일도 저질렀다. 지원자들을 어떤 산 앞으로 집합을 시키고, 조별로 나누어서 등산하게 했고, 산에서 내려와 등산에 대한 느낌을 말하는 것이 신임 교사를 뽑는 전형의 기준이었다. 그렇다면, 이 말도 안 되는 전형의 평가위원은 누구였을까? 예측했겠지만, 아방궁 멤버들이 평가위원이었다. 아방궁 멤버라고 해 봤자 경력 1, 2년이 된 정교사들인데 이 사람들을 평가위원으로 내세우니 정말 교사를 뽑겠다는 것인지 아니면 자기의 심복을 뽑겠다는 것인지 나는 이해할 수 없었다.

그즈음 서울에 있는 좋은 대학교(SKY 중 하나)를 나온 기간제 여교사는 나름 우리 학교에서 인정받았으나 교목실장이 회식 때 뚱뚱하다는 말을 하는 등 비수를 꽂더니 결국 등산 면접에서 탈락시켰다. 나는 내심 검증받은 일류대 졸업한 그 기간제교사가 합격하길 바랐는데, 신싸 엉뚱한 사람들이 합격을 했다.

똑똑한 여교사를 탈락시키고, 엉뚱한 교사들을 뽑아 버렸다.

후에 그 기간제 여교사에게 들어 본 면접의 풍경은 아방궁을 산으로 옮긴 형태였다. 젊은 아방궁 멤버들이 등산복을 잘 갖춰 입고 와서 "신부님 저 예쁘죠?" 하며 너도나도 승은을 입으려는 여자들로 넘쳐났다고 한다. 거기에 신부는 "야, 너무 그러지 마라. 나도 흥분된다."라는 말을 했다고 한다. 들은 얘기라 100% 사실인 줄은 모르겠으나, 그 기간제선생님이 굳이 거짓말을 하지는 않을 것으로 생각된다.

얼마나 이상한 사람이 뽑혔냐면, 일단 전공자가 아닌 사람들이 뽑혔다. 심지어 대학교는 처음 들어 본 학교였다. 나는 그 대학교가 2년제인 줄 알았다. 그 등산 면접으로 합격한 사람들을 우리는 'ㅇㅇㅇ(교목실장 이름) 키즈'라고 비웃었으나 후에 교목실장의 전폭적인 지지를 받은 그들이 학교에 중심인 양 행세하기 시작했다.

그들은 실력으로 SKY 대학을 이겼다고 공공연하게 말하고 다니거나 자기들은 등산 면접까지 본 엘리트라고 강조하고 다녔다. 예상한 바대로 학교는 더 이상해졌고, 나는 사립학교에 대한 정나미가 뚝뚝 떨어졌다.

사립학교 하나가 교사로 단 하루도 근무해 본 적 없는 교목실장 신부 한 명으로 인해 나락으로 가는 것은 순식간의 일이었다.

이 이상한 교목실장을 제어할 유일한 사람은 보건실의 강 수녀님이었다. 강 수녀님은 실업계 남학생들과 달리기 시합도 하고, 축구도 하며 거친 남학생들과도 친구처럼 잘 지내시는 대찬 분이셨다. 또한 광우병 시위에 참여하는 등 사회문제에도 관심이 많았고, 교원총연합회 신문에 광우병 시위를 비판하는 글이 실리자 당장 그 신문을 끊고, 교총도 탈퇴하겠다고 선언한 분이셨다.

나는 이 수녀님을 좌파 수녀님이라고 놀리면서 매우 친하게 지냈다. 이 수녀님은 아방궁 멤버들을 비판했고, 심지어 신부의 애인같이 굴던 유부녀 여교사를 '나쁜 년'이라고 칭하기도 했다. 그리고 교목실장의 행동들을 엄청 비판했다. 또한 미실 교장과도 계속해서 부딪혔다.

그러나 누군가 계속해서 교목실장에게 이 수녀님의 말과 행동들에 대해 일러바쳤고, 결국 이 수녀님을 교목실장이 수녀원으로 발령 내 버렸다.

수녀님은 교목실장에게 안 가겠다고 끝까지 저항했으나 교목실장이 거의 왕인 체제인 이 학교에서는 아무 소용없는 일이었다. 이 수녀님 대신 중학교에 계시던 수녀님이 고등학교로 오게 되었고, 이즈음 신부한테 잘 보이지 않으면 학교에서 쫓겨난다는 인식이 강하게 퍼졌다. 수도

자였던 수녀님도 쫓겨나는 학교니까 말이다.

이 교목실장은 왕을 넘어 황제였다. 교감이 되기 위해서는 이 교목실장의 대리운전이라도 해야 했고, 여자가 나오는 술집을 안내해야 했다. 나도 신임 교사 시절에 교목실장이 불러서 나갔는데, 이상한 술집이었고, 여자가 술을 따라 주는 곳이었다. 술만 따라 주는 곳이긴 했지만, 나는 너무 불쾌했다. 거기서 교목실장 신부가 나에게 이렇게 말했다.

"술집에서는 신부님이라고 부르지 마. 그냥 부장님이라고 불러."

나는 그 이후로 그 신부와 밥도 한 번 먹지 않았다. 불러도 나가지 않았다. 그리고 생각했다.

'당신 말대로 나는 당신을 신부님이라고 부르지 않는다. 왜냐하면 당신은 신부가 아니니까.'

제3장
미실 교장 — 능력 교감

1. 아부는 너의 힘

바둑 교감은 중학교로 쫓겨나서 사람들은 너무 좋아했다. 교무실에서 바둑 교감은 마지막 날 퇴임사를 하며 울었는데, 나는 속으로 박수를 쳤다. 사람들을 그렇게 괴롭히고, 울면서 가면 용서가 되는 줄 아나 보다.

바둑 교감이 가고, 중학교에서 능력 있는 교감이 왔다. 내가 왜 이 교감을 능력이 있다고 하냐면, 업무적으로 매우 완벽했기 때문이다. 결재도 정확하게 해 주었고, 특히 엑셀 프로그램을 너무 잘 다루었다. 능력 교감은 차갑고 정이 없는 스타일이었지만, 자기 업무를 스스로 하고 교사들의 복장이나 교사용 화장실 청소 상태 같은 자질구레한 것들을 지적하지는 않았다.

이 교감은 교사의 권리도 중요시 여겼던 것 같다. 물론 사람마다 평가는 조금 달랐지만, 나는 이 능력 교감이 있었던 시기가 좋았다.

미실 교장은 여전했는데, 여교사들은 미실 교장을 엄청 챙기기 시작했다. 남교사도 몇 명 끼어 있었다. 월급날이면 미실 교장을 초대해서 회식을 해 주는 정신 나간 교사도 있었고, 교무실에서의 일을 시시콜콜 미실 교장에게 일러바치는 교사도 있었다.

이제는 그런가 보다 하면서 나는 나에게 주어진 일만 하는 열정이 사라진 교사로 변해 갔다.

미실 교장은 내가 교직원 회의 때 의견을 몇 가지 제시했다는 이유로 담임에서 2년간 배제시켰다. 인사위원회에서 분명 나를 담임으로 결정했지만, 교장이 틀어 버린 것이다. 미실 교장이 나보고 능력이 없다고 했다며 인사 위원 중 한 선생님이 나에게 일러 주었다. 한 인사 위원 선배 교사는 교장이 틀어서 자기도 어쩌지 못했다고 미안해했다.

'맞습니다. 미실 교장 선생님, 저는 능력이 없습니다. 아부하는 능력이.'

2. 양심을 파는 가게가 있다면…

능력 교감이 한 명 왔다고 학교가 좋아질 리는 없다. 학교는 내가 보기엔 교장이 정상이어야 정상적으로 돌아간다. 능력 교감이라 할지라도 교장 밑이기 때문에 우리가 아무리 좋은 의견을 뒤로 전달해도 능력 교감은 실행으로 옮겨 주지 못했다.

학교는 그대로 머물러 있었고, 사람들은 더욱 끼리끼리 모였다. 학교 전체 회식은 더욱 조용해졌고, 사적 모임도 많이 줄어들었다. 몸도 마음도 여유가 없었다.

나는 담임이 아닌 시간들을 최대한 즐기려 노력했다. 교장이 능력 없는 교사로 인정했으니 내가 군이 능력을 발휘할 이유가 없지 않은가? 교장에게 내 능력을 보여 줄 이유도 없었고, 나는 수업에서 능력을 발휘하는 게 제일 재미있었다.

당시 나는 2학년 문과 문학을 가르치던 시기였다. 나는 어떻게 하면 재미있게 문학을 가르칠까 고민했다. 문과임에도 불구하고 문학적 소양을 기르기 보다는 교과서의 작품만 분석하려는 학생들에게 수업 중에 영화도 보여 주고, 시도 읽어 주고, 야외 수업도 하고 정말 마음껏 내가 하고 싶은 대로 열심히 했다. 나는 문과 다섯 반을 담당했고, 50대 초반의 Y 교사는 이과 다섯 반을 담당했는데 단위 수가 같아서 성적 산출을 문이과가 같이 하게 되었다. 나는 문학은 당연히 문과가 강세라고 생각하면서 문과 학생들의 성적에 대해서는 전혀 고민 없이 수업을 진행했다.

학생들은 문학 수업을 기다렸고, 교무실로 나를 만나러 오는 학생들도 많았으며, 문학 같은 학교생활을 나는 즐기고 있었다.

수업 자료도 정말 열심히 준비했고, 시사나 정치, 경제, 연예인 이야기까지 문학의 모든 소재들을 수업의 재료로 삼았다. 적어도 내 수업 시간에 잠을 자는 학생은 없어 보였다. 물론 너무 졸린 학생들은 잠을 잤겠지만…. 수업이 지루해서 자는 학생은 없었다.

그러나 갑자기 중간고사 때 문제가 생겼다.

중간고사가 끝난 후 문과 반장 다섯 명이 나를 찾아왔다. 이번 중간고사가 공정하지 않았다는 이유이다. 이과를 담당한 Y 교사가 시험문제를 유출했다는 것이다.

'시험문제 유출이라니…. 이건 파면 감인데.'라고 생각했다. 솔직히 Y 교사는 여교사들 어깨를 주무르거나 회식 때 러브 샷을 강요하기도 했던 교레기(교사 쓰레기)이긴 했다. 심지어 회식 때 여자 기간제교사 손을 잡고 안 놓아준다든가 하는 일도 있었다. (이런 교레기가 나중에 교감이 된다. 이 얘기는 나중에 다시 하겠다.)

먼저 나는 시험 문제 유출에 대한 학생들의 민원 제기에 대해 정확히 알아볼 필요가 있었다. 문과 반장들은 이과 문학 선생님은 학생들의 교과서에 별표나 출제 등의 표시를 하라고 하면서 수업을 진행했고, 그게 실제로 시험에 출제되었다고 주장했다. 나는 바로 이과 학생의 책을 가져오라고 했고, 반장 한 명이 이과 학생의 문학 책을 가져왔다. 반장들의 말은 사실이었다. 책에 별표 및 출제 등의 표시가 있었고, 실제로 많은 문제가 그대로 출제되었다. 나는 일단 이 문제를 조용히 처리해야 한다고 생각했다. 왜냐하면, 미실 교장은 나를 엄청 싫어하고, 문 선생님처럼 나도 그런 험한 꼴을 안 당하리라는 법은 없었기 때문이다.

나는 곧바로 Y 교사를 찾아가서 문과 학생들의 분노를 잠재워야 한다고 말했다. 학생들은 성적 확인도 거부했고, 집단적인 움직임을 보일 태세였다. 문과 담임선생님들 중에서는 나를 걱정해 주는 분들도 있었다.

나는 일단 Y 교사가 출제한 문제 중 오류가 있는 몇 문제를 복수정답 처리로 하자고 했다. Y 교사는 문제도 개판으로 출제했다. 나는 경력이 많은 교레기 Y를 믿고 문제도 제대로 검토를 안 했다. 내 잘못도 크다.

국어 부장님과도 상의했는데, 국어 부장님도 학생들의 분노를 잠재우는 쪽으로 유도하라고 했다. 내 수업 시간이면 반짝반짝이던 학생들의 눈이 어느새 나를 보면 도끼눈으로 변하기 시작했다. 교레기 Y는 왜 복수정답을 하냐며, 자기 문제에는 아무 이상이 없다고 오히려 나에게 화를 냈다. 나도 참을 수 없었다. 교레기 Y에게 왜 교과서에 출제 및 별표를 해 주고 거기서 문제를 냈느냐고 따졌다. 교레기 Y는 다음과 같이 말했다.

"문과 애들이 이과 책을 빌려서 공부했어야지. 서로 교환하면서 공부하는 게 맞는 거 아닌가." 정확히 이렇게 말했다. 무슨 또라이 같은 발상인지.

"문과 애들 중에는 이과 애들을 전혀 모르는 애도 많은데, 무슨 책을 어떻게 빌립니까?" 조금은 화가 난 듯 말했지만, 교레기 Y는 인상을 쓰며 "내가 교감한테 말할 테니 걱정 마. 내가 처리할게." 이렇게 말했다.

나는 능력 교감한테 말하는 것에 찬성했다. 능력 교감이라 이 갈등도 잘 처리해 줄 테니 말이다. 교레기 Y는 능력 교감에게 저녁을 대접한다며 둘이 나갔다.

나는 교무실에서 쫄쫄 굶으면서, 계속해서 아무도 다치지 않고 마무리

되길 바랐다.

2시간 정도 후에 능력 교감과 교레기 Y가 교무실에 왔다. 능력 교감은 나를 보더니 "상훈 샘은 아직 젊으니까 많은 경험을 하고 파이팅을 했으면 좋겠어."라고 얘기했다.

나는 직감했다. '교레기가 분명 자기 잘못을 쏙 빼고 말했구나. 마치 내가 학생들에게 교과서에서 중요한 내용을 가르치지 않았고, 나의 가르치는 실력이 아직 부족한 것처럼 말했구나.'

얼떨결에 "아, 네."하고 말했다. 그리고 잠시 생각에 잠겼다.

이 문제를 어떻게 마무리할 것인가? 능력 교감은 나를 중요한 것도 제대로 안 가르친 애송이 문학 교사로 인식할 것이고, 교레기 Y는 이 구렁텅이를 혼자 유유히 빠져나갈 것만 같았다.

한 40분 후 나는 교감선생님 자리로 갔다. 능력 교감은 내가 할 말이 있다는 걸 직감했고, 동시에 교레기 Y가 교무실에 있다는 걸 확인했다.

"교감선생님, 드릴 말씀이 있습니다."

내가 이렇게 말하니 능력 교감은 조용히 일어서더니 밖으로 나갔다. 마치 나보고 조용히 따라 나오라는 듯이.

나는 능력 교감을 따라 나갔다. 커다란 등나무 앞에서 교감에게 말했다. "이번 중간고사 때 학생들이 반발하는 것은 수업 중에 Y 교사가 출제되는 문제를 알려 주고 힌트를 준 게 원인입니다. 교감선생님이 저에게 어떤 의미로 파이팅을 하라고 하셨는지 잘 모르겠습니다."

능력 교감은 "아이고, 내가 정확히 몰랐네, 그럴 줄 알았어. 내가 이 선생을 잘 알지. 그렇게 호락호락하게 수업할 사람은 아니잖아."

나는 "좋은 평가 감사합니다. 이번 일은 학생들 설득하며 잘 마무리하겠습니다."

능력 교감은 "재시험 보면 상황이 어려워지니 잘 처리해 주구려."라고
했다.

"네, 알겠습니다. 감사합니다." 이렇게 말하면서 왠지 모르게 조금 울
고 싶어졌다. 나를 인정해 준 사람을 만났다는 안도감과 함께 Y에 대한
분노도 동시에 스쳤다.

다음 날 나는 문과 반장 다섯 명을 모두 불렀다. 그리고 있는 그대로
이야기했다.

"다소 형평성에 어긋나는 시험을 봐서 너희들이 피해를 본 게 있는 것
같다. 일단 너희들의 문제 제기를 인정하고, 애매한 것은 복수정답으로
처리할 것이다. 그리고 다시는 너희들이 불이익을 보는 일이 없도록 남
은 세 번의 시험에서 내가 최선을 다하겠다."

학생들은 나의 진정성 있는 말에 감동했는지 아니면 더 얘기해 봤자
소용이 없다고 판단했는지 알 수 없지만, 다들 알겠다며 교실로 돌아갔
다. 다행히 그 시험에서 징계를 받은 사람은 아무도 없었고, 문과 학생들
의 피해도 최소화되었다.

시간이 지나고 곱씹을수록 교레기 Y가 싫었고, 양심을 파는 가게가 있
다면, 양심을 사다가 Y 가슴에 넣어 주고 싶었다.

지금은 퇴직한 교레기 Y는 함께 근무했던 모든 교사들의 손가락질을
아직까지도 받고 있다.

욕먹으면 오래 산다는데, 그렇다면 교레기 Y는 영생을 얻으리라.

3. 교육청에 사기 치기

희망고등학교는 기숙사가 있어서 우수한 학생을 유치하는 데 좋은 조건을 가지고 있다. ○○도 지역의 학생들은 모두 지원할 수 있으니 B시 외의 ○○도 내의 우수한 학생들도 제법 희망고등학교에 지원을 많이 했다. 기숙사는 남학생들만 잘 수 있어서 학부모들은 여학생도 잘 수 있는 기숙사를 만들어 달라고 했다. 그러나 기숙사가 무슨 도깨비방망이로 바로 만들 수 있는 것은 아니었다.

미실 교장은 진짜 대단한 게 교육청에 시설 지원사업을 신청해서 기숙사를 만들었다. 그런데 교육청이 학교에 기숙사 지어 주는 예산을 지원하지 않는 걸 안 교장은 당시 유행하던 교과교실제 운영이라는 명목하에 교육청에 거짓으로 신청했다.

그리고 교과교실제를 위해 만든 4층짜리 건물에 침대를 갖다 두고 가벽을 세워 침실을 만들었다. 4층을 온전히 침실로 만들고, 1층~3층 교실은 기숙사 학생들을 위한 자습실로 만든 것이다. 즉 교과교실제로 신청한 예산을 이용하여 완벽한 기숙사를 만들었다.

교육청 시설 담당자들은 건물이 완성된 뒤 실사를 나와 보더니 깜짝 놀라고 갔다. 교과 교실이라면서 1층에 중국어실, 일본어실을 제외하면 교과교실이 아닌 모두 자습실이었기 때문이다. 심지어 4층은 숙소에 샤워실까지 마련되었다. 미실 교장은 교육청을 상대로 멋진 사기를 친 것이다. 교육청은 이미 지어 준 건물이라 이러지도 저러지도 못하게 된 것이다.

 교육청에서는 교과 교실로 원상 복귀해 놓을 것을 명령하였다. 그러나 학교에서는 알았다고 하고 어떤 노력도 하지 않았다.

 교육청도 더 이상 어떻게 하지 못하고 끝이 났다.

 10여 년이 지난 후 내가 장학사가 되었을 때 우리 팀의 5급이 사무관은 내가 희망고등학교 교사 출신이라는 걸 알고 매우 놀랐다. 미실 교장에게 속아 희망고등학교 교과교실제로 예산을 지원한 담당자가 우리 팀의 사무관이었던 것이다.

 그 사무관은 희망고등학교 시설 사업 예산을 잘못 지원했다는 이유로 교육청에서 징계를 받았다고 했다. 그러면서 자기는 희망고등학교에 좋은 감정이 하나도 없다고 했다.

 참 좋은 세상이여….

4. 미실 교장, 딸도 취업시키기

교육청에서는 중학교에 보조교사 사업이라는 것을 추진하고 있었다. 학습부진아들을 케어하고 학습 보조교사 역할을 하는, 대학교 졸업 이상의 학력을 가진 사람을 교사로 채용하는 교육청 사업이었다. 정규 교사는 아니고, 한시적으로 채용하는 것이었다. 나는 이 사업이 경력이 단절된 여성들을 위한 지원사업이라고 생각했다.

미실 교장은 자기 딸을 아주 당당하게 중학교에 취업시켰다. 나는 너무 놀랐다. 무슨 사기업도 안 하는 짓거리를 성스러운 학교에서 하는가? 이런 얘기들을 교사들은 뒤에서 해 댔다. 학교는 성스러운 공간이 아니었나 보다.

미실 교장은 자기 딸 사무실을 멋지게 꾸며 주었고, 덕분에 같이 보조교사 했던 분들은 호사를 누렸다. 딸이 사범대학을 안 나와서 망정이지 딸이 사범대학을 나왔다면 분명 학교에 정식 교사로 취업시켰을 것이다.

이렇게 엉망이었다.

미실 교장의 그런 행동들은 많은 사람들의 미움을 샀고 결국 그런 얘기들이 이사장한테 들어갔다는 소문이 났다.

그리고 그 소문이 진짜처럼 느껴지는 순간은 금방 찾아왔다.

5. 미실 교장, 숙청당하다

희망중·고등학교의 통합 교장이었던 기세등등했던 미실 교장도 무슨 이유 때문인지 명예퇴직을 했다.

소문은 무성했다. 2억 떼어 먹었다는 둥, 누가 이사장한테 제보를 했다는 둥 이유가 무엇이 되었건 나는 너무 좋았다. 인과응보라는 말이 떠올랐다.

학교 안에 있는 성당에서 했던 미실 교장 퇴임식에 일부 교사는 오지도 않았다. 얼마나 싫었으면 오지 않았을까? 충분히 이해가 간다. 나는 혹시 퇴임사에서 그동안 자신의 잘못을 사과라도 할 줄 알고 퇴임식에 참석했다. 퇴임사에서 사과의 사자도 꺼내지 않았던 미실 교장은 퇴임사를 참 쓸데없이 길게도 했다.

퇴임식에서 자기 취임 당시의 취임사를 읽고, 다시 퇴임사도 읽었다. 진짜 이상한 사람이다. 자기 취임사는 이렇게 했는데, 퇴임사도 비슷하다는 내용이었다. 무슨 퍼포먼스인지.

역시 인간은 안 변해.
고쳐 쓸 수도 없고, 고쳐서도 안 되는 게 인간이야.
그날 퇴임 회식 때 먹은 삼겹살은 그래서 매우 썼다.

결국 평범한 할머니로 돌아간 미실 교장은 집에서 손자나 돌본다는 후문을 전했다.

제4장
혁신 신부님 ─ 능력 교감

1. 교장만 바뀌면 다 된다

미실 교장이 나가고 누가 교장으로 올지 우리는 기대가 컸다. 최악의 미실 교장이었으므로 누가 와도 괜찮을 거라고 생각했다.

나는 내심 능력자인 우리 교감선생님이 교장이 되길 바랐지만, 교감선생님은 교장이 되지 못했다. 참 우스운 이유였다. 교감선생님이 이혼을 했다는 이유로 교장이 되지 못했다고 들었다. 천주교 재단 학교에서 이혼은 성경을 어긴 것이라는 말도 안 되는 이유를 재단에서 얘기했다고 들었다. 아니 시대가 어느 땐데, 그럼 이혼한 교사들은 교단에서 나가야 되는 것인가?

무엇이든 시대에 뒤처진다는 것은 촌스러움을 넘어서 악에 가깝지 않을까라는 생각을 했다. 패션이나 문화가 아닌 생각 말이다. 다른 것은 다 뒤처져도 생각만은 뒤처져서는 안 될 일이다. 생각은 나이와 상관없는 일인 것이다.

아무튼 이번에는 신부님이다. 천주교 재단이라 신부님을 교장으로 임명한 것이다. 나에겐 이 신부님이 매우 인상적이었다.

이 교장 신부님은 정말 혁신적인 분이셨다.

이 신부님은 처음에 오자마자 그동안 적폐 청산을 하듯 전임 교장과 행정실장의 회계 부정을 모두 잡아냈다.

회계 부정이라고 단정 짓기는 어렵지만, 이 신부님은 교사가 사용해야 할 당연한 예산이 단 한 번도 지급된 적이 없었던 것을 정확히 짚어 내었다.

당시 나는 방송부였는데, 그동안 방송실에 필요한 예산을 하나도 받지 못했다. 달라고 신청해도 매번 잘려서 나는 그냥 포기했다. 학생들은 자기 돈으로 방송에 필요한 것을 구매하곤 했다. 혁신 신부님은 내 얘기를 듣더니, 바로 방송부 예산으로 300만 원을 지급해 주셨다. 나는 마이크, 캠코더, 디지털카메라 등을 구매했고 방송반 학생들은 환호했다.

혁신 신부님은 교사 한 명씩 한 명씩 면담을 했다. 이 혁신적인 교장 신부님은 학교에 프랑스대혁명 같은 것을 실현하여 학교를 완전히 바꾸어 놓고자 했다.

먼저 행정실장에게 교직원 회의 때 교사들에게 그동안 잘못한 점을 사과하라고 시켰다. 행정실장은 바로 교직원 회의 때 그동안 회계 관리와 예산 등 처리를 잘못했다며 사과를 하는 것이었다.

우리는 놀랐다. 늘 교장급으로 놀던 행정실장이 교사들에게 사과를 해? 행정실장의 갑질이 어느 정도냐면 예비군훈련 늦었다고 교사들을 세워 두고 뭐라고 한 적도 있었으니까 거의 교장급이었던 것이다.

혁신 신부님은 곧바로 행정실장을 한직으로 몰아 버렸다. 아니 아예 자리를 빼 버렸다. 그리고, 회계에 능숙한 교수 한 명을 행정실에 채용해 버렸다.

행정실장은 미실 교장과 더불어 교사에게도 갑질하던 인간이어서 선생님들은 통쾌해했다.

과거에 행정실장은 미실 교장에게 교사들에 대해 얼마나 많은 제보를 했는지 미실 교장에게 결재를 받는 내가 있는데도 아랑곳하지 않고 "어떤 교사가 모의고사 시험 감독 똑바로 안 했습니다."라고 말했을 정도다. 교사가 교장실에 있는데도 교장에게 일러바치는 사람이면, 교사가 없을 때는 더하겠지. 이걸 '하나를 보면 열을 안다.'라고 표현하는 것이다.

혁신 신부님은 그동안 우리 학교에 있었던 비상식적인 일들에 대해 이미 알고 계셨고, 학교에 와서도 교사들과의 면담을 통해 알게 된 내용들을 바탕으로 몇 가지 혁신안을 제시했다.

그리고 이런 말씀을 교직원 회의 때 했다.

"교사의 동의 없는 전보 발령은 앞으로 영원히 없을 겁니다."라고 말씀하셨을 때 우리는 환호했다. 나는 감동도 받았다. 그리고 혁신 신부님은 교사들과 학생들에게 필요한 것이 무엇인지 계속 물어보셨다.

교사들은 점심시간에 학생들과 같은 공간에서 급식을 먹으니 조금 불편하다. 학생들이 지나가면서 교사들 먹는 거 쳐다보는 게 조금 불편하다고 했다. 미실 교장에게도 이걸 건의했었는데 그때 미실 교장은 "교사들이 학생들과 동일한 음식을 먹는 것을 보여 줘야 합니다."라고 딱 잘라 말했다.

그러나 혁신 신부님은 교사 식당을 학생 식당 옆에 연결되게 바로 지어 주셨다. 나는 밥맛도 좋아지는 것 같았다.

학생들은 학교 화장실에 휴지 지급을 요청했는데, 혁신 신부님은 그다음 날 바로 화장실에 휴지를 비치하게 했다.

또 미실 교장이 쓰레기가 많이 생겨서 없애 버린 내가 최애하는 매점을 혁신 신부님은 바로 다시 만들어 주셨다.

이 모든 게 거의 3개월 안에 다 이루어진 것이다. 나는 학교생활이 너무 행복했다. 학교생활에 감동했다.

혁신 신부님은 학생들과 교사가 행복해야 한다고 계속 주장했고, 진짜 행복할 수 있게 해 주었다. 몇 년 만에 우리 학교 교사 모두는 바닷가로 놀러 갔고 거기서 신나게 춤을 추며 놀았다. 수녀님도 신부님도 교사들도 정말 너무 행복해 보였다.

신부님은 학교 식당에서 일하시는 영양사와 조리사분들도 학교에서 함께 하는 가족이라며 1박 2일 교직원 연수에 참여시켰다. 1박 2일 신나게 놀고 나는 그날을 남기고 싶어 신부님이 방송부에 사 준 카메라로 300여 장 이상의 사진을 찍었다. 윗옷을 벗고 노는 남교사, 바다로 뛰어

드는 젊은 교사들 등 정말 모두 행복해 보였다.

바다가 보이는 숙소 앞 평상에서 거의 밤새 술을 마시던 선배 교사는 평소에는 그렇게 말이 없던 그 선배 교사는 취기에 나지막이 노래를 불렀는데, 나는 그 노래가 정말 좋았다.

그리고 그 광경이 너무 아름다웠다.

2. 거기서 공 차지 마, 인마

학교에는 주차 공간이 많지 않았다. 꾸역꾸역 차량을 주차해서 학생들이 겨우 지나다닐 정도였다. 물론 아래쪽에 조금만 걸어가면 주차 공간이 조금 있지만, 거기에 차를 대면 걸어가기 귀찮으니 선생님들은 성당 앞 광장에 주차를 많이 했다. 심지어 겹주차까지….

그런데 학생들은 늘 그 성당 앞 광장에서 공을 찼다. 선생님들은 혹시 학생들이 놀다가 자기 차에 흠집을 낼까 봐 창밖에서 공을 차고 놀던 아이들에게 항상 소리쳤다.

"거기서 공 차지 마, 인마."

그런데 잠시 후 혁신 신부님이 나타났다. 나는 혁신 신부님이 공 차는 학생들에게 다른 곳으로 가라고 하실 줄 알았다. 그러나 혁신 신부님은 그런 방식을 취하지는 않았다. 그냥 학생들과 함께 공을 찼다, 거기서. 그래서 소리를 지른 교사를 민망하게 만들었다.

혁신 신부님은 늘 그런 방식이었다. '학생이 학교에 우선이고, 교사는 학교에서 행복해야 할 존재이다.'라는 이 대명제를 온몸으로 실천하시니, 교사나 학생이 열광하지 않을 수 없는 것 아닌가?

혁신 신부님의 에피소드는 끝이 없다. 친구에게 맞아 눈이 부은 학생의 부모님이 항의하러 교장실에 찾아왔는데, 혁신 신부님은 이렇게 말씀하셨다. "모든 치료비는 제가 냅니다. 걱정 마시고 치료 잘 받으십시오." 그러면서 병원으로 바로 가시라며 콜택시를 불러 주었다. 그리고 택시비도 선불로 혁신 신부님이 냈다.

교장실에 함께 있던 장 선생님이 감동받아 여기저기 계속 얘기해 주었다. 드디어 우리에겐 희망이 생긴 것이다. 진짜 학교다운 학교를 만들 수 있게 되었다.

미실 교장은 본교무실에 모든 교사를 몰아 놓고, 거기서 생활하게 했다. 수업 교실 건물은 멀리 떨어져 있음에도, 수업 교실 건물에 교무실로 쓸 빈 교실이 넘쳤는데도 모든 교사를 본교무실에 자리를 배치하여 한곳에 앉게 하였다. 가뜩이나 좁아 죽겠는데, 본교무실은 점심시간 이후 편하게 쉬기도 어려웠다. 그걸 들은 혁신 신부님은 각 학년 교무실을 만들어 교사들을 흩어지게 하였고, 인쇄실을 옮겨 그 자리에 교사 간이 회의실도 마련해 주었다.

혁신 신부님의 이런 행동은 교사나 학생들에게는 폭발적인 지지를 받았지만, 그동안 갑이었던 행정실 직원들은 혁신 신부님이 '교무실 꾸며놓아라, 화장실 휴지 비치해라, 교사 식당 만들어라, 교사들 예산 편성해줘라' 등의 명령으로 너무 힘들어졌다. 혁신 신부님은 교사들이 행정실 출입을 절대 하지 못하게 했는데, 그건 행정실 직원들이 교사의 업무를 지원해야 하는데, 그동안 지원하지 않은 것에 대해 혁신 신부님은 본인의 방식대로 화를 내고 있었던 것이다. 혁신 신부님은 교사들이 사무용품 가지러 행정실로 오지 말라고 하고, 사무용품을 각 실에 비치하라고 행정실 직원들에게 시켰다. 또 미실 교장에게 충성했던 행정실장을 행정실이 아닌 다른 곳에서 근무하라고 명령했다. 그리고 공석이 된 행정실장 자리에 회계 전공의 교수를 앉혀서 무엇인가 확 다르게 진행시키고 있었다.

아무튼 혁신 신부님은 늘 웃으면서 학교생활을 했고, 그때 나도 따라 웃으면서 학교생활을 할 수 있었다.

3. 신은 있다

이제 희망고등학교 교사들은 건의를 함부로 하면 안 된다는 사실을 알게 되었다. 왜냐하면, 혁신 신부님께 건의를 하면, 바로바로 개선해 주기 때문이다. 혁신 신부님은 사람들과 대화 나누면서 밥 먹는 것도 좋아하셨고, 술도, 노래방도 좋아하셨다.

혁신 신부님은 학생들이 좋은 대학 가는 것보다 인성교육이 훨씬 중요하니 경쟁하듯 붙였던 학교 홍보용 대입 결과 플래카드는 붙이지도 말라고 했다.

혁신 신부님은 음지에 있던 교사들에게도 찬사를 받았다. 학교에서 별 열정 없이 살던 모 선배 교사는 혁신 신부님 옆에서 갑자기 비서처럼 굴었다. 나는 그게 웃겼다.

저 선배도 저런 열정이 남아 있구나.

혁신 신부님은 교무실 문에 '학생 예절'이라고 써 붙인 교복을 입어야만 교무실로 들어올 수 있고, 인사를 해야 하고, 나갈 때도 인사를 하라는 등의 유인물을 떼어서 교직원 회의 때 가져와서

"교무실은 학생들이 편하게 들어올 수 있어야 합니다. 선생님들이 교장실에 들어오실 때 이런 문구 보시면 기분이 어떠시겠어요. 지금부터 교무실 앞에 붙어 있는 이런 것은 모두 떼겠습니다."라고 말씀하셨다. 우리는 모두 혁신 신부님의 팬이 될 수밖에 없었다.

오 마이 갓. 신이시여! 신은 진짜 있군요.

혁신 신부님을 보내 주신 나의 신이시여.

나는 학교에서 혁신 신부님이 봉헌하는 저녁 미사에 잘 참여했다. 냉담(천주교에서 세례를 받은 후 성당을 안 나가는 상태를 이르는 말)하던 교사들도 혁신 신부님에 감동하여 성당에 다니기 시작했다.

진짜 학교다운 학교의 모습을 나는 보고야 말았다. 이제는 돌이킬 수 없는 것이다. 민주주의의 참맛을 본 시민이 어찌 독재시대로 돌아갈 수 있단 말인가?

이건 뭐 학교가 집보다 자유로우니 ….

나는 출근길이 늘 기대되었다.

4. 행정실장의 대반격과 삼일천하

국민학교밖에 졸업 못 한 희망고등학교의 터줏대감 행정실장은 이 모든 광경을 지켜보았다. 그리고 행정실에서 쫓겨나서 권토중래, 와신상담하고 있던 행정실장은 슬슬 대반격을 시작했다.

일단 자존심이 상할 대로 상한 행정실장은 연가를 사용하면서 한 며칠간 출근을 하지 않았다. 우리는 퇴직할 거라고 생각했다. 워낙 돈도 많은 사람이고, 이런 수모를 당했는데 굳이 다시 학교로 올 이유는 없지 아니한가?

그러나 우리의 예상은 모두 틀렸다.

행정실장은 결국 자신의 자리를 되찾기 위해 끊임없는 로비에 들어갔다. 먼저 그는 재단의 이사장에게 지금 교장 신부가 학교를 말아먹고 있다는 듯한 얘기를 계속 직간접적으로 전달했다. 그리고 이 교장 때문에 학교가 엉망이 되어 간다고 했다.

그런데 놀라운 것은 그 말이 통했다는 것이다.

방학이 끝나면 혁신 신부님이 퇴임한다는 소문이 삽시간에 학교에 퍼졌다. 이미 개학 전부터 선생님들이 소문 들었냐며 나에게 계속 전화를 했다. 아무 근거도 없는 이 얘기가 계속해서 퍼져 나갔다.

개학하자마자 혁신 신부님이 교장에서 잘리고, 일반 성당으로 자리를 옮긴다는 소문이 학교 주변을 맴돌고 있었다. 몇몇 선생님은 헛소문일 거라고 하면서도 불안해했다.

그러나 그 소문은 헛소문이 아닌 사실이었다.

흡연실에서 왕 선생님이 혁신 신부님에게 이렇게 말했다.

"신부님, 갑자기 가신다니 너무 놀랐습니다. 어떻게 된 일인가요?"

혁신 신부님은 웃으며, "하느님의 뜻입니다."라고 말하시고 더 이상 말씀이 없으셨다.

우리가 진짜 듣고 싶었던 건, 행정실장의 대반격 스토리였는데, 신부님은 아무 말도 없으셨다.

그리고 한 학기 만에 혁신 신부님은 학교를 떠났다. 학교를 떠나시는 날 학생들과 교사들이 모두 도열하였다. 행정실장만 빼고….

나는 점점 두려워졌다. 도대체 어떤 힘이 우리 학교를 움직이는지 종잡을 수 없었다. 천주교 재단이라 신부님들이 중심인 줄 알았는데 그것도 아니라면, 누가 이 큰 학교를 조정하는가?

혁신 신부님 해임으로 이제 재밌어진 나의 학교생활에 찬물이 끼얹어졌다.

다른 교장 신부님이 온다고 하는데, 혁신 신부님과 반대되는 신부가 올 것 같은 예감이 들었다.

한동안 학교는 어수선했다. 선생님들은 저마다 저녁마다 회식을 했고, 이 일에 대해 자기들끼리의 해석을 하는 날들이 많아졌다.

제5장
진짜 신부님 — 쓰레기 교감

1. 따뜻한 교장 신부님

혁신 신부님이 가고 또 다른 신부님이 교장으로 부임하셨다. 나는 이번에 온 그를 진정한 신부라고 생각한다. 물론 모든 인간에게는 단점이 있다. 그러나 이 신부님은 모든 단점을 덮을 정도의 용서와 포용을 가진 분이셨다. 그래서 이분을 나는 진짜 신부님이라 부르고 싶다.

내가 인정한 유일한 교감인 능력 교감은 명퇴를 해 버렸다. 어차피 이혼해서 교장도 못 되는데 굳이 남아 있을 이유가 없었던 것이다. 목표가 사라진 삶이 얼마나 허무한가? 능력 교감은 교사 중에 교장이 나오지 않고, 재단에서 마치 하늘에서 신부들이 뚝뚝 교장으로 떨어지는 사립학교의 이상한 행태에 대한 반발도 있었던 것 같다. 나도 솔직히 교사 출신이 교감도 교장도 되어야 한다고 주장하는 편이지만, 진짜 범죄자 같은 교장들을 보면서 신부도 낫겠다 싶은 적도 많다.

어쨌든 이번에 새로 오신 온화한 미소의 신부님이 차분한 목소리로 회의를 진행할 때면 평온한 미사를 보는 느낌이 들었고, 기분도 좋았다. 이 신부님은 늘 사람들 가까이 가기를 원하셨고, 경청하느라 바쁘셨다.

그간 학교에서 가장 권력이 높았던 나이 든 이상했던 교목실장(신부)도 다른 곳으로 발령이 났고, 새로 젊은 교목실장이 왔는데 이 사람도 진짜 이상한 사람이었다.

새로 온 젊은 교목실장 신부는 여자아이들을 혼낼 때, 짧은 자를 이용해서 허벅지를 때리거나 자기 방에서 문 닫아 두고 혼내는 등 이건 지금 시점에서 보면 감옥에 갈 수준이었다. 그러나 신부라는 이유로 무마되고 용서되었다.

내가 하루는 학년 부장한테 저 새로 온 교목실장 신부 너무하는 거 아니냐고 부장들 선에서 얘기 좀 전하라고 했지만, 다들 벌벌 떨 뿐이었다.

젊은 교목실장 신부는 학생들에게만 그런 게 아니었다. 여교사들에게도 함부로 했다. 여교사가 담임인 반의 학생들이 수업 태도가 안 좋으면, 그 담임인 여교사를 자기 방으로 불러 혼냈다.

한 여교사는 그 교목실장 신부를 미친놈이라고 칭하기도 했다. 그리고 다른 여교사들에게 절대 그 방(신부님 방)으로 가지 말라고도 했다. 한 젊은 여교사는 그것도 모르고 젊은 교목실장이 불러 밀폐된 방에 갔다고 한다.

거기서 신부가 그 젊은 여교사에게 반 관리 똑바로 못 한다고 화를 냈는데, 그 여교사는 덩치 큰 남자에게 혼이 나는 듯한 위협감을 느꼈다고 한다. 나와서 엉엉 울기도 하는 여교사도 있었다.

　우리 학년 부장은 같은 학년의 젊은 여교사가 우는 걸 보고 너무 화가 나서 진짜 신부님에게 일러 버렸다. 진짜 신부님은 어떻게 하셨는지는 모르겠지만, 그 젊은 교목실장은 더 이상 여교사를 부르지 않았다.

2. 학교에 출동한 경찰

교목실장인 이 이상한 젊은 신부는 학생들과 늘 마찰을 일으켰다. 종교 수업에 열심히 참여하지 않은 학생들을 혼내고 주고 싶어 생활기록부에 종교 과목을 이수 처리하지 않아서 나이스 담당 교사가 곤혹을 치르기도 했다. 수업 중에 아이들 멱살을 잡거나 위협하는 등 정말 문제가 많은 사람이었다. 보통 사람도 하기 힘든 행동들을 막 해 댔다.

하루는 수업 중에 한 남학생을 때렸다. 그 남학생이 화가 나서 반장에게 핸드폰을 빌려 경찰에 신고해 버렸다. 경찰은 5분도 안 되어서 학교로 출동했다. 그 바람에 교목실장과 학생, 학년 부장, 학생 부장 등이 교장실에 모였다.

학생에게 경찰이 물었다. 왜 신고했는지에 대해서.

"저에게 죽여 버린다고 위협을 했어요. 제 멱살을 잡기도 했습니다."

그랬더니 그 교목실장 신부는 흥분하며 이렇게 말했다.

"너희들은 날 매일 죽이면서, 그 말이 뭐가 위협이냐? 난 너희들 때문에 매일 죽어. 심리적으로 매일 죽어."

그렇게 말하는 신부를 보는 경찰의 표정이 일그러졌다. 우리 부장님도 진짜 황당해했다. 어쨌든 경찰 출동으로 교목실장과 학생 둘이 부자연스럽게 화해를 하며 끝이 났고, 우리 학교는 경찰한테 망신만 당했다. 경찰은 조용히 학년 부장에게 저 신부 조금 상태가 이상한 분 같다고 하며 학생을 잘 다독여 줄 것을 부탁하고 갔다.

3. 쓰레기 교감의 탄생

진짜 신부님은 너무 착하신 분이었다. 그러니 다들 이 신부님을 어떻게 이용해 먹을까만 고민했다.

능력 교감의 명퇴로 교감이 한 명 필요했는데, 진짜 신부님은 일반 교원들에게 투표를 하라고 했다. 나는 너무 놀랐다. 교감을 투표로 뽑다니. 이렇게 민주적일 수 있나? 그동안은 교장이나 재단에 가장 아부를 잘하는 바둑 교감 같은 사람들만 교감이 되었는데, 이제는 교사들이 뽑는 교감이라니. 나는 혁신 신부님도 좋았지만, 이 진짜 신부님도 진짜 좋았다.

그런데 그 당시 우리 학교는 인사정책으로 인해 바로 옆 중학교에서도, 법인 내 타 지역의 고등학교에서도 많은 사람들이 와서 다들 새로운 분들이 많았다. 그렇다 보니 교감 후보에 대해 잘 몰랐다. 난 이 쓰레기 교사만 교감이 되지 말기를 바랐다.

왜냐하면 이 쓰레기는 회식만 가면 여교사 손잡고, 심지어 블루스를 추려고 했다. 또한 여자 교생의 손을 잡고 집에 못 가게 하기도 했다. 앞에서 언급한 이과 학생들에게 시험 문제의 답을 알려 줬던 Y 교사만 교감이 되지 말았으면 했다. 그러나 이 쓰레기에 대해 모르는 사람들은 겉만 번지르르한 이 쓰레기를 교감에 앉혔다.

정말 암담한 일이었다. 이 쓰레기 교감의 쓰레기 짓은 정말 분리수거가 불가능했다.

쓰레기 교감은 먼저 학생들이 학습에 집중해야 한다고 강조하면서, 수업 시간에 학생이 잠을 자면 절대 안 된다고 했다.

그리고 교실들을 마구마구 돌아다녔다. 교감으로서 당연히 할 일이지만, 쓰레기 교감은 평교사일 때 반 전체를 재우는 걸로 너무 유명했기에, 양심도 없는 인간이라 생각했다. 심지어 교실로 들어와 수업하는 교사에게 애들을 왜 재우냐며 화를 냈다.

가장 많이 재운 놈이 조금 재운 교사에게 화를 내니, 이게 무슨 상황인가?

이 쓰레기 교감은 그뿐만 아니라 얼마나 거지인지. 신임 교사들에게 따로 자기와의 식사 자리를 마련하라고 강요하였다. 그리고 그 식사 자리에서 자기가 먹은 음식 값조차 내지 않았다. 신임 교사들은 교감이 사주는 줄 알았다가 낭패를 보고 만 것이다.

이 쓰레기 교감은 부서 회식이나 학년 회식도 끼어 달라고 했다. 특히 비싼 것만 얻어먹고 다니니 거지 중의 상거지이다. 교감이 상거지가 되니 또 다른 거지들이 많이 출현하기 시작했다.

4. 거지 같은 선생들

교감이 거지 왕초이다 보니 부하 거지 교사들이 탄생할 수밖에 없었다. 교사들은 돈에 집착하는 순간 품위를 잃게 된다. 돈을 많이 벌려고 했으면, 교사가 되지 말았어야 했다. 그 정도 학벌로 이 정도의 돈을 버는 게 못마땅하면 교사가 되지 말았어야 했다.

학교에 교사 거지들이 얼마나 많은지 진짜 깜짝 놀라지 않을 수 없다. 거지 같은 교사들이 난 참 싫었다.

(1) 학년 회비가 싫어요!

학년 회비는 담임들만 보통 2만 원~3만 원 정도를 걷는데, 대부분 회식이나 학년 교무실에서 먹을 주전부리를 사는 데 쓴다. 월급에서 보통 공제되어서 대부분의 교사는 신경 쓰지 않는다. 그런데 한 거지 교사는 부장에게 와서 이렇게 말했다.

"나는 학년 회비 안 낼게요. 교무실에서 사는 주전부리도 안 먹을 거고요. 회식은 제가 참석할 때만 1/N로 계산해서 말씀해 주시면, 낼게요."

말 없는 그 학년부장이 날 찾아와서 하소연을 했다. 미친 여자 아니냐며. 나는 이렇게 말했다. "그 여자는 학년 회식도 데리고 가지 마세요. 그게 답입니다."

(2) 나 왜 축의금 안 줘?

학교 친목회는 대부분 학교에 다 있다. 사립학교는 보통 오래 근무하니 경조사에 친목회에서 지원하는 금액도 꽤 컸다. 특히 결혼을 하면

100여만 원이 넘게 친목회에서 지급하였다. 100여만 원의 돈이 크지만, 십시일반(十匙一飯)하면 교사 1인당 2만 원 정도의 돈이었다. 그리고 월급에서 바로 공제되는 것이니 뭐 크게 개의치 않는 것이 보통 선생님들이었다.

내가 친목회 회장할 때 일이다.

결혼 안 한 어떤 여교사가 날 찾아왔다.

"회장님, 나도 축의금 받아야 한다고 생각해요."

"왜요?"

"결혼하는 사람들만 받는 게 부당해요."

"뭐가요?"

"나처럼 결혼 안 한 사람들은 축의금 못 받잖아요?"

난 뭔 또라이 같은 소리인가라고 말하고 싶었지만, 그녀와 비슷한 사람은 한 명 더 있었다. 덜 내고 더 받고 싶은 두 명이 함께 와서 친목회비의 부당성을 나름 논리적이라고 나를 설득하고 있었다. "선생님, 그러면 나처럼 학교 오기 전에 결혼한 사람들도 축의금 받아야 하는 거예요?" 순간 짜증이 섞였다. 논리가 필요 없는 대화이니 핵심을 찔러 제대로 반박하면 되는 일이었다. "선생님 정 축의금 받고 싶으면, 비혼식 해! 비혼식! 내가 회장 명의로 다른 회원들에게 말해서, 축의금 받아 줄게."

그 여자는 삐쳐서 사라져 버렸다. 그리고 내가 비혼식 하라고 했다는 얘기만 주변에 떠들고 다녔지만, 또라이는 어디서나 티가 나니 그녀의 편을 드는 사람은 아무도 없었다. 결국 그녀는 친목회비 2만 원을 내기 싫어 친목회에서 탈퇴했다.

(3) 성과 상여금 거지 남매

1년에 한 번 교사들에게는 성과 상여금이라는 게 지급된다. 이건 액수가 크다. 성과 상여금은 교사들을 세 등급으로 분류해서 차등을 두어 지급하므로, 좋은 등급을 받는 것이 중요하다. 그런데 좋은 등급은 부장이나 담임을 해야지만 가능한 일이기에 비담임들은 일찌감치 포기한다.

좋은 등급은 담임 점수, 부장 점수, 수업시수, 수업연구, 수상, 연수 시간 등의 점수가 종합적으로 높아야만 받을 수 있다. 그리고 그 기준은 그대로 모든 교사에게 공개된다. 그 기준을 보고 많은 성과 상여금을 받기 위해 노력하는 교사는 없는 줄 알았다. 거지 남매를 보기 전까지.

성과 상여금 결과가 알려졌을 때 비담임인 두 남녀 선생님이 최고의 등급을 받았는데, 비담임이 S 등급(성과급 최고 등급)을 받는 게 말이 안되어서 나는 좀 이상했다. 둘이 최고 등급을 받아서 390만 원에 가까운 성과 상여금을 받았다는 게 이해가 잘 안 갔다. 우리 학교는 주로 부장들이 좋은 등급을 받았는데, 이 사람들은 담임도, 부장도 아니었다. 그래서 이 사람들이 S 등급의 성과 상여금을 받은 이유에 대해 너도나도 궁금해했다.

알아보니 이 거지 남매는 성과 상여금의 기준을 교묘하고도 아주 정당하게 이용했다. 불법도 편법도 아닌 방법으로.

성과 상여금 기준으로 연수 점수가 있는데, 연수 시간에 상한선을 미처 만들지 못한 것을 거지 남매는 캐치한 것이다. 그래서 1년에 둘이서 각 600여 시간이 넘는 연수를 들었던 것이다. 이 둘은 성과 상여금을 많이 받기 위해 1년 자기 수업 시수보다 훨씬 많은 시간 동안 연수를 들었던 것이다.

어차피 인터넷으로 듣는 것이나 어쨌든 600여 시간을 켜 놓은 것이다. 진짜 대단하다. 연수 600시간 점수는 부장 점수나 담임 점수와 비교도 할 수 없는 점수였다. 최고의 점수로 S등급을 받은 거지 남매에 경의를 표한다.

그다음 해에 바로 연수의 최대 시간은 60시간으로 제한되었고, 거지 남매는 이후 절대 60시간 이상 연수를 듣지 않았다.

(4) 호두과자 6개와 은수저

교사들은 경조사가 있으면 먼저 학교 친목회장에서 알리고, 학교 친목 회장은 그걸 전체 선생님에게 공지한다.

자녀 결혼, 부모상 등 60여 명이 넘게 근무하는 학교라 경조사가 자주 있는 편이었다. 5만 원권이 생기고 나서 그런지 보통 부조는 5만 원으로 통일되어 가는 것 같다. 내 딸아이 돌잔치 때까지만 해도 3만 원이 통일이 었는데, 하기야 물가가 그만큼 올랐으니 5만 원도 많은 건 아닌 것 같다.

보통 경조사가 끝나면 전체 선생님들에게 답례를 하는데, 수건을 돌리는 교사도 있고, 떡을 돌리는 교사도 있고 다양하다.

그런데 자녀 결혼식을 마친 후 어떤 돈 많은 선생은 마분지로 만든 작은 상자를 돌렸는데, 그 안에는 호두과자 6개씩 들어 있었다. 브랜드 있는 호두과자도 아니고 상자도 허름했다. 싸구려 호두과자를 그 상자에 6개씩 담아서 나누어 준 것이다.

어떤 선생님은 수업 후에 상자를 열어 보고, 자기 호두과자를 누가 훔쳐 먹은 줄 알았다고 했다. 세어 보니 6개여서. 적어도 10개는 들어 있다고 생각했으니까.

사람의 품격은 남에게 베풀 때 드러난다는 말이 있던데, 참 격 없이 사시는 분이라 생각이 든다.

내 첫 딸아이 돌잔치 때 부조 3만 원이 아까워 은수저 세트를 한 군인 교장은 생각하면 생각할수록 진짜 그지 같다. 2만 원도 안 되는 은수저를 사 와서, 2만 원이 넘는 뷔페를 먹고, 소주를 엄청 먹었던 그 교장의 추함이 난 지금도 우습다.

선생님들은 거지가 아니다. 거지가 되어서도 안 된다. 제발 거지 같이 굴지 말길 바란다. 돈의 문제가 아니다. 진짜 거지에게는 동정이 가지만, 교사 거지에게는 비웃음이 간다.

제발 거지처럼 살지 말자.
교사의 품위와 품격을 지켜나가자.

5. 자본주의적 교사들

성과 상여금은 많은 갈등을 유발했다. 급기야 당시 교무부장이었던 G와 나는 강수를 두는 방향을 택했다. G와 나는 교육청에서는 하지 말라고 했던 성과 상여금 1/N을 투표에 부쳤다. 성과 상여금에 대한 분노가 하늘을 찌르고, 거지 남매도 출현하니 선생님들은 화가 많이들 났던 것이다.

우리는 세금까지 계산해서 모두 똑같이 돈을 나누는 방안을 택했다. 최고 등급은 S였는데, 300여만 원 후반대를 받았고, 최저 등급은 B였는데 200여만 원 중반을 받았던 것으로 기억된다.

그래서 총평균을 300여만 원 초반대로 통일시키고, 자기 통장에 돈이 들어오면 그중 최고 등급에서는 한 60여만 원, 중간 등급은 10여만 원을 내서, B등급 선생님들에게 지급하여 모든 교사가 똑같은 돈을 받게 했다. 우리는 이걸 희망 은행이라고 불렀다. 한두 명만 반대하긴 했는데, 그 한두 명도 대세를 거스르기 힘들어서 전 교원이 이 성과 상여금 1/N(균등분배)에 참여하게 되었다.

거지 남매 중 동생이 성과 상여금 회의 때 질문을 했다. "언제까지 그렇게 해야 됩니까?"라고 말이다. 그때 그 거지는 자기가 올해는 낮은 등급이지만, 내년에는 높은 등급으로 올라갈 걸 알았던 것이다.

"일단은 계속 추진하고, 반대가 있을 때 다시 논의하도록 하겠습니다." 라고 G 부장이 마무리했다.

G 부장은 차기 교감 자리를 계속 노리며 어떻게 하면 교원들과 진짜 신부님의 환심을 살까만 생각하는 사람이었다.

아니다. 교원들은 신경 쓰지 않았던 것 같다. 철저하게 자기편을 얼마나 더 만들 것인가를 고민했던 사람이다. (G 부장의 인간 됨됨이는 나중에 다시 분석하겠다.)

성과 상여금의 평화는 2년째 깨지지 않았다. 2년 동안 우리 학교의 희망 은행은 잘 운영되었다. 적어도 겉으로 성과 상여금 1/N의 부당성을 표현하는 사람은 없었다.

나는 그게 지속될 평화인 줄 알았다. 그러나 성과 상여금의 희망 은행은 절망의 나락으로 금방 떨어졌다.

희망 은행 3년째 해에 성과 상여금의 액수가 증가한 것이다. S가 400여만 원 넘는 돈을 받을 수 있는 상황이 되었다. 400여만 원이 넘자 사람들은 달라지기 시작했다. 먼저 성과 상여금에 대해 다시 한번 생각하자는 의견을 교직원 회의 중에 마구 내놓았다. 한 젊은 교사는 심지어 성과 상여금을 균등 분배한 것은 불법이라는 말도 서슴지 않고 했다. 그 말은 그동안 2년 동안 전체 교원이 불법을 저지른 것이 되는 것이다. 그걸 들은 균등 분배 주장 교사들은 불법이라고 말한 교사를 학벌로 내리깠고, 저러니 백 있는 놈은 안 된다는 등 머릿속에만 있어야 할 말들을 공중으로 뱉어 퍼져 나가게 했다.

사람들의 성과 상여금에 대한 의견은 극명하게 이분법적으로 나뉘었다. 그러면서 끼리끼리 모이기 시작했고, 성과 상여금에 대해 다시 조사하자고 당시 친목회장이 말하자 한 교사가 당신이 뭔데 그걸 정하냐며 따져 드는 일까지 생겼다. 퇴직을 앞둔 한 원로 교사는 성과 상여금 회의 중에 퇴장해 버리기까지 했다.

난 이 상황은 교무부장과 내가 마무리해야 할 거라고 생각했다. 그래서 교무부장을 쳐다보았다.

교무부장은 성과 상여금에서 지난 2년간 S등급이었고, 3년째는 400만 원이 넘어가자마자 2년 전에 성과 상여금 균등 분배를 주장했던 모습은 사라졌고, 계속해서 안정적으로 400만 원을 받고 싶은 마음을 침묵으로 표현했다.

교무부장은 자기가 2년 전에 균등 분배를 주장했으나 이제는 균등 분배를 주장하면 자기 돈이 날아간다고 생각해서 그런지 회의 중에 한마디도 안 했다. 친목회장도 당시 일부 비균등 분배주의자들의 강력한 항의에 나서지도 못했다. 누군가 나서지 않으면 안 되었다. 전교조 선생님은 감정에 호소하는 메시지를 보내며 우리가 이래서는 안 된다고 주장했지만, 그 말이 먹히지 않았다. 오히려 전교조 교사가 성과금에 관해 왜 중립을 지키지 않냐고 얘기하는 미친 교사도 있었다.

나는 이 학교에는 왜 이렇게 이상한 사람들만 있는가?라고 생각하며, 자괴감에 빠졌다.

누군가는 나서야 했다. 균등 분배는 어차피 깨진 것인데, 그렇다면 2년간의 균등 분배는 어떻게 되는 것인가? 2년 동안 한마음 한뜻의 시골의 순박한 교사들은 다 어디로 가 버린 걸까? 나는 2년 전의 모습과 너무 달라진 그들이 낯설었다.

결국 나의 주도로 성과금 균등 분배를 할 사람만 하는 것으로 결정했다. 선생님 한 명, 한 명을 모두 내가 직접 만났다. 거의 절반이 넘는 사람이 균등 분배에 참여하지 않겠다며 빠져 나갔다. 특히 B 등급만 받다가 모처럼 담임이나 부장이 된 사람들이 제일 먼저 균등 분배 참여를 거부했다.

나는 무서웠다. 이렇게 변해 가는 사람들을 보니.

6. 진짜 신부님이 진짜 교장인 이유

내가 그를 진짜 신부라고 부르는 이유는 정말 많다. 나는 내가 근무한 학교에서 여러 명의 교장을 만났지만, 진짜 신부만큼 존경하는 분은 만나지 못했다. 물론 중간에 혁신 신부님도 너무 존경스러웠지만, 혁신 신부님과의 학교생활은 너무 짧았다. 학교라는 가뭄 가득한 공간에 혁신 신부님은 한 차례 시원한 소나기였다면, 진짜 신부님은 늘 이슬비를 뿌려 주셔서 촉촉하게 해 주셨다라고나 할까.

그는 학생뿐만 아니라 교사들도 존중해 주었다. 나는 가끔 지위가 높은 사람이 권위주의적이지 않고 아랫사람을 존중하는 마음은, 사랑이라는 감정보다 훨씬 위대하다고 생각하곤 했다.

진짜 신부님이 오시고 신규 교사를 몇 명 선발하였다. 진짜 신부님은 등산 면접 등으로 이상해진 교사 선발 시스템을 온전히 정상적인 방법으로 돌려놓았다. 이 당연한 일들이 그동안 왜 이렇게 힘들었는지 모르겠다.

진짜 신부님 때 선발된 신규 교원들은 학벌도 국내 최고였다. 물론 학벌이 다는 아니지만, 그간 우리 학교는 진짜 말도 안 되는 학벌의 교사도 봐 왔기 때문에 늘 엘리트에 대한 목마름은 있었다. 이상한 교목실장이 권력을 쥐고 있을 때의 교사 선발은 주전공도 아닌 사람이 뽑히기도 했고, 필요하지 않은 과목이 뽑히기도 했으니 말 다한 것이다.

애덤 스미스의 '보이지 않는 손'은 우리 학교 신규 교원 채용에 있어서는 늘 존재했던 것이다. 그냥 우리 학교 선생님들은 평범한 후배 교사들을 만나고 싶어 했다.

인맥(주교 백으로 들어오고, 신부 백으로 들어오고, 친척 백으로 들어오고 등등)으로 들어오지 않고, 필기시험과 수업 시연, 면접을 평범하게 통과한 평범한 대학 졸업의 평범한 교사가 목말랐던 것이다.

이번에 뽑힌 신입 교사에 대한 기대는 매우 컸다. 나 역시 그들을 지켜보았다. 학교 선생님들도 엘리트들이 왔다며 좋아했다. 엘리트 신입 교사들은 인사도 잘했고, 선후배 동료 교사들을 피하지도 않았다. 이전에 뽑힌 선생들은 교장 위의 교목실장 신부의 명령으로 선후배 교사와 전혀 소통하지 않고 피해만 다녔다. 그중 집이 멀어 선배 교사 집에서 같이 살았던 어떤 교사는 교목 실장이 전교조 선생님 집에서 당장 나오라고 해서 고시원으로 거처를 옮기기도 했다. 교장 위의 교목실장 신부와 그 신부가 뽑은 선생들은 자기들끼리만 밤늦게 술을 마시고 돌아다녔지만, 같이 근무하는 동료, 선후배 교사들과의 회식에는 오지도 않았다.

그런데 이번에 진짜 신부님이 선발한 교사들은 조금 달랐다. 학벌과 인성이 모두 괜찮았다. 진짜 신부님은 손수 뽑은 이들을 따뜻하게 대해 주셨다. 선배 교사들도 그들에 대해 적어도 적개심을 갖지는 않았다.

지금도 기억나는데, 진짜 신부님이 뽑은 교사들을 위한 환영 회식 날이었다. 낡은 고깃집에 앉아 이런저런 얘기들을 하고 회식을 즐기고 있었다. 진짜 신부님은 이번에 뽑힌 교사들을 환영한다며 마치 자기 자식들을 남에게 인사시키듯 겸손함을 보이셨다.

진짜 신부님은 정말 한 차원 높은 분이다. 회식 시간에 맞추어 이번에 뽑힌 4명의 교사의 부모님 앞으로 꽃바구니를 배달시켰다. 거기에는 이런 내용의 편지가 들어 있었다고 한다.

'이렇게 훌륭한 자녀를 저희 학교에 보내 주셔서 감사합니다. 교사 ○○○가 희망고등학교에서 행복하게 지낼 수 있도록 교장 신부로서 최선을 다하겠습니다.'

그 꽃바구니를 받은 나 교사의 어머니가 환영 회식을 하고 있는 아들에게 그 내용을 전화로 말하며, 감동의 눈물을 흘리셨다. 그리고 어머니는 이렇게 덧붙였다.

"아들아. 너는 그 학교에 뼈를 묻어라."라고 말이다.

나는 이 이야기를 나 교사에게 나중에 들었는데 지금 글로 써도 감동에 몸서리쳐진다.

진짜 신부님은 그런 분이셨다. 진짜 신부님은 항상 나에게 "상훈아, 학교는 네가 이끌어라." 이렇게 말씀하셨다. 지금 생각해 보면 진짜 신부님이 학교에 계속 계셨더라면 나는 학교를 나올 생각을 절대 안 했을 것이다. 진짜 신부님 밑에 평교사로 있는 게 나에게는 진정한 행복이었으니까 말이다.

그러나 운명은 참 얄궂게도 진짜 신부님도, 나도 지금은 다른 곳에 있다.

7. 진짜 신부님을 이용하려는 사람들

진짜 신부님은 진짜 착하시다. 그런데 그런 착한 신부님을 이용하려는 나쁜 선생들이 진짜 많았다. 사립학교에서 부장 되고, 교감 되는 게 무슨 벼슬이라도 되는 줄 알고 그렇게 진짜 신부님을 이용해서 부장 되고 교감 되려는 선생들이 많았다.

(1) 진짜 신부님을 집으로 초대한 T

지금도 이해할 수 없다. T 교사는 진짜 신부님과 교감, 그리고 젊은 교목실장을 집으로 초대해서 민어회를 대접했다. 그러면서 자기 부장 시켜 달라는 청탁을 은근히 했다. 진짜 신부님은 다 좋은데 사람을 비판적으로 보지 않으신다. 그래서 그런지 T를 부장으로 임명하였다.

T는 기세등등하게 기숙사 부장으로 활약하고 싶어 했다. 기숙사 부장이 되자마자 갑질이 엄청 심했다. 아침마다 기숙사 사감 선생님들에게 자기한테 와서 어젯밤에 대해 매일 보고하게 했다. 남자 기숙사 사감 선생님은 나이가 60이 넘은 분이셨다. 군인 출신이라 매우 절도 있고, 학생들에게 규칙 준수를 강조하시는 괜찮은 분이셨다. 그분은 자기보다 스무 살 정도나 어린 교사에게 매일 아침 보고를 한다는 게 너무 자존심이 상하셨을 것 같다.

기숙사 일지에 다 쓰고, 특이 사항만 보고하면 되는 거지 매일 구두 보고를 하자니 언짢으셨을 것 같다. 아무튼 환갑이 다 된 기숙사 사감은 젊은 놈이 싸가지 없이 매일 보고받으려고 해서 때려치운다고 했다.

이런 T를 좋아하는 사람은 거의 없었다. T는 주변 선생님들에게 미움을 샀다.

교육청에서 학습부진아들을 방과 후에 지도하는 교사에게 수당을 지급해 주었는데, T는 똑같은 반을 2개를 만들어 한 번만 수업을 하고, 2개 반을 한 것처럼 위조하여 돈을 받았다. 나중에 교육청 감사에 걸려서 그 돈이 환수 처리됐을 때 우리는 박수를 쳤다. 그리고 그게 어떤 교사의 제보로 걸렸다는 것을 알게 되었다.

그러나 T는 정신을 차리지 못했다. 돈이 나오는 구멍만 찾아다녔다. 당시 T는 풍물패 담당 교사였는데, 풍물패는 각종 지역 행사에 동원되기도 했다. 행사에서 풍물패 공연을 하고 적게는 10만 원, 많게는 30만 원을 받았는데 그 돈을 모두 자기 통장으로 받곤 했다. 그렇게 받은 돈을 학생들에게는 최소한만 쓰고 남은 돈은 본인이 다 가졌다. 그뿐만 아니라 동아리 운영비로 지급되는 돈으로 자기 딸 물감을 사 준다거나 집에 가서 먹을 콩나물 등을 샀다가 행정실장한테 다 걸렸다.

이걸 E 교사가 진짜 신부님에게 다 일러바쳤는데, 신부님은 E 교사에게 이렇게 말씀하셨다.

"E야, 나도 다 알아. 그런데 이미 이렇게 다 까발려졌으니 T도 느끼는 바가 있겠지. 교사들에게 신뢰를 잃는 것보다 더 큰 손해가 있겠니?" 진짜 신부님은 반말을 잘 쓰셨는데, 난 그게 그렇게 멋있었다.

결국 E 교사는 진짜 신부님의 말씀에 감동하여 더 이상 문제 삼지 않았다. E 교사는 교육청에 일러서 T를 잘라 버려야 한다고 공공연히 말하는 것도 그만두었다.

(2) 교감이 되고 싶은 G

나는 G와 처음에는 친했다. G가 교무부장일 때 내가 교무 기획이었는데, 보통 교무부장은 교감이 되기 위해 어떻게든 맡아야 하는 직책이다. 나는 인품이나 실력으로 보나 명 선배에게 교감 되게 노력 좀 하라고 했지만, 명 선배는 가짜로 종교를 믿는 척하는 건 아니라고 늘 얘기했다.

종교 재단의 학교에서는 무조건 그 종교를 믿지 않으면 교감이 될 수 없다. 심지어 가족까지 모두 그 종교를 믿어야 한다. 믿는 척이라도 해야 한다.

G는 자기편은 확실히 챙긴다. G는 15살이나 어린 후배인 나를 위해 회식 다음 날 학교까지 픽업도 해 주었다. 그런데 솔직히 나는 불편했다. 나에게 잘해 주어야 내가 자기 일까지 잘 처리해 준다고 생각해서 그런 거라는 걸 나는 잘 알았다.

교무부장인 G는 교육청에서 내려 주는 지침이나 공문 따위에는 관심이 없었다. 그냥 자신은 교감이 되어야 한다는 일념 하나로 학교생활을 했다.

G는 교무부장이 되자 갑자기 아침 미사를 나가기 시작했다. 천주교 재단 학교라서 학교 안에 성당이 있다. 아침마다 미사가 있는데, 나는 아주 특별한 일이 있는 날에 아침 미사를 간 적은 있지만, 매일 아침 미사를 가는 것은 정말 사심이 있지 않고서야 불가능한 일이라고 생각했다.

미사에는 교장과 교감 된 사람들과 교장과 교감이 되고 싶은 사람들만 있었다. 아, 승진과 아무 상관없는 반주자 음악 선생님도 계시긴 했다. 미사에 나가 보면 누가 교감이 되고 싶어 하는지 잘 알 수 있다. 나는 명 선배에게 미사 좀 나가라고 했지만, 명 선배는 끝내 나가지 않았다.

G는 진짜 신부님에게 잘 보이기 위하여 진짜 신부님의 취미를 함께했다. 진짜 신부님은 테니스 마니아였다. G는 본인이 교사 테니스부 동아리 회장을 맡으면서 평일 저녁에도 테니스를 쳤다. 진짜 신부님은 아셨을까? G가 왜 테니스를 쳤는지…. 그런데 진짜 신부님은 의도를 별로 중요하게 신경 쓰시지는 않으셨다. 그냥 함께 즐기신 것 같다.

스포츠라는 게 두 명이서만 하면 재미없다. G는 테니스를 좋아하는 몇몇 선생님과 매주 화요일 야간에 테니스 복식을 쳤다. 진짜 신부님은 한없이 즐거워하셨다. 순수하게 테니스를 좋아했던 금 선생님은 돌아가는 판국을 보니 너무 이상해 보였나 보다. 금 선생님은 그냥 테니스 좋아하는 사람들끼리 평일 저녁에 테니스 치고 술 마시고 노는 것만으로 생각하고 몇 번 야간 테니스를 쳤는데, 그게 아니었던 것이다. 그래서 금 선생님은 이 말을 하고, 다시는 야간에 테니스를 치지 않으셨다.

"G 교감 만들어 주는 것에 내가 들러리 서고 싶지는 않다."라고 사석에서 말하였다. 금 선생님은 상당히 합리적이고 스마트한 분이라서 빨리 눈치를 챘던 것 같다. 생각해 보면 스마트하지 않아도 알 수 있을 정도긴 하다.

G는 계속해서 진짜 신부님을 어떻게 하면 완벽하게 자기편으로 만들까를 고민하는 것처럼 보였다. 진짜 신부님이 보신탕을 좋아한다는 이유로 교사 테니스부 회식은 거의 보신탕집이었다. 후배 교사였던 나 선생님은 자기는 보신탕 먹지도 않는데, 매번 메뉴도 묻지 않고 진짜 신부님에게 잘 보이려고 보신탕만 먹으러 간다고 투덜거렸다.

연로하신 진짜 신부님은 테니스를 많이 쳐서 그런지는 정확히 알 수 없지만, 근저족막염이 생겨 더 이상 테니스를 칠 수 없으셨다. 발 수술까지 하게 되었으니까 말이다.

그러자 G는 교사 테니스부를 해체해 버렸다. 별말도 없이. 하기야 자기에게 교사 테니스부는 더 이상 의미가 없었을 것이다. 진짜 신부님이 테니스를 안 치시니까 말이다.

G는 정말 대단하다는 생각이 든다. 퇴원한 진짜 신부님이 골프를 좋아하시자 이제는 스크린골프를 치러 다녔다. 진짜 신부님은 G를 정말로 신뢰했고, 차기 교감으로 생각하고 있었다.

G와 늘 라이벌이었던 M은 진짜 신부님이 오시기 전까지는 완벽하게 자기가 교감이 될 거라고 생각했지만, 진짜 신부님이 보내는 G에 대한 완벽한 신뢰를 두 눈으로 목격하며 잠시 좌절을 하는 것처럼 보이기도 했다.

그러나 인생은 길다. 시간은 많고, 예상은 늘 빗나간다.

8. 슈퍼 갑 교무부장

G 선생은 교무부장을 하면서 슈퍼 갑질을 시전하기 시작한다. 그게 가능한 이유가 교감이 완전 쓰레기였으므로 일반 교사들은 그 교감에 대해 어떤 기대도 하지 않는 상황이라 G와 의논을 하면서 학교를 운영해 갔다. 이때 G가 조금만 더 겸손하게 했더라면 좋았을 것을. G는 교무부장이 큰 권력이라도 되는 양 착각하고 정말 말도 안 되는 일을 참 많이도 했다.

G 부장은 B 시에서 지원되는 일반고 지원사업의 예산을 아무에게도 공개하지 않았다. 이 예산은 1억이 넘는 대규모 예산이며, 학교에서 알아서 쓸 수 있는 소위 눈먼 예산이었다.

보통 다른 학교는 이 예산을 다 공개하여 각 교사가 필요한 사업을 하게 도와주었는데, G 부장은 아예 공개를 하지 않은 것이다. 그 예산이 있다는 것은 2년 정도 지나서야 선생님들이 알게 되었다. G 부장은 자기 마음대로 사업을 다 만들고 결산도 교무부에서 하고 마치 교무부 예산인 것처럼 써 댔다.

B 시의 다른 학교에 근무하는 교사 친구에게 그 예산이 있다고 들은 몇몇 교사가 그 예산을 사용하기 위해 G 부장을 찾아가서 얘기하면 자기와 친한 교사에게는 그 예산을 몰래 주고, 자기와 친하지 않거나 자기가 싫어하는 사람들에게는 안 주었다.

화가 난 나는 연말에 진짜 신부님께 예산 공개해서 교사들 쓰게 해야 한다고 건의하자 G가 찾아와 왜 그런 건의를 했냐며 따졌다. 나는 어이없었고, 그냥 건의는 내 자유라고만 응수했다. G 부장은 사람들 중 자기

편에 서는 사람은 정말 확실히 챙겨 주었다.

그런 챙김이 나는 너무 이상했는데, 특히 외로운 사람들에게는 그게 너무 잘 통했나 보다. 나는 그게 다 외로워서 그런 거라는 말을 믿기 시작했다.

G 부장은 자기가 아파서 결근하면 보강 처리하라고 하고, 다른 선생님들은 아파도 무조건 교환 수업하라고 했다. 그걸 교직원 회의 시간에 보강 처리는 이제 없다고 발표를 해 버렸다. 사람들은 자기는 보강 처리해 놓고 왜 남들에게는 교환 수업하라고 하냐며 뒷말들을 해 댔다. 그러다 나이 많은 여교사 한 분이 아파서 며칠 결근했는데 교무부에서는 교환 수업하라고 그 선생님에게 전화하고 교환 수업 계획서까지 써 놓았다. 회복하여 돌아온 그 여교사가 회의 시간에 누구 맘대로 교환 수업이냐며 따졌다. 나는 속으로 너무 고소했다. G의 만행을 진짜 신부님이 보시게 되는 게 너무 통쾌했다. G가 얼마나 갑질을 했는지 사람들은 다 알게 되었다. 그 여교사는 도교육청 장학사에 자기 상황에 대한 자문까지 받고 교육법 조문까지 들면서 G를 압박했지만, G는 그런 적이 없고 교무부 수업계가 자의적으로 한 것이라고 했다. 수업계에게 이 일을 뒤집어씌우려고 한 것이다.

나는 화가 나서 그 자리에서 교무부장이 분명히 교환 수업하라고 했다고 무슨 근거로 한 것이냐며 사람들 있는 곳에서 따졌다. 그리고 나는 G의 민낯을 진짜 신부님에게 선사했다.

그러나 진짜 신부님은 그 여교사에게 건강관리 잘해야지, 왜 아파서 이 사달을 만드냐며 오히려 꾸짖었다. 그리고 회의가 끝났다. 진짜 신부님의 G에 대한 신뢰는 무한대였다. 난 진짜 신부님에 대해 조금 실망했다.

G는 부장일 뿐이다. 나는 학교에서 부장이 높은 위치라고 생각한 적이 단 한 번도 없다.

왜냐하면 회사처럼 부장이었다가 상무나 전무로 진급하는 것도 아니고, 부장 되었다가 평교사 되고 다시 부장되는 순환적 직책이었으므로 나는 부장은 그냥 평교사의 다른 이름이라고 그렇게 생각하며 살았다.

G의 갑질은 어느 정도였냐면, 어느 날 자기편이 아닌 젊은 남교사가 토요일에 결혼을 하게 되었는데, 그 남교사 결혼식 있는 날에 토요 방과후 수업이 있는 교사들을 찾아가 꼭 수업을 해야 한다고 강조했다. 토요 방과후 수업이 있는 교사들이 그 남교사 결혼식에 참석하지 못하게 하기 위해서였다.

토요 방과후 수업은 학생들과 일정을 조율하여 휴강을 하기도 하는 비교적 자율적인 수업이었는데, 부장인 자기가 뭐라고 토요 방과후 수업 교사들을 찾아가서 수업 빠지지 말라고 했던 것일까? 자신과 친한 사람이 결혼을 하는 날이었다면 토요 방과후 수업에 대해 말하지 않았을 것이다. 학교로 결혼식장까지 가는 버스가 오니까 선생님들은 더 가기 쉬웠는데, G 부장은 교사들을 일일이 찾아가 결혼식장에 못 가게 했다. G는 진짜 대단하다. 저 정도면 상 줘야 한다고 생각한다.

그것뿐인가? 토요 방과후 수업에 수당은 꽤 되었다. 3시간 정도하고 15만 원 정도였으니 적지는 않았다. 그런데 G는 자기와 친한 여선생님에게는 20만 원 정도를 수당으로 책정하기도 했다. 수당이 사람마다 다른 것을 나중에 우연히 알게 되었다.

사람들은 분노할 줄 알았는데 오히려 G를 두려워하기 시작했다. 물론 G의 편도 많이 있었다. 그 모든 것을 보고도 G의 편을 드는 사람도 있었다. 그리고 G가 저러는 것이 교감이 역할을 못해서 그런 거라며 쓰레기 교감 탓을 하기 시작하는 사람들도 있었다. 학교는 또 다른 이상한 방향으로 가고 있었다.

9. 안녕, 나의 진짜 신부님

영원할 것만 같던 존경하는 진짜 신부님은 갑자기 다른 곳으로 발령이 났다. 천주교 재단의 신부들은 예고 없이도 발령이 나나 보다. 나는 진짜 신부님과 송별 회식을 하면서 모처럼 한잔의 맥주를 마셨다.

진짜 신부님은 나에게 항상 말씀하셨다. "상훈아, 학교는 네가 이끌어야 해." 그게 무슨 뜻인지 나는 잘 알고 있었다. 솔직히 그런 욕심이 나기도 했다. 그러나 난 이 사립학교에서 관리자가 되기 위해서는 어떻게 해야 하는지 잘 알고 있었고, 그 '어떻게'는 도저히 내가 할 수 없는 방향이었다.

관리자가 되려면 학생보다 교장을, 수업보다 미사를, 공정함보다 비굴함을 좇아야 하는 걸 나는 인정할 수 없었다. 누군가는 나보고 어차피 관리자가 되기 위한 통과의례이니 그 정도는 눈 딱 감고 하라고 말했다. 나중에 관리자 되어서 잘하면 되는 거 아니냐고 다그치기도 했다.

그러나 그동안 내가 혐오했던 교사들의 모습을 그대로 내가 따라 해야만 관리자가 된다면 나는 그냥 평교사로 남는 것이 더 떳떳하다고 생각했다.

그렇다고 나는 이 학교를 떠날 생각은 전혀 없었다.

나는 묵묵히 내 일만 즐겁게 하고 싶었다. 새로운 소시오패스 교장을 만나기 전까지는….

제6장
소시오패스 교장 신부 — 쓰레기 교감

  진짜 신부님이 가시고, 새로운 교장 신부님이 왔다. 솔직히 학교의 교장은 교사 출신이 하는 것이 가장 맞다고 생각하나 교장의 임용은 재단의 고유 권한이니 일개 교사가 공식적으로 따질 수 있는 건 아니다. 다만 뒷말들만 무성하게 할 뿐이다.

  그래도 재단에서 뚝 떨어지는 교장 체제는 적응하기는 쉽지 않다. 누군가에 대한 사전 정보가 전혀 없는데, 그 누군가가 한 기관의 장으로 오는 게 학교에 맞는 것인지는 아직까지 잘 모르겠다.

  사실 내가 이 책을 쓴 가장 큰 계기는 바로 이 소시오패스 교장 신부 때문이다. 이하 소패 신부로 명명하겠다.

  소패 신부가 처음부터 소시오패스처럼 보이지는 않았다.

1. 소시오패스 환경운동가 신부

소패 신부는 오자마자 선생님들이 행복하게 사는 학교를 만들겠다고
했다. 와우 이 얼마나 아름다운 말인가? 우리는 그때 아직도 건강한 쓰
레기 교감 때문에 스트레스가 이만저만이 아니었다. 쓰레기 교감은 회
식을 하면 다음 날 아무렇지도 않게 늦게 온다. 자기가 정시 출근한 날도
가끔 있는데, 그런 날에는 지각하는 교사들을 혼을 낸다. 그러니 지각을
해도 교감이 지각하는 날 같이 지각해야 탈이 없다. 이런 상황에서 새롭
게 온 교장이 선생님들의 행복을 얘기하니 다들 환호하지 않을 수 없었
다.

이 교장은 학교에 오기 전 열정적인 환경운동가였다고 한다.

소패 신부는 학교에 오자마자 부장들을 다 이끌고 학교의 창고를 다
뒤졌다. 창고에 오래된 책상, 낡은 운동기구, 급식 도구 등이 많았는데,
행정실의 시설 주무관님에게 그걸 다 치우라고 명령했다. 한 50년도 더
된 것들도 있었는데, 그것들을 다 정리하라고 지시한 것이다. 나는 그건
매우 잘한 것이라 생각한다. 깨끗한 학교 만들기는 누군가는 해야 했으
니까.

쓰레기 교감은 소패 신부를 따라다니며, 시설 주무관에게 왜 미리미리
치우지 않았냐며 핀잔을 주었다. 쓰레기 교감은 그 창고를 처음 본 것도
아닌데, 소패 신부 옆에 딱 붙어서 창고 정리 빨리하라고 맞장구를 쳐 댔
다. 나는 그가 왜 쓰레기인지 다시 한번 확인하게 되었다.

창고 정리에서 끝났으면 얼마나 좋았을까?

그랬다면 소패라고 부르지도 않았겠지.

소패 신부는 학교 복도에 있는 흰 벽들, 교실 출입문 옆에 흰 벽들, 휴게실에 있는 흰 벽들을 모두 꾸미라고 지시했다.

먼저 중앙 복도에 있는 흰 벽에는 선생님들 단체 사진(졸업 앨범에 있는 것)을 확대하여 붙여 두었다. 그 옆에는 학교의 옛날 풍경들의 흑백 사진을 확대하여 붙여 놓게 하였다.

그 이상한 흑백사진들 때문에 비가 오는 날 어두워진 중앙 복도를 지나가면 얼마나 무서운지 모르겠다. 그리고 교실 문 옆에는 학급 단체 사진을 다 찍어서 붙여 놓으라고 했다.

또 각 교무실 앞에는 선생님들 증명사진을 붙여 놓아 교무실에 앉아 있는 위치를 학생들이 알게 하라고 했다.

선생님들은 이미 교사 이름과 위치가 교무실 출입문에 붙어 있는데, 사진까지 붙이는 것은 너무하다고 했다. 게다가 초상권도 있고, 짓궂은 아이들이 핸드폰을 찍어 가서 장난이라도 칠까 걱정하는 교사들도 있었다. 실제로 그런 장난도 있긴 있었다.

미술 선생에게는 복도에 벽화를 그리라고 했다. 미술 선생은 교장이 시키니까 너무 좋아하며 여기저기 그림을 그려 댔다. 학교는 조잡해졌고, 심플했던 학교는 여기저기 그림이나 사진들로 이상해졌다.

또한 소패 신부는 50년 이상 우리 학교의 중앙 입구에 서 있었던 천주교 재단의 상징인 예수님상도 안 보이는 곳으로 치우고, 그 자리에 정하상 바오로 동상을 세워 두었다.

정하상 바오로 동상은 갓을 쓴 남자의 모습이었는데, 야간자율학습 끝나고 밤에 보면 저승사자 같다고 학생들이 무섭다고 했다. 그 동상을 무슨 돈으로 세웠는지, 그 동상이 왜 세워졌는지 아는 사람이 없었다. 그냥 소패 교장의 생각과 판단으로 세워진 것이다. 누구와 상의하거나 의견을 수렴한 게 아니었다.

월요일 아침 학교에 와 보니 예수님상이 사라지고, 저승사자 아니 정하상 바오로 동상이 우뚝 서 있었다. 무슨 돈으로 왜 세워졌는지 모르는 그 동상은 혐오감을 자아내기 충분했고, 우리 학교는 이상한 종교를 믿는 학교 같아 보였다.

학교에 밤에 운동하러 와서 예수님상에서 기도를 했던 동네의 신자들은 그 이상한 동상을 보고는 그냥 지나쳐들 갔다.

예수님 동상이 어디 갔냐고 묻는 주민들도 있었다.

소패 신부는 자연을 사랑하는 환경운동가가 아닌 자기가 원하는 환경으로 다 바꾸어 버리는 의미의 환경운동가였던 것이다. 심지어 자기 개인 화장실을 교장실 안에 만들어 달라기도 했다. 행정실에서는 어쩔 수 없이 화장실을 만들어 주었고, 행정실 직원들은 소패 교장의 소변 냄새에 시달려야 했다.

교장실에 개인 화장실을 만드는 학교는 아마 전국에서 여기 말고는 없을 것이다. 그 예산은 학생들을 위한 예산이었을 것이다.

소패 신부의 말과 행동을 보면 이해되지 않는 것이 너무 많았다. 상식적인 사람이 아닌 건 확실했다.

소패 신부는 선생님들을 선생님이라 부르지 않고 남교사는 형제님, 여교사는 자매님이라고 불렀다. 학교에서 말이다. 성당을 안 다니는 선생님들도 많은데 말이다.

졸지에 우리는 형제님과 자매님이 되어 학교가 아닌 무슨 종교 친목 단체로 변해 가는 것 같았다. 선생님들은 형제님, 자매님의 호칭을 매우 불쾌해했다. 교장이 선생님을 형제님, 자매님이라고 부르는 학교는 아마 전국 어디에도 없을 것이다. 아니 전 세계를 뒤져 봐도 그런 사례는 없을 것이다.

형제님, 자매님이라고 부르는 게 정상이면 불교 재단 학교는 교사를 처사님, 보살님이라고 불러야 하는 거다.

2. 탐정처럼 기웃기웃하지 마세요

소패 신부는 선생님들 뒷조사를 계속하고 다녔다. 할 일이 없으니 교사들이 어떤 사람들인지 그 사람의 과거, 주변 선생님들의 평가, 학생들의 평가를 묻고 다녔다. 특히 학생들에게 어떤 선생님이 제일 좋은지 계속해서 물어보고 다녔다.

앞서 말한 중앙 복도에 부착된 교사들 단체 사진을 보고 있는 학생들이 있으면 그 옆에 가서 어떤 선생님이 좋니? 하고 물어보곤 했다.

우리는 복도에서 아이들과 친근감 있게 얘기하는 줄 알았는데, 소패 신부는 그 사진 앞에서 아이들에게 어떤 선생님이 좋냐고 물었다고 했다. 그랬더니 아이들이 젊은 선생님만 좋아하는 게 아니라 나이 많은 선생님들도 좋아한다고 대답했다며 뿌듯해했다.

나는 깜짝 놀랐다. 말도 안 되는 저런 행동을 몰래 하는 것도 아니고 자랑스럽게 얘기하는 것에 진짜 놀랐다.

그 이야기를 듣고 있던 문 선생님은 소패 신부에게

"신부님은 제가 성당 신자들에게 보좌신부가 좋냐? 본당신부가 좋냐고 물어보고 다니면 좋을 것 같으세요?"라고 말했다.

나는 너무 후련했다. 완전 정곡을 찌르는 말이었다. 문 선생님은 이어서 소패 신부에게 이런 말도 덧붙였다.

"교장 신부님, 탐정처럼 수업 중에 교실 기웃기웃하지 마십시오. 그리고 수업 중에 교실로 들어오지 마십시오. 수업권 침해입니다." 소패 신부는 얼굴이 갑자기 벌겋게 되었다.

아마 생애 처음으로 자기의 행동을 지적받았을 것이다.

나는 세상에는 좋은 신부님도 많다고 생각하지만, 소패 신부 같은 인간도 많다는 걸 경험적으로 알고 있다.

문 선생님의 이 날카로운 지적에 소패 신부는 모멸감을 느꼈을 것이다. 왜냐하면 소패 신부는 늘 자기가 옳다고 생각하며 살았고 성당 신자들은 그 누구도 신부의 말과 행동에 대해 지적을 하지 않기 때문이다.

신부가 싫으면 그냥 성당을 옮기는 신자가 많다는 걸 정작 소패 신부는 잘 모를 것이다.

아무튼 문 선생님의 이런 대범한 지적은 소패 신부의 복수 본능을 자극해서 훗날 큰일이 벌어지게 되고 만다. 그 큰일은 소패 신부의 만행에 대해 더 알린 뒤 쓰겠다.

3. 선생님, 개종하세요

내가 1학년 부장을 할 때였다. 학년 회식 때 쓰레기 교감은 교장과 자기를 초대하라고 지시했다. 왜 학년 회비로 쓰레기와 소시오패스에게 대접을 해야 하는지 나는 잘 모르겠다.

그러나 다른 학년도 다 관습적으로 그냥 교장과 교감에게 접대를 했다. 2차는 교장이 보통 내는데 자기 돈도 아닌 법인카드로 내는 거라 솔직히 고맙지도 않았다. 그래서 학년 회식은 그냥 빨리 먹고 가는 분위기였다.

소패 신부는 회식 전 기도를 했는데, 나는 천주교 신자여서 특별히 거부감은 없었으나 다른 종교의 기간제선생님도 계시고, 무교의 선생님도 계시는데 꼭 사적인 모임에서까지 기도를 하려는 모습이 나는 싫었다. 각자 종교에 맞게 알아서 하면 되는 거지, 왜 전체적으로 하는지 지금도 알 수 없다. 그러나 그냥 그건 그 학교의 문화였나 보다. 거스르기 힘든.

기간제선생님들은 계약기간을 연장받기 위해서는 진짜 열심히들 하였다. 특히 교장이 그 모든 권한을 가지고 있으니 교장에게 밉보이는 일을 해서는 안 되는 것이다. 문 선생님처럼 했다가는 계약이 바로 해지될 수도 있다.

우리 학교에 몇 년째 열심히 하는 현 기간제교사는 세 자녀의 엄마였다. 학생들과도 잘 지내고 엄청 열심히 하시는 분이다. 내가 옆에서 봐도 존경스러운 선생님이다. 그런데 그 선생님은 종교가 개신교였다. 나는 종교인이기에 타인의 종교를 존중해야 한다고 생각한다.

어느 종교가 자기 종교와 다른 자를 배척하라고 가르치는가?

나는 소패 신부에게 현 교사와 몇 년째 같은 학년을 하는데 너무 열심히 하셔서 좋다고 칭찬을 했다. 그나마 학년 부장이 할 수 있는 역할이 있어 나는 좋았다. 그렇게 칭찬을 던져 주어야 현 기간제선생님이 계속해서 재계약을 할 수 있는데 조금이라도 도움이 된다고 생각했다.

한참 듣던 소패 신부가 현 기간제교사에게 이렇게 말했다.

"선생님, 개종하면 어때요?"

적어도 20년을 넘게 개신교에 다니는 사람에게 신부라는 사람이 개종을 하라는 말에 나는 깜짝 놀랐다. 농담이 아닌 진지한 권유였다. 아니 압박이었다. 현 기간제교사는 얼굴이 빨갛게 달아올랐다. 그 모습이 민망했던지 옆의 P 교사가 자기도 성당을 오래 다녔지만, 현 교사의 신앙심도 엄청 깊다고 소패 신부에게 둘러댔다.

소패 신부의 말은 자기와 같은 종교로 개종하기 전에는 아무리 실력이 뛰어난 기간제교사도 정규 교원으로 뽑지 않을 거라고 말하는 것처럼 들렸다.

나도 너무 불안하고, 불쾌했는데 현 선생님은 어땠을까?

4. 우리는 모두 기간제교사

우리는 모두 기간제교사이다. 기간제 인생이다. 정교사도 정년이라는 계약기간까지만 근무하는 기간제교사이고, 기간제교사도 정해진 계약 기간까지만 근무하는 기간제교사이다. 자기가 조금 더 근무 기간이 길다고 위치가 높다고 생각해서는 안 된다.

그러나 꼭 사립학교에 백으로 들어온 실력 없는 선생들이 유달리 기간 제교사보다 자기가 우월하다고 생각하고 행동하는 경향이 있다. 마치 Q 선생처럼….

Q 선생은 결혼을 안 한 여교사이다. 나는 결혼 안 한 여교사에 대한 편견은 없다. 아니 없었다. Q 선생을 알기 전까지….

사람들은 Q 선생을 다 피해 다녔다. 워낙 무례한 행동을 많이 하니 누가 좋아하겠는가? 그래서 Q 선생은 20년 넘게 다닌 학교에 친구가 없다. 그런데 Q 선생은 외로움을 참지 못하는 성격이다.

Q 선생은 늘 새로운 기간제 여교사를 공략한다. 아무것도 모르는 처음 온 여교사에게 접근하여 밥도 먹자고 하고, 친한 척을 한다. 그런데 기간제 여교사도 바보가 아닌 이상 몇 번 얘기하다 보면 Q가 이상한 것을 알아차리고 점점 피한다. 그러면 Q 선생은 참지 못한다. 그때부터는 그 기간제교사를 괴롭히는 것이다. Q 선생의 기간제교사 괴롭히는 예는 다음과 같다.

1. 기간제교사가 담임일 경우에는 그 반 수업 시간 시작 종 치기 전에 들어가서 그 반 학생이 화장실을 다녀오느라 종 친 뒤에 1초라도 늦

게 들어와도 무단(미인정) 지각 체크한다.

2. 기간제교사의 인사를 절대 받지 않는다.

3. 학교에서 지급하는 휴지를 자기 자리에 두는데, 기간제교사가 몇 칸 쓰면, 쓰지 말라고 한다. 몰래 쓴 것도 다 안다.

4. 공공연히 기간제교사에게 내년에 자리 없어진다는 등 싸가지 없다는 등 대놓고 말한다.

나는 Q 선생은 괴물이라고 생각한다. 이 여자는 못돼 처먹었다. 선생이라는 명칭도 아깝다.

그런데 세상이 공평하고 신은 있는 게, 그렇게 설움을 당하던 기간제 선생님들은 곧 임용고시에 합격해서 공립 교사가 되는 사람들이 많았다. 그래서 우리는 Q가 괴롭히는 기간제교사를 위로하면서 늘 말한다.

"선생님, 임용고시 공부해. 바로 합격할 거야."

Q의 악행 에피소드로 책을 한 권 만들 정도가 되지만, 하나만 추가하고 닫는다. 내 책에 이런 Q의 얘기로 채우기에는 활자가 아깝다.

나는 국어과 소속의 교사인데, 국어과는 총 11명의 교사가 있었다. 불행하게도 Q도 국어과이다. 국어과에서는 Q와 같은 학년을 하는 것은 1년을 망치는 것이라고 생각하고 폭탄 돌리기를 늘 했다.

국어과 후배 중에서 부모님 모두 갑자기 너무 아프신 U 교사가 있었다. U 교사는 부모님 간병으로 휴직을 한다고 했다.

나는 너무 안타까웠다. 세상에서 내 맘대로 안 되는 것 중 하나는 부모님 건강이다. 휴직까지 해서 부모님 간병을 할 정도니 심각하다는 생각이 들었다.

며칠 지나 U 교사가 자신의 골수를 어머니께 이식을 한다는 소식을 들었다. 너무 안타깝고 가슴 아팠다.

국어과 부장 교사는 그동안 회식을 위해 모아 놓은 국어과 회비 중 일부를 U 후배에게 주려고 생각했다. 그래 봤자 20만 원이었다. 돈을 더 내는 것도 아니고, 그냥 있는 회비에서 주는 거라 부담도 되지 않을 거라 생각했고, 또 20만 원도 솔직히 너무 약소한 것이라 생각했다.

그래서 국어 부장은 국어과 선생님들에게 카톡으로 U 후배 상황을 알렸고, 회비에서 20만 원을 지원하자고 제안했다. 선생님들은 안타까워하며 그렇게 하라고 동의했다. 심지어 육아휴직 중인 착한 후배 김 선생님도 이 소식을 듣고, 2만 원을 보내왔다. 그래서 20만 원이 딱 맞을 판이었다. [국어과—총 11명 / U 교사 제외하면 10명(휴직자 김 선생님 포함)]

그러나 Q는 자기는 참여하기 싫다고 했다. 즉 2만 원을 돌려달라는 것이었다. 자기는 안 낼 테니까.

Q가 그러는 이유는 자기 엄마 아플 때는 국어과에서 아무도 신경 쓰지 않았다는 것이다. 화가 난 국어 부장은 Q를 제외해 버렸다. 돈 내기 싫다는데 어쩌겠는가? 그렇게 돈을 맞추어 보니 18만 원밖에 안 되었다. 국어과 부장은 자기 돈 2만 원을 더 보태서 20만 원을 U 후배에게 주었다. 우리가 U 후배에게 약소하게 돈을 보내는 이유는 U 후배 어머니를 보고 주는 게 아니고, U 후배가 골수이식까지 해야 되는 것 때문에 주는

거라고 국어 부장이 친절하게 Q에게 설명했다.

그러나 설명이나 설득은 정상인들에게는 통하는 거였나 보다. Q는 계속해서 자기 엄마 때는 왜 모른 척했냐며 오히려 화를 냈다.

이런 Q가 서울 중심가의 건물주라는데, 우리는 저렇게 살아야 건물주 되는 거냐며 쓰게 웃었다.

어느 날 어떤 또라이 선생님이 술에 취해 Q에게 "선생님이 결혼 못 한 원인을 선생님 자신에게서 찾아보면 어때?"라고 했다. 그 어떤 선생님도 또라이인데, 그날은 맞는 말만 한다며 우리는 뒤에서 웃었다. 고장 난 시계도 하루에 두 번 맞는다는데, 또라이 같은 그 어떤 선생님은 평생 한 번 맞는 말을 한 것이다.

Q가 결혼을 하지 못한 것은 다행스럽다는 말을 사람들은 많이 했다. 대한민국 남자 한 명 인생 살린 것이라고. 그리고 출산을 안 한 것도 퍽 다행스런 일이라고.

교사에게 공감 능력이 없으면 가치가 없다. 다른 사람의 아픔이나 슬픔을 이해하지 못하는데, 학생들을 어떻게 가르칠 수 있단 말인가? 교사들의 공감 능력 그건 지적 능력만큼, 아니 지적 능력보다 더 필요한 것이 아닐까?

5. 선생들의 가스라이팅

나는 학생들과 친밀감 있게 지내는 선생님들과 선을 넘어서까지 학생들과 친하게 지내려는 선생은 구분되어야 한다고 생각한다. 그리고 학생들과 일정한 거리는 늘 유지해야 한다고 주장해 왔다. 학생이 바른 가치관을 가지게 하려면, 교사는 당연히 발라야 하는 것이다.

그러나 내가 근무했던 사립학교에서 젊은 남교사 몇몇은 선을 넘어도 한참 넘는 사람이 많았다.

(1) 사랑한다, ○○야

이건 어떤 여학생이 나에게 자랑을 하면서 보여 준 카톡 내용이다. 그 선생과 새벽 2시에 나눈 카톡 내용이다. 평소 그 선생은 여학생들에게만 친절하다. 그 선생은 점심시간에도 여학생들과 팔짱을 끼고 돌아다니기도 한다. 내가 본 것만 해도 몇 번이나 된다.

○○은 다른 친구들에게 그 선생님이 자기를 사랑한다 했다고 자랑을 하고 다녔고, 그 선생도 ○○을 사랑하는 것처럼 대했다.

그러나 그 선생이 사랑하는 여학생은 해마다 바뀌었다. 그 선생은 밤이 되면 더 과감하게 여학생들과 밀착하여 다녔다. 어두운 곳에서 상담을 한다는 이유로 어깨동무를 하고 있다가 야자 시간에 순찰을 돌던 어떤 여교사에게 발각되자 그 선생은 깜짝 놀라 손을 부자연스럽게 뺐다고 한다.

내가 3학년 부장이 되었을 때 담임들에게 지켜야 할 몇 가지를 첫 회의 때 발표했는데, 그중 하나가 바로 이성 학생과 거리를 두라는 것이었다. 그건 그 선생을 두고 한 얘기였는데, 참 눈치도 없는 선생인 것 같다.

K 선생, 정신 차리길 바라.

(2) 여학생과 데이트하는 선생

앞에 K 선생은 지금 말하는 W 선생에 비해 양반인 것 같다. 일단 W는 학생들에게 인기를 특히 여학생들에게 인기를 끌고 싶어 안달이 난 것 같다. 학생들에게 인기를 끌려면 매우 간단하다. 돈으로 뭐 사 주면 된다. 그러면 된다. 그런데 많은 선생님들은 인기를 끌기 위해서 돈을 쓰는 이상한 일은 하지 않는다.

W는 화이트 데이에 여학생들에게 선물을 주기도 했다.

W는 무언가 되게 늘 불안해 보였다. 학생들이 자기를 좋아하지 않을까 봐 늘 불안해하는 것 같았다. 그리고 학년에서도 자기가 제일 인기가 있어야 한다고 생각하는 것 같았다. W의 인생에 대해 내가 자세히 알지 못하지만, 늘 자신의 낮은 학벌에 대해 열등감이 있어 보이긴 했다. 교사가 된 이상 그의 학벌이 뭐가 중요하냐마는 어떤 회식에서 W는 자기가 졸업한 대학교를 ×같은 학교라며 술주정을 했다.

누군가 W에게 학부를 물어보니 학교 이름을 안 대고, 그 학교가 속한 도시 이름을 대는 것부터가 이상했다. 어차피 다 아는 건데. 지금도 학교에서는 자기가 학벌은 제일 낮지만, 누구보다 수업을 잘한다며 자랑하고 다닌다고 한다.

열등감이 이렇게 무서운 거다.

W는 어떤 형편이 어려운 여학생에게 엄청 잘해 주었다.

단둘이 교무실에 남아서 늦게까지 있기도 하고, 심지어 모의고사가 있는 날 학년 회식이 있는데도 W는 그 형편이 어려운 여학생과 입시 상담을 해야 한다며, 회식도 가지 않았다. 모의고사가 있는 날이라 전교에 그 어떤 선생님도 교무실에 없는 날이다. 전교에 그 어떤 학생도 학교에 없는 날이다.

오죽하면 회식을 하던 선생님들이 일제히 W를 이상하다고 했을까?

그 여학생은 졸업을 한 이후에도 한동안 W를 만나러 학교에 찾아왔다. 어느 날 밤에는 W가 그 여학생과 손잡고 학교 주변을 걷다가 행정실 직원에게 발각되자 도망갔다고 한다. 그 직원이 나를 찾아와 교장한테 일러야 하는 거 아니냐고 했다.

나는 명확하지 않은 걸로 소시오패스 같은 교장을 찾아가기는 싫었고, 행정실 직원의 말이 거짓말이 아닌 것은 알았으나 내가 본 것도 아닌 상황에서 남의 본 것을 가지고 전달하고 싶지는 않았다.

그런데 학생들은 바보가 아니다. W의 여학생 편력에 대해 나를 찾아와 이르는 학생들이 많았다. 남녀 학생 불문하고 많이 있었다. 아직도 W는 학교에서 자기가 인기가 제일 좋은 줄 아는 것 같아 조금 애처롭긴 하다.

입시가 끝나고 학교장 허가 교외 체험학습 기간에 어떤 여학생이 교무실로 왔다. 잘 차려입고 와서는 자기 담임인 W를 만나러 왔다고 했다. 내가 체험학습 기간에 왜 왔냐고 물어보니, W 선생과 점심을 먹기 위해 왔다고 한다. 자기가 대학을 붙어서 W 선생에게 식사를 대접한다는 것이었다.

선생님들은 마치 데이트라도 하는 것 같은 둘을 보고 이상하게 느꼈다. 그러나 W 선생은 자기는 지갑 안 가지고 갈 거라며 교무실에서 다른 선생님들에게 들으라는 듯 얘기했다.

W가 나가자 L 선생님이 나에게 이렇게 말했다.

"내 딸 담임이 W가 아닌 게 천만다행이에요. 내 딸이 남교사와 저렇게 단둘이 밥을 먹는다면 나는 그 선생 찾아가서 따질 거예요."

가스라이팅은 권위가 있는 개체가 약한 부분이 있는 개체를 복종시키기 위한 가장 쉬운 수단이다. 사이비종교에 빠지는 것도 무엇인가 허할 때 가능한 것이다. 학생의 어려운 가정 형편이나 심리적으로 약한 부분을 이용하여 지배하려는 그런 교사들은 교단에서 내쫓아야 한다.

그러나 아직도 학교에서는 수많은 가스라이팅이 일어나고 있다.

PART 4

내가 진짜 하고 싶은 이야기

제1장
소패 신부의 복수는 나의 것

　내가 이 책을 쓰는 진짜 이유는 지금부터 쓰는 이 흥미진진한 이야기를 담기 위해서이다. 외부에서 보면 너무나 재밌을지 모르겠지만, 그 한가운데에 있던 나는 괴로운 나날들이었다.

　방송국 기자인 내 친구에게 지금부터의 얘기들을 기사로 써 달라고 하니 너무 소설같이 완벽해서 기사보다는 소설로 써 보면 어떠냐고 했을 정도다. 이 허구 같은 사건으로 당사자 문 선생님은 아마 우울증에 트라우마까지 생겼을 것이다. 그리고 나도 사립학교를 떠나게 되는 계기가 되었다.

　그리고 아직도 여전히 상처는 진행 중이다.

1. 복수의 칼날

소패 신부는 문 선생님을 대놓고 싫어했다. 왜냐하면 앞서 기술했듯 이 문 선생님은 소패 신부의 정곡을 찌르는 말들을 많이 했기 때문이다. 앞에서 쓴 것처럼 탐정처럼 교실 기웃기웃하지 마라, 학생들에게 어떤 선생님 좋으냐고 묻지 마라 등 소패 신부가 가장 좋아하는 일들에 대해 정식으로 문제 제기를 하니 소패 신부는 아마 문 선생님에게 복수를 하고 싶었을 것이다.

그러나 아무리 교장이라 할지라도 잘못이 없는 사람에게 징계를 줄 수는 없다. 그래서 소패 신부는 문 선생님의 약점을 무조건 잡으려고 했다.

복수의 칼날이 엄청 날카로워질 무렵 소패 신부는 자기가 싫어하는 선생님들의 뒤를 캐기 시작했다. 학생들에게 그 선생님 어떠냐고 대놓고 묻기 시작했고, 심지어 당시 학년 부장인 나에게는 학생들에게 선생님들의 평판을 설문으로 조사해 달라고도 했다. 선생님들 뒷조사라는 말은 할 수 없으니 학생들에게 이번 학년에서 제일 좋았던 학년 프로그램은 뭐였는지, 싫었던 프로그램은 뭐였는지 조사해 달라고 했다. 그거야 학년 평가니까 관리자로서 충분히 요구할 수 있다고 나는 생각했다.

그러나 그 말에 덧붙인 말은 가관이었다. 담임선생님들에 대해 애들이 어떻게 생각하는지 조사해 오라는 것이다. 그거야 교원 평가도 있고한데 왜 그걸 조사하라고 하는지 나는 소패 신부의 목적을 명확히 알기에 알겠다고만 했다.

아무튼 설문조사 문구에는 담임교사에 대한 학생들의 생각을 묻는 질의를 넣고 결재를 받았다. 그랬더니 좋아하는 것 같았다.

그러나 나는 학생들에게 실제로 설문조사 할 때에는 그 내용을 빼 버렸다. 그리고 학생들에게는 선생님들의 평판을 묻는 설문을 제외한 평범한 설문을 해 버렸다. 그리고 연말 바쁜 틈을 타 결재 올려 버리고 끝냈다.

선생님들의 뒷조사는 소패 신부 악행의 중 가장 약한 것이다. 시작일 뿐이었다.

2. 소패 교장 신부의 호불호

소패 신부는 사람들에 대한 호불호가 매우 명확했다. 자기한테 대놓고 아부하거나, 아침마다 소패 신부가 집전하는 미사에 참석하거나, 자기와 놀아 주거나, 자기 의견에 무조건 동조하는 사람은 호요, 소패 신부의 의견에 반대를 하면 무조건 불호다.

그런데 호는 불호가 될 수 있으나 불호는 어떤 노력을 해도 호가 될 수 없다.

(1) 호(好)

① G 선생

G 선생의 처세술은 대단하다. 나는 그를 보면 사람이 어떻게 저렇게까지 할 수 있을까라는 생각이 든다. G 선생은 늘 교감이 되고 싶어 했다. 그래서 G 선생은 아침 미사에 빠지지 않고 나갔으나 신앙심이 깊지 않다는 걸 누구나 다 알고 있었다.

소패 신부는 온 가족이 모두 성당에 그것도 아주 열심히 그것도 교무금을 많이 내면서 다녀야 진정한 신자로 생각하기 때문에 G 선생은 늘 핸디캡을 가지고 있었다. 그러나 G 선생은 앞서 진짜 신부님 교장을 위해 테니스, 골프 등을 늘 함께하면서 핸디캡을 극복하고 있었다. 진짜 신부님 교장은 G 선생에게 무한한 신뢰를 보냈다. 그러다 보니 G 선생은 본인이 마치 뭐가 된다고 혹은 될 수 있다고 생각하며 쓰레기 교감이 워낙 그 역할을 못하니 본인이 교장, 교감, 교무부장 역할을 모두 했다.

진짜 신부님 교장이 가시고 진짜 신부님 같은 인품에다가 사람도 잘 판단하고, 학교 업무도 관심이 있는 분이 오게 해 달라고 기도했지만, 내 기도는 이루어지지 않았다.

G는 어떤 관리자든 다 맞출 수 있는 사람이었다. 소패 신부는 당구를 좋아했다. G는 거의 몇 년 동안 소패 신부와 퇴근하고 당구, 시험 기간에도 당구, 가끔 밤낚시도 같이 갔다.

소패 신부는 가정이 없었으므로, 늘 심심해했고, G는 그 점을 간파했다. 그래서 소패 신부에게 G는 호(好)다.

G는 교감 후보가 되었다.

② M 선생

M의 교감 되려는 노력은 아주 오래전부터 차근차근 쌓아졌다. 젊은 나이에 교무부장을 하고, 이후 종교 재단의 학교답게 교장으로 주로 신부가 왔으므로, 교장에게 가장 잘 어필되는 종교에 집중했다.

M 선생의 가족은 모두 성당에 열심히 다녔다. M은 학교의 교직원 신자회(교직원 종교 동아리)의 회장을 몇 년째 계속하면서 공금인 회비로 회원들의 의사도 묻지 않고 교장 신부의 축일에 선물을 주고 심지어 생일에도 신자회 이름으로 선물을 하였다. 또 진짜 신부님이 교장의 임기를 마치고 다른 곳으로 발령 날 때에 뜬금없이 노트북을 신자회 이름으로 선물하기도 했다. M은 정말 위만 보는 사람 같다는 생각이 들었다.

그런데 교감을 선임해야 할 시기의 교장 신부는 소패 신부였으므로 M 선생은 극도로 예민해졌다. 왜냐하면, G 선생과 소패 신부는 거의 매일 밤 당구를 쳤으므로 M 선생은 좀 밀린다는 생각을 계속했다. 그럴수록 자신의 강점인 종교를 계속해서 소패 신부에게 어필하였다. 성지순례라는 것이 M 선생의 노력으로 생겼고 소패 신부는 주말에 선생님들이 성지순례에 참여하는 것에 매우 흡족해했다.

문제는 아무도 허락하지 않은 신자 교직원회비로 성지순례 비용을 사용했다는 것이다. 심지어 매년 학교에서 만들어 전교생과 전 교사에게 나누어 주는 달력에 성지순례 날짜를 고정해서 무슨 명절처럼 표시하려고 했다.

나는 당시 교무부장에게 달려가서 "신자회는 교사 동아리다. 나는 독서 동아리, 중창단 동아리 회장이다. 그럼 우리 동아리 행사일도 달력에 표시해야 한다. 그렇게 했으면 좋겠냐? 학교가 그렇게 가서는 안 된다." 라고 강하게 얘기하였다. 그래서 성지순례는 빠졌다, 달력에서. 그걸 넣으려고 했던 사람들은 시간이 너무 지난 지금도 이해가 안 간다.

종교 재단 학교의 종교적 분위기는 공기로만 존재해야 한다. 그걸 목적화해서는 안 된다.

아무튼 끊임없이 종교로 어필했던 M 교사는 호(好)다.

M도 교감 후보가 되었다.

후에 교감 자리를 두고 G와 M이 경쟁했는데, 사람들은 그걸 '당구 대 종교'의 대결이라 불렀다.

③ O 기간제교사

소패 신부는 선생님들에게 아침에 자기가 집전하는 미사에 참석하라고 회의 시간에 말했다. 담임들은 아침 조회를 해야 된다. 그리고 결석 및 지각 등의 사유로 학부모들에게 전화가 빗발치는 시간이 아침 시간인데, 그 시간에 미사를 보라니 학교를 뭘로 아는 건지.

나는 담임교사들이 미사에 참석한다는 것은 직무 유기라고 본다. 학교에서 학생보다 중요한 게 있을까?

소패 신부는 그런 것은 개의치 않았다. 소패 신부는 아침 미사에 참석하지 않는 교사들은 무언가 크게 잘못하고 있다고 생각하는 듯했다. 나도 40년 성당을 다녔지만, 학교에서 매일 미사에 참석하는 것은 이해가 되지 않았다. 물론 학교에서 가끔 아침 시간에 여유가 있거나 특별한 날에는 미사에 참석할 수는 있다. 그러나 그걸 매일 의무처럼 말하는 것은 그것도 교장이, 신부인 사람이 그럴 수는 없는 것이다. 아무리 사립학교라도 할 수 없는 일이다. 아니 해서는 안 될 말들이다. 그러나 소패는 소패다.

어쨌든 아침 미사를 열심히 나가는 세례를 받지 않은 기간제 여교사가 있었다. 기간제교사가 정규 교원이 되기 위해서는 어쨌든 교장에게 인정받아야 한다. 소패 신부는 막강한 권력을 권위주의적 방식으로 행사하고 싶어 하는 것처럼 보였다.

기간제교사가 정교사가 되고 싶어 하는 것은 너무 당연한 일이다. 사립학교에서는 교장에게 잘만 보이면, 기간제교사로 계속 근무할 수도 있고 운이 좋으면 정교사도 될 수 있다.

O 기간제 여교사는 1년에 한 번 학교에서 교장 신부가 주는 세례를 받기 위해 점심시간이나 저녁시간에 성경 공부를 계속했다. 그리고 결국 세례를 받았다.

소패 신부는 엄청 흐뭇해하는 것처럼 느껴졌다. 자기가 교장인 학교에서 교사가 자기가 주는 세례를 받고 천주교 신자로 살아가기를 다짐

하니 얼마나 기쁘겠는가?

결국 그녀는 다음 해에 소패 신부에게 정교사 자리를 구두로 약속받았다. (그러나 소패 신부는 다음 해에 O 교사를 면접에서 탈락시켰다. 소패가 왜 소패인지 사람들은 다 알게 되었다.)

어쨌든 O 교사도 호(好)다.

(2) 불호(不好)

① 밥값 안 깎은 왕 선생님

왕 선생님은 연구부장이다. 전형적인 이과 계열의 교사로 모든 일을 이성적이고 합리적으로 처리하려고 노력하면서 동시에 거추장스러운 걸 싫어하는 교사이다. 그리고 여행을 무척이나 좋아하는 교사다.

왕 선생님은 새로운 교장도 왔겠다, 연구부장이 자기이기도 하겠다, 그동안 교직원 연수도 없었겠다 등등 여러 가지 이유로 교직원 연수를 추진하고자 했다.

단체로 가는 교직원 여행은 진짜 몇 년 만의 일이고, 솔직히 60여 명이 넘는 인원이 단체로 연수를 가는 일이 쉬운 것은 아니었다. 왕 선생님은 같은 과 후배들과 연수 일정을 잡고, 답사도 다니고, 워크북도 만들며 진짜 열정적으로 임하였다. 놀기 좋아하는 왕 선생님이 이렇게 학교 일에 열정적인 것은 처음 보았다.

왕 선생님은 실무 협의회(부장 회의) 때 연수 일정과 숙소, 비용 등에 대해 자세히 브리핑했으며 예산 부분은 행정실과 긴밀하게 협조하면서 진행하고 있었다.

그런데 어느 날 예산을 본 소패 신부가 왕 선생님의 별실 사무실로 찾아왔다. 소패 신부는 왕 선생님에게 점심값이 8,500원인데, 너무 비싼 거 아니냐고 했다. 왕 선생님은 리조트에 딸린 식당이어서 거기서 밥을 먹어야 한다고 했다.

그러자 소패 신부는 왕 선생님에게 리조트에 전화해서 1인당 천 원씩 깎으라고 지시했다. 천 원 × 60명이니 6만 원을 깎으라는 것이었다.

왕 선생님은 그 얘기를 듣고, 리조트에 전화를 하지 않았을뿐더러 무슨 저런 교장이 있냐며 뒷말을 했다. 나도 옆에서 듣다가 '그지 같은 교장'이라고 거들었다.

결국 왕 선생님은 1천 원을 깎지 않았다는 이유로 소패 신부의 탄압의 대상이 되었다. 캠핑을 좋아하는 왕 선생님의 별실 사무실에는 군용 침대를 소파로 만들어 놓은 것이 있었다. 또 학교 창고에 왕 선생님은 캠핑 장비 일부를 보관해 오고 있었다.

그다음 주 왕 선생님이 실무 협의회에 사정이 있어 안 나오자 소패 신부는 어떻게 사무실에 침대가 있냐며 화를 냈다. 그건 침대가 아니라는 건 다 안다. 군용 침대 모양이지만, 위에 긴 쿠션을 깔아서 소파처럼 이용하고 있다는 걸 다 아는데도 불구하고 교장은 그걸 치워야 한다고 주장했다. 그것도 왕 선생님이 없는 회의에서 말이다.

결국 소패 신부의 지시를 받은 쓰레기 교감은 왕 선생님을 찾아갔다. 늘 당당했던 왕 선생님은 여기 누워 있는 사람 본 적 있냐며 치울 테니까 소파 하나 놔 달라고 역공을 펼쳤다. 쓰레기 교감은 복도에 방치된 소파를 가져다주었다. 쓰레기 교감이 보기에도 소패 신부가 이상했던 거다.

그 일만 있었던 게 아니다.

연구부장이었던 왕 선생님은 고사(시험) 관리의 책임자인데, 시험 점수가 나오면 학생들의 사인을 받을 때 타인의 시험 점수를 보지 않게 하기 위한 아이디어로 학교 마크가 들어 있는 책받침 같은 걸 하나 만들어야 한다고 제안하였다. 그리고 이과 남자답게 그 책받침을 만들어 냈다.

A4 사이즈의 1/3 지점의 중간을 뚫어서 학생이 자신의 점수만 확인하고, 서명만 할 수 있는 제품을 개발해 내었다. 과학 교사답게 정말 공학적으로 만들었다.

왕 선생님은 이걸 인쇄소에 의뢰하여 반영구적으로 쓸 수 있는 '왕 선생님이 개발한 개인 성적 확인용 책받침'을 만든 것이다. 코팅까지 해서 제작된 거라 이건 반영구를 넘어서 영구적으로 쓸 수 있는 거였다. 나는 그걸 보고 역시 이과니까 다르다고 생각했고, 그동안 책 두 권을 위 아래로 막으면서 학생 개인만이 볼 수 있고 사인하게 만들었던 원시적인 그것과 결별을 준비했다.

연구부장인 왕 선생님은 실무 협의회 때 그 내용을 설명하고, 예산 신청을 했다. 60명의 선생님이 영구적으로 쓸 수 있는 성적 확인용 책받침을 여유 있게 80여 개를 주문하기 위해 견적서를 받아보니 한 20만 원 정도 예산이 소요되었다. 왕 선생님은 견적서와 모델 그림 등을 첨부하여 품의를 올렸다.

그러나 소패 교장 신부는 계속해서 결재를 하지 않았다. 그러면서 나를 불렀다. 소패 교장 신부는 "이게 필요한 건가요? 어떤 시스템으로 되는 건가요?" 이런 돼먹지도 않은 질문을 내게 했다.

나는 "이거 편하죠, 그동안 책으로 하느라 불편했는데요."라고 대답했다.

"이거 그냥 책받침으로 선생님들이 뚫어서 하면 되는 거 아닌가요?"라며 노골적으로 결재를 하지 않으려 했다.

"뭐 그럴 수도 있지만, 요즘 책받침도 없고, 연구부장이 인쇄소 샘플도 받아 와서 그냥 만들어도 큰 문제는 없을 것 같은데요."라고 내가 말했다.

소패 신부는 알았다며, 뭔가 생각하는 거 같았다.

나는 학교 예산 20만 원이 아까워서 소패 신부가 저러는 것이 아니라는 걸 너무 잘 알고 있었다. 소패 신부는 왕 선생님이 껄끄러우니 나를 불러 물어본 거고, 자기가 싫어하는 사람이 올린 예산을 어떤 핑계를 대서라도 결재해 주고 싶지 않았던 것이다.

다음 날 아침 쓰레기 교감이 자기 책상에서 검은 종이에 칼로 구멍을 뚫고 있었다. 소패 신부는 약간 딱딱한 플라스틱과 마분지의 중간 정도되는 재질의 종이를 사서 교감에게 다 뚫어서 교사들에게 주라고 했다. 교감은 어색해하면서 혼자 뚫어서 학년별로 나누어 주었다.

이후 한동안 소패 신부는 왕 선생님과 인사를 하지 않았다. 덩치 좋은 왕 선생님이 멀리서 보이면 일부러 마주치기 싫어서 돌아서 가곤 했다. 방학 중에는 행정실 직원에게 왕 선생님 별실 사무실 열쇠를 받아 들어가서 거기 있는 난로를 영선실(시설 주무관님이 근무하는 곳)에 가져다 놓았고, 창고에 넣어 놓은 캠핑 도구들을 행정실 직원에게 치우라고 했다.

소패 신부에게 왕 선생님은 불호(不好)이다.

② 존경스러운 명 선생님

명 선생님은 50대 초반이다. 명 선생님을 보면서 나는 나이가 들어도 저렇게 업무를 잘하고 싶다고 생각했다. 명 선생님이 학년 부장일 때 나는 학년 기획이었는데, 명 선생님은 절대 자기 일을 나에게 넘기지 않았다. 또 엑셀 프로그램을 잘하는 명 선생님은 학생들 개개인의 성적을 누적 관리가 가능하게 만들어 담임들이 입시 지도를 편하게 할 수 있도록 해 주었다.

모의고사와 내신성적이 누적된 자료는 특히 고3 담임교사에게는 정말 유용하였다. 학년 부장으로 저렇게 일을 많이 하고, 잘하는 사람은 나도 처음 겪어 보았다.

명 선생님은 학년 부장을 마치고, 교무부장을 하고자 했다. 명 선생님이 보기에 G 교무부장의 헛짓거리가 보기 싫었을 것이다. G 교무부장은 기본적으로 자기 과목을 잘 못 가르치는 것으로 유명했다. 심지어 고3 학생들이 특강 수업을 G 교사가 개설한다면 신청하지 않겠다고 보이콧을 하기도 했다. 오죽하면 애들이 그랬을까? 그뿐만 아니라 G 교사는 교감 되는 일 외에는 정말 아무것도 관심이 없는 인물이었다.

명 선생님은 G를 매우 낮게 보았지만, G는 명 선생님을 라이벌로 착각했다. 그도 그럴 것이 똑똑하다 싶은 젊은 교사들은 명 선생님은 인정했지만, G는 교사로 보지도 않았으니 G는 명 선생님에 대한 질투도 조금 있었던 것 같다. 그걸 알아서 그런지 G는 좀 이상한 여교사들만을 자기편으로 만들려고 했다.

그러거나 말거나 명 선생님은 그 나이 또래에서 두드러지게 일을 잘했다. 그러나 전교조 교사 그리고 학교에서 진행하는 아침 미사에 나오지 않는다는 이유로 교감이 되는 일은 불가능했다. 명 선생님도 그걸 알았지만, 교감 못 된다고 학교 일을 등한시하거나 막 나가지는 않았다. 자기 역할을 잘했고, 학년 부장할 때도 대부분의 교사가 부장의 역할을 잘하고 있다고 생각하고 있었다.

명 선생님은 G 부장이 교무부장의 5년 임기가 끝나면 자기가 교무부장을 하고 싶다고 소패 신부한테 직접 얘기했다.

부장 선임 투표에서도 거의 상위권이었고, 예전에 교무부장 경험도 있어, 명 선생님이 교무부장 하는 것은 하나도 이상하지 않았다.

그러나 소패 신부는 생각이 달랐다. 명 선생님은 앞서 말한 왕 선생님과 친하니 소패 신부는 절대 부장을 시켜서는 안 될 거라고 생각하였다. 그리고 소패 신부는 젊은 부장이 와야 한다고 말하고 다녔다. 소패 신부는 교무부장은 젊어야 한다는 비논리적인 사고로 가득 차 있었다. 나는 생각이 젊은 게 중요하지 무슨 나이로 부장을 뽑는다는 것에 진짜 이상하다 생각했다. 소패 신부는 나에게도 교무부장을 하면 어떠냐고 물었다. 나는 당시 1학년 부장이었고, 우리 학교 시스템상 학년을 데리고 올라가는 것이 자연스러운 일이었다.

나는 단호히 거부했다. 난 이제 처음 1학년 부장을 맡았고, 이 학생들을 무사히 졸업시키려는 게 목표라는 생각으로 가득 차 있었다. 물론 교무부장을 하면 G 교사 이상으로 아부할 수도 있고, 애들이고 뭐고 아침미사도 나갈 수 있었지만, 난 적어도 선생님은 그래서는 안 된다고 생각했다.

사기업과 학교가 같아지면 안 된다고 생각했다. 사기업은 이익을 남기는 것이 목적이지만, 학교는 사람을 남기는 것이 목적이어야 하기 때문이다. 어느 드라마 대사처럼 말이다.

결국 소패 신부는 완강히 거부하는 나 대신 2학년 부장을 내년 교무부장으로 택했고, 대신 내년 3학년 부장을 다른 교사로 대체해 버리는 이상한 상황을 만들었다.

　명 선생님은 능력이나 인품이 출중해도 누구와 친하다는 이유로 소패 신부는 어떤 보직도 주지 않았다. 그래서 명 선생님도 소패 신부에게는 불호(不好)이다.

3. 코로나보다 무서운 소패 신부

2020년 코로나가 창궐하여 학교는 엉망이었다. 우왕좌왕, 설상가상의 시간들이 이어지기 시작했다. 학생들이 학교에 있으면 안 되는 시간들이 다가오고 있었다. 그러다 보니 온라인으로 수업을 하라는데, 온라인 수업이 무엇인지도 모르는 학생들과 학부모님들은 그냥 놀면 되는 시간이라고 생각하기도 하는 듯 보였다.

그러나 교사들에게는 교육청의 엄격한 지침들이 매일매일 내려왔다. 교육청에서는 온라인에 수업 자료를 올리고, 이후 실시간 온라인 수업까지 요구하였다. 교사들의 수업은 너무 복잡해져만 갔다.

문제는 기숙사다.

벌써 교육청에서는 기숙사 상황을 공문으로 계속 모니터링하면서 감염병 확산을 우려하여 기숙사 운영 중단을 권고하게 이르렀다. 우리 학교에는 100여 명의 기숙사생들이 있었다. 학교 앞에 사는 학생들은 기숙사를 나와 집에서 등하교가 가능했지만, ○○도 전 지역 단위로 모집하는 비평준화 우리 학교에는 ○○도 북쪽 끝에서 다니는 학생도 있었고, 대중교통이 잘 연결 안 되는 읍면 지역에 사는 학생들도 다수 있었다.

나는 기숙사 부장으로서 어떤 결단을 하지 않으면 안 되었다. 나는 정부 방역 지침과 교육청 권고를 고려해 기숙사 폐쇄를 결정했다. 그리고 학부모의 동의를 구했다. 다행히 학부모들은 다들 이해했다. 집과 학교가 조금 멀어도 어쩔 수 없다며, 오히려 교사들이 고생한다고 걱정해 주었다.

가끔 학생과 학부모에게서 따뜻한 온기를 전달받을 때면 나는 교사라는 직업이 최고의 직업임을 다시 한번 느끼게 된다.

소패 교장 신부에게 기숙사 운영 중단에 대해 얘기했더니 소패 교장 신부는 관외 지역 즉 ○○도 북쪽 끝, 읍면 지역에 사는 학생 수에 대해 조사해 오라고 했다. 100여 명 중 15% 정도의 학생들이 관외 지역에 산다고 자료와 함께 교장실에서 보고했다. 그랬더니, 바로 소패 신부는 이 학생들을 선생님들 차로 픽업해 오라고 했다.

오, 신이시여! 정말 소패 신부의 뇌에는 뭐가 들어 있을까요? 기상천외한 생각들만 해 내는 소패 신부를 보고 어떤 의미로 놀랍지 않을 수 없었다.

소패 신부는 기간제선생님 두 명, 정교사 두 명 총 4명이 있는 우리 부서에 찾아와 학생들을 나누어 픽업을 하라고 시켰다. 일단 나는 곧바로 어렵다고 했다. 그 이유는 1차원적으로 접근해야 할 것 같아 사고라도 나면 너무 큰일이 나서 안 된다고 했다.

그러나 소패 신부는 나를 교장실에 불러 ○○도 북쪽 끝에 사는 선생님은 누구며, 읍면 지역에 사는 선생님은 누구며, 심지어 차량으로 학생들을 등교시켜 줄 분은 없냐고 물었다. 그리고 우리 부서의 4명과 해당 지역 선생님들이 조를 짜서 학생들을 픽업하라고 했다. 나는 일단 알아보겠다고 하고, 부서로 돌아왔다.

부서로 돌아오자마자 나는 우리 부서 선생님들께 절대 픽업은 하지 않을 것이며, 그 누구도 해서도 안 되는 일이라고 단호하게 말했다. 그러나 기간제선생님들에게는 교장이 하는 말을 따르지 않는 것은 부담이 되는 일이었다.

하지만 나는 내가 이런 결정을 내리지 않으면 그 피해가 아무 말 못 하는 기간제선생님들, 교장에 고분고분한 선생님들에게 고스란히 돌아갈 거라 생각했다. 결국 내가 더 단호하게 말하지 않으면 소패 신부는 교사들에게 학생들을 정말로 태워 오라고 할 판이었다.

분명 내가 지난번 학생들의 픽업은 불가능하다고 했음에도 불구하고 소패 교장은 미련하게도 미련을 못 버렸는지 그 이후로 기숙사 사무실을 찾아와서 계속 방법을 알아보라고 했다.

소패 신부는 이번에 온 착한 교목실장 신부를 시켜 ○○도 북쪽 끝에 사는 학생들부터 다 태우고 오라고 할 것 같았다. 그러나 교목실장 신부는 무슨 죄인가?

나는 계속 찾아오는 소패 신부에게 명확히 의사를 밝힐 필요가 있었다. 아니 이미 밝혔지만, 소패 신부는 자기의 명령을 일개 교사가 감히 거부하지 못할 거라고 생각하는 듯했다.

아침 일찍 기숙사 사무실에 찾아와 또 그 이야기를 꺼내는 소패 신부에게 나는 단호히 얘기했다. "저는 안 할 겁니다. 저는 안 태우고 올 겁니다." 두 마디를 간결하고 짧게 하자 얼굴이 벌게진 소패 신부는 불쾌한 듯 나갔다. 소패 신부는 내가 명확히 정색하고 거부하자 더 이상 요구하지는 않았다.

나는 내가 있는 곳의 정체성에 대해 깊이 생각해 보았다.

그리고 나의 직업에 대해서도 생각해 보았다. 나는 분명 교사인데, 왜 소패 신부는 교사들이 자기 수족처럼 굴기 바라는 걸까? 소패 신부가 있던 성당에서는 아마 신자들이 그렇게 하는지 모르겠지만, 여기는 학교다.

도대체 소패 신부는 교사들을 뭘로 보는 걸까?

4. 대청소나 하세요

코로나로 인해 학생들이 학교에 안 오니 사실 교사들에게는 시간이 좀 여유 있는 건 사실이었다. 특히 쉬는 시간 지도도 안 해도 되고, 급식지도를 하지 않아도 되고, 상담을 하지 않아도 되고. 그러나 그런 날들을 편하다고 감히 입 밖으로 내지는 못했다. 그 정도로 코로나는 심각해졌고, 점점 무서워졌다.

그러나 그런 시간들을 소패 신부는 교사들이 놀고 있다고 생각하고 있었다. 갑자기 교사들에게 대청소를 시켰다. 뭐 청소야 시킬 수 있는 거라고 본다. 교무실 청소 등은 늘 교사들이 해 왔으니까. 그러나 이번에는 물청소를 하란다.

일단 시설 주무관님에게 호스를 수도에 연결하라고 지시한 뒤 각 건물 앞에 교사들이 나와 물청소를 하라고 시켰다.

나는 이런 게 갑질이라고 생각했지만, 아무도 그 명령에 반기를 들지는 않았다. 나는 그냥 청소를 안 하는 걸로 갈음하고 싶었다. 그러나 모든 교사가 그렇게 무관심하게 소패 교장을 무시하지는 못했다. 나도 호스를 받았으니 말이다.

나는 자존심이 너무 상했다. 기간제선생님들은 정말 열심히 물을 뿌려 댔다. 나는 그분들이 그럴 수밖에 없는 이유를 잘 알고 있어 이해가 갔다.

나는 내 방식대로 교장의 명령을 이행했다.

호스의 물살이 매우 세서 나는 세차하기에 너무 좋다는 생각을 했다. 사무실로 들어가 수건에 세제를 묻혀 나왔다. 그리고 내 차에 문질렀다.

그리고 호스를 이용해 물을 뿌리니 차가 깨끗해졌다.

옆에 있던 선생님도 나를 따라 세차를 신나게 했다.

5. 소패 신부, 한 인간을 죽이다

나는 어떤 인간을 그렇게까지 미워해 본 적은 없었던 것 같다. 고작 군대에서 나를 괴롭혔던 시골 출신의 열등감 덩어리였던 그 고참이나 학교생활 할 때 약자를 짓밟았던 바둑 교감 정도를 저주했지만, 이들도 불쌍하고 모자란 사람이라고 생각했다. 이들을 악마라고까지 느끼지는 않았다. 그러나 소패 신부는 악마다. 나는 신이 악마를 신부의 모습으로 보낸다면 바로 이 사람일 거라고 생각한다.

(1) 두 마디

문 선생님은 소패 신부의 이상한 행동을 지나치는 법이 없다. 앞에서도 썼듯 소패 신부가 수업 시간에 교사의 허락 없이 막 들어오는 걸 보고 문 선생님은 감시하지 말라 했고(정확히 말하면 탐정처럼 기웃기웃거리지 말라고 했음), 소패 신부가 학생들에게 어떤 선생님이 좋냐고 묻고 다닐 때는 성당의 신자들이 보좌신부가 좋냐? 본당신부가 좋냐? 하고 물으면 기분이 어떨 거 같냐고 따지기도 했다.

그러나 이 두 마디는 결국 평범하게 학교에서 즐겁게 근무하던 문 선생님의 인생을 송두리째 뒤바꾸어 버렸다. 소패 신부는 늘 문 선생님을 학교에서 내보내는 것만 고민했다. 문 선생님의 뒤를 끊임없이 캐고 다녔다. 정확히 말하자면 학생들에게 늘 여러 명의 선생님들에 대해 묻고 다녔는데, 그중 자기가 싫어하는 선생님의 얘기가 나오면 학년 부장이나 쓰레기 교감을 불러 자세히 알아보라고 했다. 소패 신부는 교직이 뭔지 아니 성직이 뭔지도 모르는 인간, 아니 악마였다.

2019년 7월경으로 기억된다. 기말고사가 끝날 때쯤 여전히 소패 신부는 학생들을 이용하여 선생님들의 동태를 살피고 꼬투리를 잡고 싶어 안달이 나 있었다. 그리고 아이들도 소패 신부한테 말하면 바로바로 개선된다는 걸 알게 된 시점이었다. 예를 들어 자습 중 태블릿이나 노트북 등 전자기기 사용 금지라고 했던 학년부의 규정에 대해 학생들은 인강을 들어야 한다며 소패 신부를 찾아가 개선을 해 달라고 했다. 담임이 아닌 소패 신부를 찾아갔다. 그러면 소패 신부는 학년 부장을 불러 바로 개선하라고 했다. 자습 중에 노트북으로 영화 보는 애, 태블릿으로 채팅하는 애들, 휴대폰 게임과 SNS 등 자제가 안 되는 애들 때문에 학년부에서 선생님들이 교육지책으로 결정한 것을 소패 신부는 즉흥적으로 없애라고 하는 것이다.

당시 나는 3학년 부장이었으므로, 소패 신부에게 "그런 거 있으면 담임한테 학생을 보내야지 왜 신부님이 듣고 저를 부르는지 이해가 안 됩니다."라고 말했다. 소패 신부는 얼굴이 벌게지더니 자기가 담임한테 가라고 안 했겠냐며 오히려 나에게 화를 냈다. 나는 "그랬으면 된 거다. 학년에서 결정하게 두십시오."라고 말하고 나와 버렸다. 어쩌면 나도 그때는 소패 신부의 타깃 안으로 점점 들어가고 있는 중이었을 것이다.

1학기 2차 고사 후 3학년 한 여학생이 소패 신부한테 수학 시험 너무 어려웠다며, 찍은 애들이 더 잘 보는 시험이라고 말했다. 보통 교사면 그냥 교사 출신 교장이었다면 그냥 스치고 지날 얘기를 소패 신부는 뒤를 캐기 시작했다. 왜냐하면 당시 3학년 문과 수학 선생님이 문 선생님이었기 때문이다. 소패 신부는 쓰레기 교감을 불러 자세히 알아보라고 했고, 쓰레기 교감은 학년 부장인 나에게 정확히 알아보라고 했다.

나는 이 얘기를 들으면서 '학교가 미쳐 돌아간다'고 생각했다. 알아보라고 하니 알아보았다.

찍은 학생이 공부한 학생보다 잘 보는 시험이라면, 말로만 듣던 찍신이 학교에 있는 거고 아니면 엉뚱한 공부를 한 멍청한 학생이 있는 거다. 두 상황 다 말도 안 되는 거니 교직에 16년 있었던 나에게는 여기는 학교가 아니다라는 느낌을 계속 받게 했다. 수치심도 들었다.

쓰레기 교감에게 "제가 알아본 결과 찍은 애들이 더 잘 본 사실은 없습니다."라고 보고했다. 교감이 교장한테 얘기해서 그냥 마무리되었다. 하나의 꼬투리는 실패로 돌아간 것이다. 실체가 없는 꼬투리였던 것이다.

그러나 그 여학생은 소패 신부에게 한마디 더 하였다.

"문 선생님은 수학 너무 어렵게 가르쳐요. 작년 담임할 때도 생활기록부 저희한테 쓰라고 하고."

이 여학생은 몰랐을 거다. 생각 없이 했던 이 한마디로 문 선생님과 그 가족이 회복될 수 없는 고통의 용광로에 빠지게 될 거라는 것을.

지금도 가끔 나는 생각한다.

만약 이 여학생이 이 말을 안 했더라면.

만약 소패 신부가 우리 학교에 오지 않았더라면.

만약 내가 인사 위원일 때 문 선생님이 원하던 이과 수학 교사로 배정해 주었다면.

만약 내가 차라리 학년 부장을 안 했더라면······.

끝이 없는 '만약'들이 나를 괴롭혔다.

(2) 파면이 아니다. 파멸이다

소패 신부는 그 여학생의 말을 캐치했다. 그리고 그걸 빌미로 소패 신부는 문 선생님을 파면시키기로 마음먹었다. 징계의 최고 수위인 파면을. 그런데 소패 신부는 문 선생님을 파면시키려고 한 것은 아니었던 것 같다.

파면이 아닌 파멸을 시키려고 한 것이다.

파면이 아니다. 파멸이다.

소패 신부는 문 선생님을 완전히 파멸시키기 위해 다음과 같이 진행했다.

첫 번째로 소패 신부는 사실 확인을 위해 당시 학년 부장이었던 나를 불렀다. 나에게 문 선생님이 학생들에게 생활기록부(이하 생기부) 작성을 시켰다는데 그게 사실이냐고 물었다. 말도 안 되는 소리라고 생각했고, 나는 그렇게 말했다. 그런 사실이 없다고 단호하게 대답했지만, 소패 신부는 나보고 학생들에게 물어봐서 확인해 달라고 했다. 나는 알겠다고 하고, 확인하지도 않았다. 학생이 선생님 나이스로 들어가 자기 생기부를 쓴다는 것은 불가능한 일이었기 때문이다.

두 번째로 소패 신부는 쓰레기 교감에게 문 선생님이 성적 조작했다고 하며 징계를 해야 한다고 했다. 쓰레기 교감은 문 선생님을 예전부터 싫어하던 사람이므로 웬 떡이냐 생각하며 자기가 적극적으로 나서기 시작했다.

세 번째로 소패 신부는 문 선생님을 교장실로 불러 추궁하였다. 문 선생님은 그런 적도 없다고 했으며, 학생들이 나이스에 들어와 쓴다는 것은 불가능하다고 했다.

그러나 소패 신부는 문 선생님의 말을 쓰레기 교감을 시켜 녹음을 하면서 만일 문 선생님의 말이 거짓일 경우 징계를 받을 수 있다고 말했다.

비극은 아주 우습게 시작되었다.

문 선생님이 2018년 연말 당시에 생기부를 검토하면서 일부 학생들에게 키보드를 맡겨 작성하게 했다는 학생들의 진술이 있었다. 쓰레기 교감이 작년 문 선생님 반이었던 학생들을 아무도 모르게 모아 놓고 설문조사를 했던 것이다.

2018년 연말로 다시 돌아가 보면 몇 가지 장면들이 떠오른다. 아마 내가 기억하지 못하는 장면 속에 그 장면이 삽입되어 있었는지도 모르겠다. 그러나 이건 문 선생님의 잘못이고 실수이지만 이걸로 한 교사를 파멸로 몰아넣는 것은 정말 악마만이 할 수 있는 일이었다.

학생들의 진술과 문 선생님의 말을 종합해 보면 다음과 같다. 나도 학년 부장으로서 이 사건을 조사하면서 전문가가 다 되었다.

연말이면 학생부터 시작해서 담임, 부장, 학부모 등 생기부에 대해 매우 민감해진다. 어떤 내용이 들어갔느니 빠졌느니 하며 계속해서 생기부를 수정하고 정정하고 보완하는 시기가 연말이다. 이때는 아예 학생들에게 합창 대회 연습을 하라고 하고, 담임교사는 하루 종일 생기부 작성을 해야 하는 시기이다.

학생들 일부는 담임선생님이 생기부를 너무 안 써 준다며 불만을 터뜨렸다. 심지어 학년 부장인 나에게 일부 담임선생님들을 이르며, 자기들 생기부 잘 써 달라고 압력 아닌 압력을 넣었다. 나는 귀엽게 생각하며, 담임선생님들께 전체 메시지로 생기부 불만 안 나오게 각별히 신경 써 달라고 보냈다.

그런데 이런 메시지는 교감도 늘 보내는 거라 그다지 영향력이 있는 내용이 될 수는 없었다. 그냥 어쨌든 학생이 요구했으니 부당한 게 아니면 들어주는 게 교사로서 맞다고 생각한다.

그러나 문 선생님은 학생들의 직접적인 불만, 교감이나 학년 부장의 메시지 등이 부담으로 다가온 것 같다. 아니면 학생들이 지속적으로 생기부 기재에 대해 대놓고 담임에게 요구하는 민원에 조금 화가 났는지도 모르겠다.

문 선생님은 30명의 학생들을 일일이 불러 교무실에서 생기부 검토를 했다. 문 선생님은 학생과 함께 컴퓨터로 생기부를 보면서, 뭐가 빠졌는지 오타는 무엇인지 등 한 명씩 한 명씩 확인하기 시작했다. 이걸로 자기 반 학생들의 생기부 민원의 종지부를 찍기 위해서였다. 그러나 눈이 침침한 50대 문 선생님이 생기부 화면 안에 작은 글씨를 하루 종일 읽으면서 하나하나 고치기는 어려운 일이었다. 화면이 보이지도 않을뿐더러 학생들이 말하는 내용을 모두 넣어 줄 수도 없는 노릇이니 말이다. 특히 생기부에 민감했던 일부 학생들은 너무 많은 말들을 넣어 달라고 했고, 그때마다 문 선생님은 학생들이 써 달라는 내용의 사실을 확인하기에 바빴다.

생각 없는 남학생들은 "저는 고칠 거 없어요."라고 하며 교무실을 오자마자 다시 교실로 가서 합창 대회 연습을 했다.

몇몇 여학생들은 끝까지 남아서 이거 고쳐 달라 저거 고쳐 달라, 이거 넣어 달라 저거 넣어 달라 했다. 화면도 잘 안 보이는 50대 문 선생님은 "그럼 일단 네가 자판 쳐 봐. 내가 확인할 게."라면서 컴퓨터의 키보드를 넘겼다. [후에 소패 신부는 이걸 생활기록부 조작(성적 조작)이라고 명명하며, 문 선생님을 해임시켜 버렸다. 이 실수가, 이날의 짧은 3분 정도의 시간이 문 선생님의 인생을 송두리째 바꾸어 버렸다.]

방송반이었던 학생은 방송부 활동을 막 적어 넣고 있었다. 방송반 부장으로 활동한 내용, 학교행사 때 편집 담당이었던 내용 등을 작성하고 있었다. 이걸 한참 작성하고 있을 때 우연히 2학년 교무실에 들어온 방송반 나 선생님에게 문 선생님이 "얘, 방송반 부장 맞죠? 편집 담당이었어요?"라고 물어보았다.

방송반 나 선생님은 "아, 맞아요. 방송반 부장이고, 축제 때 편집 담당했어요."라고 대답하였다. 문 선생님은 학생이 맘대로 지어서 쓰지 못하게 일일이 확인하였다.

물론 확인할 수 없는 성실하고, 학업에 열정이 있고 뭐 이런 내용들은 그냥 문 선생님이 서비스 차원으로 많이 써 주었다.

생기부에 민감한 여학생 3명 정도에게 잠깐 자판을 치라고 하고, 그 내용을 해당 선생님과 확인하며 이 일은 평범하게 마무리 되었다. 당시에는….

물론 학생들에게 자판을 맡겨 학생에게 쓰라고 한 것은 명백한 잘못이다. 지금도 나는 그게 문 선생님의 큰 잘못이라고 생각한다. 그리고 징계를 받는 것도 충분히 가능한 일이라고 생각한다.

그러나 이 일로 문 선생님에게 중징계를 그것도 거짓을 만들어 해임까지 내린 소패 신부는 지금도 용서가 안 된다.

아니 나는 평생 이 사람은 용서 못 할 것 같다.

자기 마음에 안 드는 문 선생님에게 복수를 하기 위해 소패 신부는 거짓을 만들기 시작했다. 쓰레기 교감과 함께.

(3) 식은 죽 먹기보다 쉬운 조작하기

2019년 나는 3학년 부장이었고, 2018년 2학년 부장이었다. 문 선생님은 2학년과 3학년을 나와 같이했던 팀원이었다. 학생들에게 항상 다가가는 사람이었고, 학생들에게 자율의 소중함 등을 늘 강조했다. 2019년 3학년 3반 담임이었는데, 애들과 어찌나 잘 지내는지, 학생들이 그 반 급훈을 문 선생님 이름으로 3행시를 지을 정도였다.

그러나 이런 선생님을 성적 조작이라는 말로 엮어 소패 신부와 쓰레기 교감은 더 이상 문 선생님을 교단에 서지 못하게 하려고 했다.

소패 신부는 성적 조작이라 확정하고, 자기가 동원할 수 있는 인맥을 모두 동원하기 시작했다. 학교에서도 자기편을 만들고 확인했다. 그러나 담임을 한 번도 안 하고 생기부가 뭔지도 모르는 소패 신부가 자기가 무슨 짓을 하고 있는지 알고나 있는지 아직도 의문이다.

아무튼 이 사건은 빠르게 전개되었다. 당시 교무부장인 D 선생과 나는 소패 신부의 의도를 명확히 알고 있었으므로 이건 막아야 한다고 생각했다. 일단 나는 소패 신부를 찾아갔다. 그리고 이건 실수이기 때문에 중징계는 과하니 정상 참작을 해 달라고 했다.

그리고 고3 담임이고 입시가 코앞에 왔는데 담임을 징계하는 것은 적절하지 않다고 말했다.

그러나 소패 신부는 자기가 ○○도 교육청 장학사에게 전화를 해 보니 성적 조작이라 무조건 중징계라고 말했다고 했다.

그러나 이것부터가 거짓이었다. 왜냐하면 소패 신부가 말한 그 장학사는 교육청에 존재하지 않았기 때문이다.

(2020년 내가 장학사가 되어서, 교육청에서 2019년 희망고등학교 성적 조작을 징계하라고 한 장학사를 찾아봤으나 아예 희망고등학교에 대한 민원 접수도, 그걸 처리한 장학사도, 그 어떤 것도 없었다. 소패 신부는 정말 태연하게 거짓말을 했다. 십계명에도 '거짓증언을 하지 말라.'라는 것도 있는데 말이다. 천주교의 신부가 많은 사람들 앞에서 거짓말을 하리라고는 우리 학교 그 어떤 선생님도 생각하지 못했던 것이다.)

나 혼자 교장을 찾아가는 것으로 안 되어서 나는 학년 부장들을 데리고 같이 소패 신부를 찾아갔다. 나는 먼저 학년 부장들에게 담임들의 의견을 들어 보라고 했다. 이게 중징계를 받을 사안인지 물어보라고 했다. 담임들은 잘못은 했으나 중징계는 과하다고 했다. 나와 학년 부장들과 교무부장이 대표로 소패 신부를 찾아갔다. 그러나 소패 신부는 자기가 교육청에 알아보니 중징계라고 답변을 들었다는 말만 했다. 그리고 교육청 장학사가 성적 조작은 파면도 가능하다고 말했다고 했다.

사립학교법에 인사권은 법인에 있으므로 법인 이사회에서 징계의 수위를 정하는 것인데 교육청 장학사가 그것도 모르고 중징계라고 말하는 게 말이 되는가?

1시간 동안 성과 없이 소패 신부에게 떠들어 봤자 아무 소용이 없었다.

소패 신부는 문 선생님이 처음에 학생들에게 직접 생기부 작성을 시킨 적이 없다고 했으나, 나중에 기억이 나서 번복했으므로 즉 거짓말을 했기 때문에 중징계를 받아야 한다고 주장하기도 했다. 결국 문 선생님은 십계명을 어긴 잘못으로 파면을 당한다는 뜻이었던 것 같았다. 본인은 있지도 않은 교육청 장학사를 만들어 놓고 말이다.

나와 교무부장은 여러 번 문 선생님을 찾아갔다. 분위기가 너무 심상치 않음을 감지한 우리는 문 선생님에게 소패 신부를 찾아가 비는 게 좋을 것 같다고 말했다. 이 정도 분위기면 진짜 파면까지 갈 것 같았다. 그러면 연금까지 제대로 받지 못하니 이건 완전 한 개인의 인생을 말살시키는 것까지 이르게 될 것 같았다.

우리는 최대 정직으로 마무리되길 교장한테 여러 번 요청하기도 했다. 사실 정직(직무수행을 일시적으로 정지, 봉급의 2/3를 감함)도 과한 징계지만, 그때는 어쨌든 파면만은 막고 싶었다.

문 선생님에게 우리는 소패 신부를 찾아가 팔순이 넘는 노모도 모시고 있고, 대학생인 두 딸 등 자신이 학교를 그만두면 집이 경제적으로 너무 어려워진다고 읍소하라고 했다.

그래도 인간이면 동정이라는 감정이 있으니 말이다. 그런데 그건 인간에게나 가능한 감정이었다. 계속해서 내가 소패 신부라 칭하고 있는 이유가 바로 여기 있다. 소시오패스는 공감 능력이 없기 때문에 소패 신부는 눈 하나 깜짝이지 않고, 징계에 대한 내용만 문 선생님에게 보여 주었다. 그러면서 이건 교육청에서 정한 거라 자기도 어쩌지 못하는 거라며 소패 신부는 거짓말을 했다. 그리고 그런 시간들이 흘러갔다.

(4) 선생이라는 말도 아까운 사람들

나는 마음이 바빠졌다. 어쨌든 파면은 막아야 한다고 생각했다. 그렇게 꼴 보기 싫은 쓰레기 교감을 찾아가서 소패 신부는 교사 생활 1일도 안 해 본 사람이라 이걸 잘 모르니 교감선생님이 잘 결정해 달라고 했다. 심지어 나는 쓰레기 교감 앞에서 엉엉 울기도 했다. 나의 인생을 바친 이 학교가 왜 이렇게 되냐며 교감에게 도와달라고 했다. 교감선생님은 그래도 교사 출신 아니냐라며 읍소했지만 쓰레기 교감은 그럴 의사가 없어 보였다.

그리고 일부 교사들은 소패 신부에게 문 선생님이 중징계를 받아야 한다는 주장까지 하는 상황이 벌어졌다. 그 교사들은 자신의 안위나 미래에 대한 것 외에는 아무 것도 생각하지 않는 사람들이었다. 소패 신부 편을 들어야 교감이나 교장이 될 수 있다고 생각한 사람들이었다. 괴물들이었다. 문 선생님에게 의원면직(자발적인 사직)을 권유하는 사람까지 생겨났다.

결국 소패 신부의 노력으로 여름방학을 며칠 앞둔 어느 날 문 선생님의 해임은 전격적으로 결정되었다. 고3 담임교사를, 입시를 앞둔 시점에 바로 해임해 버렸다.

나는 아직도 담임선생님이 해임당했다는 사실을 아는 순간의 3학년 3반 교실의 모습을 기억한다. 아이들이 하교한 다음에 결정 통보를 한 거라 야간 자습을 하는 학생들 몇몇이서 그 소식을 접하고 교무실로 달려왔다. 학생들은 떠나는 문 선생님을 보며 크게 울부짖었다. 그 모습을 보고 있으니 나도 절로 눈물이 쏟아졌다. 복도에서 계속 우는 여학생들도 있었다.

아이들은 우리 담임선생님이 뭘 잘못했냐며 학년 부장인 나한테 물었지만 난 아무 말도 할 수 없었다.

문 선생님은 짐을 챙기고 떠나면서 교무실을 돌아다니면서 선생님들에게 인사를 하며 떠났다. 해임되어서 떠난다고 했다. 그리고 쿨 메신저(학교 메신저)로 해임되어서 떠난다고 소패 신부와 쓰레기 교감을 제외하고 모두에게 짧게 인사를 보냈다.

나는 짐을 챙겨 떠나는 문 선생님 뒤를 따라가서 이렇게 말했다.

"미안해. 내가 힘이 없어서. 샘을 지키지 못했어. 미안해."

문 선생님은 "상훈 샘 탓이 아니야. 울지 마. 괜찮아." 하고 현관으로 나갔다.

문 선생님이 현관을 지나 교문 앞을 지나갈 때 소패 신부는 매일 그랬듯이 쓰레기 교감 그리고 G 선생과 당구를 치러 가고 있었다. 차에서 내려 문 선생님에게 잘 가라고 하는 듯했다. 진짜 난 그들이 사람처럼 보이지 않았다. 그러나 문 선생님은 깍듯하게 소패 신부에게 인사를 하는 것이다.

나는 피가 끓었다. 한 사람을 해임시키고도 당구를 치러 가는 인간들, 그리고 교감이 되기 위해 당구를 치러 가는 G 선생. 이들에게 인간애, 동료애 이런 말들은 책에서만 존재할 것 같다. 그렇게 말 같지도 이 드라마 같은 장면을 텔레비전으로 본 것이 아닌 나는 두 눈으로 다 보았다.

나는 이곳에서는 어떤 희망을 찾을 수 없다고 생각하며, 교무실에 앉아 조용히 울면서 혼자 책을 계속 읽었다. 지금도 눈에 선한 그날 저녁의 광경은 사진처럼 내 머리에 남아 있다.

정작 그날 나는 무슨 책을 읽었는지는 기억이 나지 않는다.

(5) 소패 신부의 불편한 심기

문 선생님이 해임을 당하던 날 저녁의 교무실은 너무 평온했다. 진짜 사고는 다음 날 생겼다. 먼저 학부모들이 교장실로 찾아왔다. 고3 담임을 이 시점에서 해임하면 되냐는 당연한 물음들을 가지고 왔다. 교장, 교감, 행정실장, 그리고 학부모들이 교장실에서 대화를 나누었다. 무슨 내용들을 주고받았는지는 학부모 중 한 명이 김 선생님의 동네 분이어서, 그분이 교장, 교감과의 대화 내용을 모두 김 선생님에게 얘기해 주었다.

쓰레기 교감이 문 선생님은 성적 조작을 하였으므로 교사의 자격이 없는 사람이라고 말했고, 생기부도 제대로 쓰지 못하는 교사라고 했다며 좋은 담임교사로 교체해 준다고 했다고 한다.

그 얘기를 듣고 나는 심장이 너무 조여 왔다. 그리고 그날 아침 쓰레기 교감은 3학년 3반 문 선생님 반에 들어가서 아침 조회를 했다. 담임이 없으니 본인이 들어간 것이었다. 쓰레기 교감은 "문 선생님은 교사로서 할 수 없는 일들을 한 사람이다. 교사의 자격이 없는 사람이다." 등 정말 모욕적인 말들을 아이들에게 했다. 반장이 그 상황을 모두 녹음하여 나에게 가져다주었다. 나는 듣다가 핸드폰을 던져 버리고 싶었다.

1교시 후 쓰레기 교감은 학년 부장인 나를 찾아와 3학년 3반 담임을 어떻게 했으면 좋겠냐고 물었다. 바로 "제가 하겠습니다." 학년 부장인 내가 하겠다고 말했다. 나는 아까 녹음본이 기억나 정말 얼굴을 한 대 갈기고 싶었다. 속으로, 마음속으로 누굴 죽일 수만 있다면 난 지금 쓰레기 교감을 죽인 살인자가 되었을 것이다.

나는 점심시간 후에 3반으로 들어가 학생들에게 말했다.

"지금부터 3반은 문 선생님 대신 내가 맡게 되었다. 그러나 나는 너희들의 임시 담임이다. 진짜 담임은 문 선생님이다. 우리 문 선생님이 돌아올 때까지 나와 함께 잘 버티자."

아이들은 조용했다. 나를 임담(임시 담임)이라 부르기도 했다. 나는 그 말이 되게 좋았다. 나는 문 선생님을 아이들에게서 지우기 싫었다.

오후에는 난리가 났다. 문 선생님이 어제 떠나면서 선생님들에게만 보낸 메시지를 누가 쓰레기 교감과 소패 신부에게 전달한 것이다. 소패 신부는 잘못했으면 조용히 나갈 것이지 왜 메시지를 보냈냐며 4시 30분 퇴근 시간 정도에 긴급 전체 교직원 회의를 소집했다.

(6) 어디서부터 잘못된 걸까

교사들은 어리둥절해하며 회의실로 모였다. 앞에는 소패 신부, 쓰레기 교감, 행정실장(난 이 사람은 왜 항상 껴 있는지 이해가 안 간다. 당구 멤버라서 항상 껴 있는 것 같다.)이 있었다.

쓰레기 교감은 이번 문 선생님 사건의 처음부터 끝까지 과정에 대한 자료를 철저하게 자기 관점으로 준비해서 전 교직원 앞에서 읽기 시작했다. 소패 신부와 문 선생님의 대화 내용, 그리고 문 선생님이 기억이 안 난다고 한 부분 등 한 인간을 완전 말살시키기 시작했다.

우리 학교에서 목소리가 가장 큰 왕 선생님은 사람이 없는 곳에 뭐 하는 것이냐며 따져 물었다.

그 말에 소패 신부는 얼굴이 붉어지며, "나도 안 하려고 했습니다. 안 하려고 했습니다. 그런데 왜 나가면서 이런 메시지를 선생님들께 주고 갔는지…."

결국 소패 신부는 문 선생님이 나가면서 해임을 당했고, 선생님들께 그동안 감사했고, 뭐 대충 이런 내용의 글이 자기에게 너무 거슬렸던 것이다. 그냥 조용히 나갔어야 했던 것이다.

소패 신부는 또 "어제 ○○도 교육청에서 장학사가 왔는데, 문 선생님은 반드시 해임이라는 징계를 받아야 한다고 했습니다."라고 말했다.

이걸 놓치지 않고, 왕 선생님은 어떤 장학사냐고 물었다.

쓰레기 교감은 통성명은 안 했다고 했다. 이건 완벽히 거짓말이다. 공문도 보내지 않고 장학사가 학교를 방문해서 누구 징계 주라고 하는 경우는 없기 때문이다. 앞서 말한 것과 같이 장학사 방문은 완전히 날조였다.

(앞서 말했지만, 정확히 1년 뒤 나는 ○○도 교육청 장학사가 되어, 문 선생님 사건을 하나하나 다시 조사하고 그때 희망고등학교를 방문한 장학사가 누구인지 물어보고 다녔지만, 그때 학교를 방문한 ○○도 교육청 장학사는 아예 존재하지도 않았다. B 시 교육지원청에도 그날 방문한 장학사가 없었다는 것을 나는 확인했다.)

내가 존경하는 명 선생님도 일어나 얘기했다. "문 선생님이 자기방어

차원, 혹은 진짜 기억이 나지 않아서 했을 한 번의 거짓말이 해임까지 간다는 것은 무리 아닌가요?"라고 말했지만, 소패 신부와 쓰레기 교감은 전혀 동요하지 않았다.

그리고 소패 신부는 "어떻게 학생이 생기부를 씁니까?"라고 어디서 주워들은 얘기를 했다. 또 "어떻게 학생에게 내용을 받아 생기부를 씁니까?" 이렇게 말도 안 되는 소리를 했다.

나는 진짜 참으려 했다. 내가 해당 부장이었고, 문 선생님을 지키지 못했다는 좌절감이 한동안 감싸고 있었으므로 아무 말도 하지 않았는데 이번에는 못 참았다.

"제가 사실 이번 일에 부장으로서 아무 말도 안 하려고 했습니다. 그런데, 학생 생기부에 대해서는 얘기 좀 하겠습니다. 진로 사항 등은 학생 장래 희망에 대한 것인데 이것은 학생에게 안 받고 어떻게 씁니까?"

소패 신부가 대답하려 했다. 생기부를 단 한 번도 써 보지 않은 소패 신부는 생기부가 뭔지도 아니 생기부가 뭐의 약자인지도 모르는 사람일 거다.

나는 "교장 신부님 대답하지 마세요. 생기부 써 보지도 않으셨잖아요. 교감선생님이 대답하세요. 교감선생님 담임 때 진로 사항 어떻게 기록하셨습니까?"

이 말은 사실 교감에 대한 항변이었다. 학교에서 30년 이상을 근무했던 교감이라면 생기부에 학생 의견을 받아 쓴 행동에 해임이라는 징계가 정당하다고 말할 수는 없는 것이니까. 교사로 3년 아니 3일만 일해도 그건 알 것이다. 그런 소패 신부의 헛소리에 동조하는 것은 아무리 쓰레기라도 자신의 교직 생활을 부정하는 것이나 다름없다 느껴졌다.

그러나 쓰레기 교감은 괜히 쓰레기가 아니었던 것이다. 아무튼 이날 1시간이 넘는 지옥 같은 이 시간을 이해하기 힘들었지만, 이 시간에 대한 부당함 등에 말하는 사람은 없었다. 1시간이 끝나고 나는 울분을 가지고 내 자리로 돌아와 앉았다. 좀처럼 분노의 흥분이 가라앉지 않았다. 퇴근 시간이 한참이나 지났지만, 손이 떨려 운전하기 어려운 상태였다. 그냥 조용히 자리에 앉아서 흥분이 가라앉기를 내 스스로 기다리고 있었다.

(7) 신이 보낸 악마, 소패 신부

교무실에서 의자에 기대어 눈을 감고 있었는데, 소패 신부가 갑자기 나를 찾아왔다. 잠깐 밖에서 얘기를 하자는 거다. 나는 아직 분노의 흥분이 가라앉지 않아서, 제대로 얘기를 나눌 수나 있을까? 욕지거리나 하지 않을까? 하고 생각하며 현관으로 나갔다. 여름이라 현관 외등에 모기들이 많이 붙어 있었고, 내 귀에 모기 소리가 끊이지 않았다. 소패 신부가 과연 나에게 하고 싶은 말은 무엇일까? 그 잠깐의 순간에 나는 호기심까지 생겼다.

"선생님, 왜 선생님은 사람들 앞에서 저에게 화를 내셨죠?"

"네? 무슨 말씀이세요?"

"저보고 왜 생기부 모른다고 했냐고요?"

"네?" 아까 회의 때 교장 신부님 대답하지 말라고 했던 부분을 말하는 것이다. 여기서부터 나는 진짜 내 인생 최고의 분노가 머리끝까지 닿기 시작했다. 생애 처음으로 분노로 돌아 버린다는 것이 무엇인지 알게 되었다. 한 사람을 아니 한 가족의 삶을 해임으로 완전히 파괴해 버린 사람이 회의 때 겨우 자기에게 대답하지 말라고 했던 것에 분개하여 나를 찾아온 것이었다.

이렇게 된 이상 나는 더 이상 못 할 말이 없다고 판단했다. 그리고 쉬지 않고 얘기했다. "신부님, 누구나 다 잘못은 합니다. 문 선생님은 의도하지 않은 잘못이었습니다. 문 선생님은 생기부 몰래 써 주는 조작을 한 게 아닙니다. 그 잘못에 대해 해임은 너무 과한 처사입니다. 해임은 살인입니다. 해임은 살인이라고요! 신부님은 《레 미제라블》도 안 읽으셨습니까? 장발장을 용서한 게 신부님이에요."

난 이렇게 쏘아붙였으나 소패 신부는 이렇게 한마디 했다.

"《레 미제라블》은 소설입니다."

나는 슬펐다. 정말 울고 싶었다. 사랑하는 내 학교, 내 평생직장이며 내 젊음을 완전히 바친 이 학교에 교장이라는 사람이 소시오패스, 사이코패스라니….

그리고 나는 계속 외쳤다. "문 선생님이 메시지 보낸 게 불쾌했다면 똑같이 메시지 보내시면 되지, 왜 선생님들 다 모아 놓고 말도 안 되는 말씀 하십니까? 선생님들 표정 못 보셨습니까? 해임은 살인이라고요! 한 가족을 죽이는 일입니다. 어떻게 해임을 시키십니까?"

이 얘기에 반박해 보십시오. 저는 이렇게 논리적인 사람입니다. 이런 기분으로 말했지만, 소패 신부는 다음과 같이 말했다.

"문 선생님은 맞벌이하는 부부 교사잖아요."

소패 신부의 이 대답은 거의 인간이길 포기한 답이었다.

"뭐라고요? 부부 교사요? 신부님. 그럼 부부 교사 아니면 해임 아닙니까? 부부 교사니까 해임입니까? 문 선생님 경제적 사정 고려해서 해임입니까? 저도 맞벌이인데 해임 안 받으려면 아내 직장 관두라고 해야겠네요."

소패 신부의 얼굴은 점차 붉어지기 시작했다.

"파면시키려다가 해임으로 낮춘 겁니다."

지금까지의 대화는 사람과 한 대화이다. 그러나 이 글로만 보면 사람과의 대화 내용이 아닌 것처럼 보인다. 그냥 악마와의 대화이다. 사이코패스, 소시오패스 더한 말을 찾다 보니 악마라는 말밖에 떠오르지 않는다.

나는 더 이상 할 말을 잃었다. 순간 나는 갑자기 내가 불쌍해졌다. 우리 학교 교사, 학생들이 불쌍해졌다.

소패 신부는 자기 말만 하고 약속이 있다며 현관 뒤편으로 사라졌다. 결국 나의 사과를 받으러 온 소패 신부는 사과도 받지 못했다. 나에게는 소패 신부의 완벽한 실체를 알게 되는 시간이었다.

이 시간은 지금 뚜렷하게 장면처럼 기억된다. 그리고 영화에서나 나올 법한 이 대화들은 한동안 내 머리를 떠나지 않았다.

문 선생님이 떠난 후

제1장
잠도 오지 않는 밤에

문 선생님이 그렇게 학교를 떠난 뒤 나는 잠을 제대로 자지 못하는 날들이 많았다. 2시간도 못 잔 날들도 많았다. 계속 누워 있으니 오히려 화만 나고 뒤척이게 되었다.

그런 날이면 난 그냥 운전을 했다. 새벽에 운전을 하고 향한 곳은 결국 학교였다. 새벽 4시에도 출근하기도 했고, 그보다 더 일찍 출근하기도 했다. 교무실에서 혼자 앉아서 음악을 엄청 크게 틀어 놓았다.

하루는 우리 학교에서 가장 먼저 출근하는 금 선생님이 교무실 문을 열다가 나를 보고 깜짝 놀라셨다. 늘 6시에 출근하는 본인보다 훨씬 일찍 출근했으니 말이다. 금 선생님은 나의 마음 상태를 알았는지 그냥 애처롭게 보며 3학년 교무실을 지나 본 교무실로 갔다.

어떤 날은 가슴이 터질 것 같아 새벽에 진공청소기로 3학년 교무실을 청소하기도 하고, 하루는 운동장을 뛰어 보기도 했다.

나는 심장이 늘 아팠고 머리가 깨질 것 같았다. 아내의 권유로 생애 처음 정신과에 가 보기로 했다. 늘 긍정적이며 쾌활했던 내가 정신과를 간다는 건 내 주변 사람들은 상상도 못할 것이다. 나조차 상상이 안 가는 일이니까.

무테안경의 그 의사는 그날 밤 마지막 환자였던 내 얘기를 참 길게도 듣더니, 내 병명을 외상 후 격분장애(PTED)라고 말했다. 그리고 나에게 혹시 학교를 쉴 수 있냐고 물었다.

지금 정신 상태로는 큰 사고를 칠 수도 있을 것 같다며 걱정했다. 그러면서 나에게 일단 2개월 정도만 쉬는 게 좋을 것 같다고 했다. 이 상태로 출근을 한다는 건 너무 위험하다고 했다. 그러면서 먼저 2개월 정도의 진단서를 끊어 줄 테니 학교에 병가를 신청하라고 했다.

순간 나는 병가 2개월 내고 조용한 곳에서 좀 쉬어도 괜찮을 거라고 생각했다. 병가 60일 동안은 월급도 다 나오니 나한테는 손해는 아닌 것이다.

나는 약과 진단서를 받아 왔다. 그날 밤 먹은 약은 다음 날 내가 아침에 일어나지도 못할 정도로 깊은 잠을 자게 했다.

아침에 출근하여 나는 교실로 들어갔다.

나만 믿고 있는, 문 선생님을 잃은 착한 아이들이 앉아 있는 걸 보니 내 병은 사치스럽게 느껴졌다. 그리고 지금쯤 나보다 훨씬 더 고통스러운 문 선생님을 생각하니 부끄러움이 밀려 왔다. 나는 교무실로 내려오자마자 가방 속 진단서와 약을 모두 버렸다.

그리고 나는 다짐했다.

3학년 부장으로서도 담임으로서도 열심히 그리고 완벽하게 해내리라.

그리고 시간이 흘렀다

나는 3학년 3반 학생들과 그럭저럭 잘 지냈다. 입시가 코앞이라 임시 담임교사인 나는 학생들을 위해 입시 상담을 계속했다. 나는 문 선생님에게 피해가 되지 않게 그 어느 때보다 열심히 학생들과 대학을 찾아보았다. 진짜 정말 열심히 했다.

너무 피곤해서 학생들과 상담하다가 존 적도 있다. 교무실에서 자는 시간들이 많았고, 11시 이후에 퇴근하는 날도 많았다. 다행히 3반 학생들은 너무나 나를 잘 따라 주었고 대학입시에서도 결과가 좋아 나는 매우 기뻤다.

그해에 일반고에서는 나오기 힘든 카이스트 수석(총장 장학생)도 배출하여 우리 3학년 담임들은 한껏 고무되어 있었다.

(우리 학교에는 서울대, 카이스트, 포스텍에 입학하면 동문회에서 1학기 등록금과 입학금을 장학금으로 주는 규정이 있었다. 그러나 소패 신부는 카이스트에 합격한 학생이 수석 입학해서 전액 장학금을 받으니 그 학생에게 단 1원도 줘서는 안 된다고 주장했다. 그간 수석 입학학생에게도 우리 학교에서는 입학금과 등록금을 지급했음에도 불구하고 소패 신부는 그 돈을 주지 않으려 끝까지 버텼다. 그리고 그 학생과 가족이 카이스트 합격하면 등록금과 입학금을 받는 규정을 아냐고 나에게 물었다. 진짜 그 학생에게 등록금과 입학금을 안 주려고 했다. 내가 그 학생 학부모에게 학교 행정실에 전화해서 따지라고 코치해서 다행히 그 학생에게 입학금과 등록금이 지급되었다.)

또한 연세대 치의예과 등 좋은 학교에 합격생이 나와서 입시도 어느 정도 성공적이었다. 사실 지방 소도시의 입시는 대표 주자 한 명만 나오면 성공한 것이다. 지방 소도시 비평준화 지역은, 극단적이지만 고려대 100명 합격생을 배출한 학교보다 서울대 1명을 합격시킨 학교가 더 우수하다고 평가하는 그런 곳이다. 이해가 안 되었지만, 입시라는 게 자세한 내막을 다 아는 사람은 없으므로 그냥 대표 선수 하나면 되는 것이었다. 우리는 그걸 금메달 효과라고 부르기도 했다.

나는 입시 결과가 좋을수록 이 좋은 결과에 문 선생님이 함께하지 못한 것이 너무 아쉬웠다. 3반 애들은 모두 지원한 학교에 합격했고, 특히 반장 진희는 그렇게 원하던 교대에 합격했다. 그걸 보니 문 선생님이 담임이었다면 더 기뻐했을 거 같다는 생각이 들었다.

나는 한동안 말이 없어졌고, 계속 이 학교에 있어야 하나 고민이 되었다. 40대 중반의 내 나이에 지금 어디를 갈 수 있을까? 강남에서 학원 원장 하는 내 친구에게 국어 강사 자리를 부탁해야 하나? 중소기업을 이어받아 운영하는 친구에게 연락해 영업 사원 자리라도 하나 달라고 해야 하나? 이런 말도 안 되는 고민들을 했다.

소패 신부는 정년까지 여기서 보내려는지 학교 이곳저곳을 고치고 꾸미고 난리도 아니었다. 특히 아이들 쉬게 만든다고 동글이(이동형 원두막)를 여기저기 설치했다. 그런데 나는 그게 그렇게 흉물스럽게 보였다.

저 안에 소패 신부를 넣어 굴려 버리고도 싶었다.

제3장
반전은 없었다

문 선생님은 해임당했다. 학교에서 1년이라도 근무한 사람이라면 문 선생님의 해임이 얼마나 어이없는 일인지 알겠지만, 소패 신부는 단 하루도 학생을 가르쳐 본 적도, 교무실에서 평교사로 생활해 본 적이 없는 인간이니 아무리 말해 봐야 통하지 않았다. 자기에게 싫은 소리를 한 사람은 어떻게든 죽이고 보는 게 소패 신부였다.

그런데 갑자기 좋은 일이 하나 생겼다.

급하게 법인 이사회에서 징계를 처리하다 보니, 아니 그것보다는 학교장인 소패 신부가 어떻게든 문 선생님을 해임시키려고 하다 보니 교장은 징계위원회의 위원이 될 수 없다는 법을 몰랐던 것이다.

그것도 모르고 소패 신부는 징계위원회에서 문 선생님이 교사로서 자격이 없다는 등 말도 안 되는 소리를 실컷 했을 것이다. 그리고 그 징계위원회는 학교라고는 전혀 모르는 신부님들로 구성되어 있으니 당연히 징계위원회에서 문 선생님을 대변해 줄 사람은 아무도 없었을 것이다.

심지어 예전에 문 선생님에게 말도 안 되는 이유로 정직을 주었던 전 교장(미실 교장)이 징계위원에 포함되었으니 문 선생님에게는 이 징계위원회의 회의가 너무 불리하게 작용했을 것이다.

다행스럽게도, 교장은 징계위원이 될 수 없다는 절차상의 하자로 문 선생님의 징계가 무효가 된 것이다. 정말 잘되었다.

당시 인사 위원이었던 나는 문 선생님의 징계 건에 대해 심의를 하게 될 경우 징계의 부당성을 최선을 다해 어필할 생각이었다.

문 선생님은 학교 돌아올 생각에 들뜨지는 않았을 것이다. 왜냐하면 소패 신부는 다시 절차상의 하자를 수정해서 재징계에 들어가고도 남기 때문이다. 그래서 이번 인사위원회가 너무 중요했다.

나는 작정을 하고 인사위원회 회의에 참석했다. 매일 당구만 치는 행정실장과 쓰레기 교감, 그리고 교무부장 D, 그리고 나까지 네 명이 모였다. 한 명의 인사위원이 더 있었는데, 그 선생님은 그날따라 결근해서 인사위원회에 함께하지 못했다.

우리는 문 선생님 징계 건에 대해 논의를 시작했다. 나와 D 선생은 문 선생님의 징계에 대해 늘 부당하다고 말을 주고받았던 사이이고, D 선생은 문 선생과 같은 수학과라 이번에도 발언만 잘해 주면 인사위원회의 의견으로 징계의 부당성을 법인 징계위원회로 올릴 수 있었다.

"대부분의 교사가 징계가 부당하다며 탄원을 제출했습니다. 그렇다면 이 징계를 철회해야 한다고 생각합니다. 해임이 뭡니까? 한 가정을 파괴하는 이 징계는 다시 생각해야 합니다."

나의 이 말에 쓰레기 교감은 이렇게 대꾸했다. "탄원서는 정에 이끌려 해 준 겁니다. 문 선생님은 생기부 조작, 성적 조작을 했으므로 해임을 받아 마땅한 교사입니다."

뭣도 모르는 행정실장은 공을 교무부장 D 선생에게 넘기면서, "부장님은 어떻게 생각하십니까?"

D 선생은 주저하며 이렇게 말했다.

"저는 할 말이 없습니다."

나는 D를 뚫어지게 바라보았다. 아니 동료 교사 해임이라는 이런 중대한, 한 사람의 인생이, 아니 한 가족의 삶이 달린 이 일에 대해 아무 발언하지 않다니, 그간 내가 본 D 선생답지 않았다.

인사위원회의 결정은 징계 철회 1명인 나와 징계 찬성인 쓰레기 교감과 뭣도 모르는 행정실장, 그리고 할 말을 하지 않은 D 선생의 내용으로 찬성 1(나), 반대 1(교감), 무응답 2(행정실장, D 선생)로 법인 징계위원회로 올려질 줄 알았다.

그러나 회의록에는 징계 철회에 대해 찬성 1(나), 반대 3(교감, 행정실장, D 선생)으로 쓰여 있었다. 조작이 아니고, 다 그렇게 자필 서명까지 되어 있었다. 행정실장과 D 선생은 징계 철회를 반대했던 것이다.

결국 그 셋이 문 선생님의 해임에 동의한 것이다.

그랬을 것이다. D 선생은 이 고비만 넘으면 본인이 차기 교감 자리를 선점할 수 있을 거라고 믿었을 것이다. 솔직히 나는 교감 자리 따위는 관심이 없었고, 저렇게 해서 교감이 된다면 부끄러운 일이라 늘 생각했다. 학교에서 해임이라는 징계로 법인 징계위원회에 올렸으면 결과는 너무 뻔했다. 결국 문 선생님은 다시 해임으로 결정되었고, 문 선생님은 기나긴 터널 속으로 들어가고 있었다.

그날 이후 나는 교무실이 춥게만 느껴졌다.

제4장
눈물의 졸업식

시간은 흘러 문 선생님의 반, 3학년 3반이 졸업을 하게 되었다. 함께하지 못한 문 선생님이 너무 안타깝게 느껴지는 졸업식 날 아침이었다. 그날은 왜 이렇게 따뜻한지 겨울 코트를 입지 않아도 될 정도였다.

코로나의 창궐로 학부모님은 참석하지 못한 교실에서 담임교사와 조촐한 졸업식을 해야만 했다. 난 그게 더 슬펐다. 왜냐하면 내가 있어야 할 자리가 아니었기 때문이다. 문 선생님이 대학에 잘 합격한 3반 학생들을 축하하며 졸업의 기쁨을 나누었어야 하는 시간이었어야 했다.

나는 3반 교실로 들어갔다. 아이들은 한껏 멋지게 차려입고 와서 교실에 앉아 있었다. 시끌벅적하게 앉아 있는 모습에 그 젊음이 나는 너무 부러웠고, 담임인 문 선생님 없이도 잘해 준 학생들이 고맙게 느껴졌다.

나는 졸업 앨범과 졸업장 등을 나누어 주고 빨리 마무리하려고 했다. 그런데 3반 가장 말썽쟁이였던 여학생이 문 선생님과 영상통화를 시도했다. 아이들은 모처럼 진짜 담임선생님과 영상통화를 하면서 인사를 하기 시작했다. 나는 이 광경을 보면서 갑자기 슬퍼졌다. 진짜 담임선생님은 말도 안 되는 이유로 해임을 당했고, 나는 여기서 뭐 하고 있는 것일까?

갑자기 나는 울음이 터져 나왔다.

정확히 무엇이 나의 울음보를 건드렸는지 모르겠다. 확실한 건 아이들이나 문 선생님 때문은 아니었다.

나는 울면서 이렇게 말했다.

"3반, 너희들은 정말 잘해 주었다. 담임선생님이 안 계신 가운데도 모두 모두 잘해 주었다. 너희들의 담임선생님은 훌륭한 분이시다. 그리고 언젠가는 학교로 꼭 돌아오실 분이다."

대충 이런 말들을 두서없이 하며 울었다. 그런데 진짜 내가 운 이유는 학년 부장으로서 동료 교사 하나 못 지킨 내가 아이들 앞에서 당당하게 설 수 있는가? 나는 학교를 이 지경으로 만든 교장과 계속 싸우지 못했는가? 왜 나는 쉽게 굴복하였는가? 동료 교사가 말도 안 되는 이유로 해임당할 때 아무 힘도 없던 내가, 학교에 발생하는 수많은 불의에 맞서 학생들을 위해서는 싸울 수 있을까? 이런 수많은 의문들이 나를 작게 만들고 급기야 울게까지 만들었던 것이다.

학생들은 나의 울음에 놀라기도 했지만, 문 선생님의 얘기에 같이 울기도 한 학생들도 있었다. 결국 나는 그날 학생들의 졸업을 축하한다는 말도 못 하고 울먹이는 작별만 하고 교실을 빠져나왔다.

 교무실에 홀로 앉아 나는 빨리 여기를 벗어나야겠다고 생각했다. 문 선생님의 빈자리가 여느 때보다 더 크게 느껴지는 오후였다.

PART 6

사랑하지만,
이별할 수밖에

이때부터 나는 16년 넘게 근무한 이 학교를 1~2년만이라도 잠시 떠날 생각을 끊임없이 하기 시작했다. 나의 첫 직장, 나의 첫 직장 동료, 나의 첫 학생들을 너무 사랑했으나 떠나지 않으면 미칠 것 같았다.

반면에 소패 신부는 학교생활에 너무 즐거움을 느끼며 살고 있었다. 그도 그럴 것이 매일매일 놀아 주는 사람들이 있었기 때문이다. 당구를 쳐 주는 사람들, 미사를 봐주는 사람들, 심지어 가을에 성지순례를 소패 신부와 가는 사람들까지….

나는 학교야말로 가장 공정하고 정의로우며 순수한 공간일 거라 생각했지만, 진짜 학교에서 나는 별꼴을 다 보았다. 인간의 밑바닥을 보고 나니 정나미가 뚝 떨어졌다.

소패 신부는 문 선생님에 이어 또 다른 대상자를 찾고 있었다. 안타깝게도 그게 나였다.

3학년 학년 부장을 마치고, 나는 기숙사 담당 부장이 되었다. 기숙사 학생들은 공부도 잘하고, 놀기도 잘하고, 민원도 잘 제기하는 아이들이었다. 그런데 아이들은 어느 순간 담임선생님이나 부장 선생님께 자신의 불편함을 얘기하는 것이 아니고, 교장에게 바로 즉 소패 신부에게 바로 민원을 제기했다.

그러면 소패 신부는 담당 교사를 불러 내용을 확인하고, 학생들의 편에 서서 시정해 주길 바랐다. 늘 그랬듯이.

소패 신부는 진짜 정년까지 학교에 있을 것 같았다. 적어도 5~6년은 남았는데, 난 단 하루도 소패 신부를 보고 싶지 않았다. 차라리 이 인간이 신부가 아니었다면 더 좋았을 것 같다. 그냥 교사였으면 쓰레기라 생각하고 말았을 텐데, 신부라는 게 꼴에 성당에서는 존경을 받는다고 생각하니 참 어이없는 노릇이었다.

제1장
소시오패스만 피하려다가…

학교 기숙사에는 여름이면 모기가 참 많았다. 에프킬라도 계속 뿌리고, 홈매트도 꽂아 놓았는데도 모기는 줄지 않았다. 아이들이 나에게 찾아와 모기가 너무 많다고 했다. 나는 아침저녁으로 방에 에프킬라를 뿌렸으며, 벌레 유도기 같은 것도 복도에 설치하였다. 불이 항상 켜진 기숙사라 그런지 모기보다는 하루살이가 더 많았다. 시골 학교라 그런지 엄청 많았다.

아이들은 소패 신부에게 달려가 모기가 많다고 했다. 소패 신부는 교문 지도를 하는 나를 찾아와 이렇게 말했다.

"기숙사에 왜 모기가 있어요? 모기 한 마리도 없게 해야죠." 이제는 소패를 넘어 정신병자 수준의 말들을 나에게 쏟아 내었다. 나도 화를 내며 "기숙사 가 보세요. 모기가 한 마리도 없게 가능한지." 교문 앞에서 소리를 막 질러 댔다. 교무부장이 나에게 참으라고 했다. 나는 화가 나서 아이들을 찾아갔다.

"니네 앞으로 교장 신부님한테 한마디도 하지 마라. 너희들의 한마디로 기숙사 선생님들이 힘들어진다. 힘든 부분, 개선이 필요한 부분이 있으면 기숙사 사무실로 직접 찾아와라."

나는 이렇게 얘기하고 이 학교를 잠깐이라도 떠나는 방법을 찾아보았다. 잠깐이라도 벗어나고 싶었다. 아예 떠나고 싶지는 않았고, 저 소패 신부만 피하고 싶었다. 그런데 학교를 잠깐 벗어날 기회는 아주 우연하게 찾아왔다.

공문을 검색하다 보니 ○○도 교육청에서 사립 특별전형 3년 임기제 장학사를 선발하는 공문이 보였다.

나는 이거다 싶었다.

3년이면 이 교장이 나갈 시점과 비슷할 거라는 생각도 들었다. 그리고 나도 좀 안정이 될 거 같았다. 얼른 서류를 살펴보았다. 논술 시험도 있고, 기획서 작성 및 발표도 있었다. 뭔가 특별한 시험처럼 느껴졌다.

이런 시험에 대해 전혀 몰랐던 나는 20년 이상 교직에 있는 교감인 친형에게 물어보았다. 형은 ○○도 교육청 홈페이지에 들어가서, 교육청 기본계획이라는 자료를 다운받아서 머릿속에 다 넣으라고 했다.

책 한 권 분량의 자료를 사무실에서 출력하여 그날부터 외우기 시작했다. 시험은 한 달 반 정도 남아 있었다. 장학사 시험은 동료평가도 있고, 학교장의 추천도 필요했다.

나는 3년만 교육청에서 근무하고 학교로 돌아올 거라고 하며 소패 신부에게 추천을 부탁했다. 소패 신부는 일 시킬 만한 사람이 없어지는 것에 아쉬워하는 듯했으나 나와 너무 사이가 안 좋아서 그런지 흔쾌히 추천해 주었다.

동료평가도 있었는데, 친한 선생님들은 주관식까지 길게 써 주며 잘 평가해 주었다. 그래도 내 평가가 나쁘지는 않았던 것 같다.

마침내 시험 날이 되었다. 조금 긴장되었으나 논술시험이라 국어 교사로서 자신은 있었다. ○○도에서 1명을 뽑는데 총 25명이 시험을 보러 왔으니 25대 1의 경쟁률인 셈이었다. 다들 무슨 책들을 보고 있었다. 장학사 시험 관련 책인가 보다.

나는 프린트 몇 개만 보고 있었는데, 다른 사람들은 저마다 책을 그것도 아주 두꺼운 책을 1권씩은 가지고들 있었다.

시험은 그리 어렵지 않았다. 형 말대로 교육청 기본계획을 꿰뚫고 있으면 충분히 쓸 수 있는 문제들이었다.

논술 수업까지 해 본 나인데, 막상 수험생처럼 논술을 쓰려니 손에 땀이 난 건 사실이다. 볼펜도 검색을 통해 동아 미피 볼펜으로 세 자루 준비했다. 유명한 일본 제품은 왠지 부정 탈 것 같아 국산으로 준비했다. 1시간이 넘어가니 볼펜 똥이 나왔으나 대충 닦으면서 쓰니 부드럽게 잘 써졌다.

아무튼 1차 시험은 무사히 끝났다. 3배수를 선발하는 거였는데 22명을 떨어뜨리기는 쉬울 것 같지는 않았다. 그러나 1차만 붙으면, 기획서 같은 거야 뭐 그까짓 거 대충 상상해서 쓰고, 면접이야 그까짓 거 대충 열심히 한다고 하면 될 것 같았다.

나는 정말 멋지게 1차에 합격했다.

2차 시험은 기획서인데, 그게 양식 같은 게 있었는데 나는 양식에 맞게 아주 잘 썼다. 박제하고 싶을 정도로 깔끔하게 잘 썼다. 기획서를 제출하고, 점심 먹고, 기획서를 보고 20분 이내로 발표를 하고, 또 심층 면접도 동시에 진행되었다. 처음 보는 압박 시험이었다.

나는 심층 면접에서 내가 학교에서 잘했던 활동들만 쭉 얘기했다. 장학 재단에서 지원받아 즐겁게 활동한 일, 어려운 학생들과 동아리 만들어서 여행 간 일, 방송반 7년 동안 한 일 이걸 방송 장악이라고 해야 하나? 아무튼 시간이 모자를 정도로 자화자찬을 했다. 어떻게 보면 되게 재수 없게 느껴질 정도로 나의 자랑을 했다. 자식 자랑까지 보탤 뻔할 정도로 내 자랑을 했다. 시험 끝나고 나오는 중에 친한 선생님들이 카톡으로 음료를 선물해 주었다. 되게 고마웠다. 그들은 내가 학교를 잠시 떠나려는 이유를 나보다 더 잘 알고 있는 듯하였다.

제2장
잠시만 안녕

최종 합격은 공문도 오기 전에 명 선생님이 알려 주었다. 교육청 친구로부터 정보를 얻은 것 같았다. 나는 명 선생님에게 거짓말 아니냐고 웃으며 얘기했지만, 명 선생님은 1시간 뒤에 공문이 게시될 거라고 얘기했다. 아무튼 나는 합격했다.

○○도 사립학교 교사에서 사립학교를 담당하는 임기제 장학사로 25대 1의 높은 경쟁률을 뚫고 당당히 합격하였다. 나는 자랑스러웠다. 어쨌든 한 달 이상은 무엇인가에 열정적으로 임했으니까 말이다. 그리고 합격도 했으니 말이다.

나는 학교 앞에 있는 무인 아이스크림 가게에서 하드 70개를 샀다. 그리고 선생님들에게 나누어 주었다. 선생님들의 평가 덕분에 합격했다는 메시지도 보냈다. 많은 선생님들은 축하를 해 주었다.

나는 오후에 소패 신부를 찾아가 합격했다고 따로 보고를 했다. 소패 신부는 나에게 축하한다는 말을 전혀 하지 않았다.

"선생님, 그런데 지난번에 문 선생님 때문에 저녁에 회의할 때 왜 저에게 모욕을 주셨죠? 선생님이 저를 생기부 모르는 사람이라고 말씀하셨잖아요."

나는 명백히 알았다. 소패 신부와 아름답게 잠시 이별을 하고 싶었지만, 이것은 애초에 불가능했다는 것을. 잠시 떠날 때는 그래도 아름답게 헤어지며, 교육청에서 많이 배워서 오겠다고 말하고 싶었으나 애초에 소패 신부와는 이런 대화는 불가능한 것 같았다. 나를 정말 많이 괴롭힌 군대 고참도 나가면서는 미안하고, 잘 지내라고 했는데.

소패 신부는 이 세상 인간이 아니었다. 나는 더 이상 참을 수가 없었다.

"신부님, 신부님은요. 공감 능력이란 것이 아예 없는 분입니다." 이 이야기는 우리 학교 모든 교사가 하고 싶었던 말일 것이다. 나는 일종의 카타르시스가 느껴졌다.

(이 사람이 얼마나 공감 능력이 없냐면, 교감 되고 싶어 했던 G 선생이 소패 신부와 거의 매일 당구를 쳐 주었는데, 소패 신부는 정작 교감으로 M 선생을 지목했다. 그것도 갑작스럽게. 그리고 교감 선임에 대한 아무 얘기도 없이 그날 저녁 소패 신부는 G 선생을 찾아가 당구 한 게임 하자고 했다고 한다. 당연히 G 선생이 소패 신부를 쳐다보지도 않고 당구 안 친다고 했다. 그런데 더 웃긴 건 소패 신부는 G 선생이 왜 당구를 안 친다고 했는지 모르겠다며 G 선생이 왜 그런지 아냐며 다른 사람들에게 물어보기도 했다. 이 정도면 공감이고 뭐고 그냥 저능아 아닌가 싶다.)

"신부님, 신부님만 안 계셨으면 문 선생님 사건도, 아이들을 때린 걸로 소송까지 갔던 민 선생 사건도, 성희롱 관련하여 병가까지 낸 염 선생 사건도 하나도 발생하지 않았을 겁니다. 다른 교장선생님이었다면, 이런 문제들이 생겼을 때 지혜롭게 다 해결되었을 겁니다."

소패 신부는 얼굴이 벌겋게 달아오르기 시작했다.

"제가 한마디 더 하죠. 문 선생님 징계에서 신부님이 그렇게 말씀하셨죠? 맞벌이라 해임이라고요. 파면 주려다가 해임이라고요. 그건 진짜 말도 안 되는 말씀이에요. 교사가 생기부 더 잘 써 주려다가 해임당하는 학교가 말이 됩니까? 신부님 다른 선생님들이 해임 부당하다고 하는 거 모르세요?"

"문 선생님이 징계받아야 한다고 주장한 부장들도 많았어요." 소패 신부의 이 대답은 안타깝게도 사실이었다. 실제로 동료 교사 앞에서는 문 선생님의 징계의 부당함을 성토했지만, 소패 신부한테는 문 선생님이 징계를 받아야 한다고 주장한 사람들이 분명 있었다. 그건 자기 생각보다는 소패 신부가 원하는 대답을 해 줘야만 자기에게 교감 승진의 기회도 있을 것이고 또는 부장으로서 인정도 받을 수 있을 거라고 생각했을 것 같은 몇 명의 부장이 나는 지금도 떠오른다. 문 선생님의 구명을 위한 탄원서에 사인조차 안 한 교사들도 있었다. 행정실 시설 주무관님도 탄원서에 사인을 했는데. (소패 신부는 시설 주무관에게 교사도 아닌 주제에 끼어들지 말라고 하기도 했다.)

"그럼 징계를 받지 말아야 한다고 주장한 사람들이 더 많았던 것은 어떻게 설명하실 건가요? 신부님은 자기가 원하는 대답을 해 주는 사람의 말만 들으시잖아요."

나는 이렇게 조목조목 소패 신부의 가슴을 후벼 파는 얘기들이 준비도 하지 않은 채 이렇게 술술 나오는 게 신기했다. 마법에 걸린 것처럼 청산

유수같이 흘러나오는 말들은 진짜 주옥같았다. "그리고, 오늘 제가 합격해서 와서 신부님께 말씀드리면 일반적인 사람이라면 축하한다는 말 말고 더 할 말이 크게 없을 것 같은데 지난번에 본인에게 한 말을 지금 저에게 하시는 건 진짜 공감 능력이 없는 거라 생각합니다."

나는 여기서 한 발 더 나갔다. "그리고 신부님, 왜 소송문에 거짓말을 쓰십니까? 문 선생님이 생기부 작성을 교무실에서 아무도 없을 때 했다고요? 완전 새빨간 거짓말입니다. 일과 중에 그리고 그때가 학생들 합창대회 연습하던 날이라 교무실에는 교사와 학생들로 넘쳐났어요.

그리고 왜 나 선생님한테 거짓증언 시킵니까? 나 선생님이 분명 문 선생님이 교무실에서 학생들과 생기부 작성에 관해 상담하는 거 보았고, 그 자리에서 나 선생님에게 문 선생님이 방송반 학생 활동에 관해 분명 물었고 그 내용을 확인하고 기록했습니다. 그리고 그걸 바탕으로 나 선생님이 문 선생님 변호사에게 그 사실을 확인해 주었는데, 왜 나 선생님에게 기억나지 않는다고 하라고 거짓 증언하라고 하셨습니까?"

소패 신부는 아주 간단하게 대답했다.

"그건 교감선생님이 한 거예요." 쓰레기 교감은 왜 쓰레기인지 알 만하다.

"그걸 아셨잖아요. 그게 거짓이라는 걸 아셨잖아요."

"저는 잘 몰랐습니다." 교장의 이 거짓 대답은 정말 소름이 끼칠 정도로 무서웠다. 교감이 한 거는 어떻게 아는 걸까?

한 사람의 아니 한 가정의 삶을 파괴해 놓고, 사람들에게 거짓 증언을 하라고 해 놓고, 이제 와서는 모른다고 하는 이 사람을 난 지금 당장 악마라고 부르고 싶었다.

이런저런 얘기들을 두 시간 이상 주고받았다. 나는 7교시에 수행평가가 있어, 소패 신부에게 월요일에 마무리 짓자며 나왔다.

소패 신부는 벌겋게 된 얼굴로 "저와 더 대화를 하고 싶으십니까?"라고 응수했으나, 나는 "아직 끝나지 않았습니다."라고 말했다.

바삐 뛰어서 교실로 가서 수행평가를 하는데, 내가 너무 늦게 수업에 들어가니 담임인 나 선생님이 무슨 일 있냐고 물었다. 나는 "응, 다음에 얘기할게."라고 했다.

제3장
영원히 안녕

주말 내내 소패 신부와의 대화가 머릿속을 떠나지 않았다. 학교를 잠시 떠나는 마당이라 완전히 쏟아부어 버리고 갈 생각까지 했다. 그러나 나는 나의 얘기들이 무슨 의미가 있을까 싶었다. 말 그대로 공감 능력이 제로인 사람한테 어떤 얘기를 해도 알아듣지 못할 테니 말이다.

월요일 아침 출근하였는데, 소패 신부가 교장실에 없었다. 나는 무슨 얘기를 할까 그때까지도 결정을 내리지 못한 상태였다.

오후에 소패 신부를 만날 수 있었다. 교장실에서 만났을 때 이미 얼굴이 벌겋게 되어 있었다. 입에는 칼을 물고 있는 것처럼 무서운 말들을 쏘려고 준비하는 사람처럼 보였다.

"주말에 많이 생각해 보았습니다. 제가 한 말들을 저에게 돌려 보았습니다. 저도 잘 못하면서 타인을 평가한다는 게 맞지 않다고 느껴졌습니다."

사실 나는 이렇게 부드럽게 하려고 한 게 아니었다. 과연 소패 신부는 이런 나의 예상치 못한 행동에 어떻게 반응할 것인가가 나는 궁금했던 것이다. 나의 말이 끝나자 소패 신부의 얼굴색은 다시 돌아왔다. 벌겋게 달아올랐던 난로에 찬물을 부었던 것이다.

"저도 생각해 보니 많이 부족했던 것 같군요." 처음으로 소패 신부가 추측형의 잘못을 고백하였다. "저는 우리 학교가 잘되길 바랍니다. 이제는 좋은 일만 있길 바랍니다."

나는 짧게 이 말을 남기고 교장실을 나왔다.

교무실로 걸어가는 걸음이 가볍지는 않았다. 이겼다는 생각도 안 들었고, 여전히 문 선생님은 고통받고 있다고 생각하니 마음이 더 아팠다.

교무실에 도착하니 책상 위에 있던 핸드폰이 울렸다. 무슨 사무실 번호인 거 같았다.

"○○도 교육청 ○○○ 장학사입니다. 이번에 합격하신 이상훈 선생님 맞으시죠?"

"네. 맞습니다. 제가 이상훈입니다."

"선생님, 장학사 합격 축하드리고, 사립학교에는 사표를 내셔야 합니다. 그래야 신분이 전환됩니다."

"네? 저 학교로 다시 돌아오는 거 아니었나요?"

"네. 아닙니다. 공무원으로 신분이 전환되시는 겁니다."

"네? 아 저는 사립학교로 다시 돌아오는 건 줄 알았는데…. 혹시 파견으로 전환 가능하지 않나요?"

"선생님, 장학사는 공무원으로 신분이 바뀌는 겁니다. 사표 내시고, 제가 메신저로 드리는 서류 준비 부탁드립니다."

"네. 알겠습니다."

나는 학교를 3년간만 떠나야 하는 줄 알았는데, 아예 떠나야 하는 것이었다. 내가 16년 넘게 근무한 나의 이 학교를, 첫사랑 같은 이 학교를, 이렇게 갑자기 준비 없이 떠나야 한다는 사실에 나는 고민을 할 수밖에 없었다.

이틀 밤을 뜬눈으로 보냈다. 임기제 장학사라 승진도 상관없고, 그냥 사립학교와 관련된 일을 하는 것뿐이었다.

장학사라는 타이틀이 그리 부러운 것도 아니었고, 나는 그냥 소패 신부를 피하고 싶었던 것뿐인데 일이 걷잡을 수 없게 전개되었다.

주변에 물어보면 당연히 그지 같은 사립학교를 떠나야지 뭘 망설이냐는 답들뿐이었다.

이틀이 지나고 삼 일째 되는 날 아침 일찍 출근하여 전 교사에게 메시지를 보냈다. 3년만 가는 것이 아니라 아예 가게 되었다고 말했다. 몇몇 선생님은 아예 떠나는 거 알지 않았냐고 물었지만, 나는 아예 학교를 떠나야 하는 시험이었다면 어쩌면 장학사 시험에 응시하지도 않았을 것이다.

그러나 낯선 미래에 대한 두려움은 설렘을 동반하였다. 집 근처의 교육청에서 진짜 잘 근무할 수 있을 것 같다는 부푼 꿈도 갑자기 생겨났다.

하지만 나의 가슴은 이 학교를 떠나지 말라고 계속 말하고 있었다. 나

를 각별히 아끼셨던 진짜 교장 신부님께 전화를 걸었다. 진짜 신부님은
"상훈아, 너한테는 너무 좋은 일이구나. 학교에는 아쉬운 일이겠지만…."
이렇게 말끝을 흐리셨다.

'신부님이 계셨다면 저는 단 하루도 떠나지 않았을 텐데 지금은 제가
너무 힘들어서 떠나야겠네요.'

제4장

쓰레기 교감의 퇴임과 나의 장학사 전직

문 선생님의 가정을 파괴한 쓰레기 교감의 정년 퇴임이 나의 장학사 발령하고 맞물렸다. 쓰레기 교감의 퇴임을 챙기는 사람은 별로 없었다. 오히려 내가 학교를 떠나는 것에 아쉬움을 표현하는 선생님들이 많았다.

꽃다발을 만들어 준 기간제선생님도 계셨고, 따로 선물을 준비해 주신 여러 명의 선생님도 계셨다. 그들은 나에게 선물을 주면서 한마디씩 했는데, "교감 퇴임 선물은 안 줘. 이상훈 선생님에게는 주고 싶어." 어떤 후배 교사는 "선생님이 떠나신다 생각하니 갑자기 눈물이 났습니다. 선생님은 어디서든 정말 잘하실 것 같습니다." 이렇게 메시지를 남겨 주었다.

마지막 퇴근길 운전 중에 내가 좋아하는 금 선생님에게서 전화가 왔다.

"이상훈 선생님, 교육청으로 잘 가고, 가서 교육감까지 해. 하하하."

"선생님도 건강하세요. 다음에 봬요."

나는 나에게 이렇게 해 주는 사람들을 보면서 앞으로 어떻게 살아야 할지에 대해 깊이 생각해 보았다. 30년 이상을 교직에 있었던 쓰레기 교감에게 냉대하는 선생님들이 나에게 따뜻하게 대해 주는 것을 보고, 인생과 인간에 대해 생각해 보았다.

그리고 나는 16년 만에 이 사립학교를 떠났다.

단 한 번도 생각하지 않았던 일을, 단 하나의 사건으로 인해 행동으로 실행하는 이 낯선 장면이 내 인생의 긴 여정에서 어떤 변곡점이 될지는 지금도 나는 아직 잘 모르겠다.

PART 7

장마 같은 소송전

문 선생님의 소송은 길어졌다. 1심을 이겨서 복직 준비를 했으나, 소패 신부는 항소를 했다. 그런데 소패 신부의 항소는 자기 돈으로 한 게 아니다. 천주교 교구에서 신자들이 모아 준 헌금과 교무금으로 항소를 한 것이다. 소패 신부는 자기 돈 단 1원도 들이지 않고, 너무 쉽게 항소를 했다. 천주교 신자들은 알기나 할까? 우리의 헌금이 저렇게 불의한 일이 쓰인다는 것을.

문 선생님이 1심을 이겼어도 복직의 길은 멀었다. 또 그렇게 지루한 시간들이 지나갔다.

제1장
2심 — 이심전심(以心傳心)

2심을 소패 신부는 더 치열하게 준비했다.

문 선생님을 통해 받아본 소패 신부 측 변호사의 글들은 한 인간을 철저하게 나쁜 교사로 몰아가고 있었다. 거짓으로 꾸며진 그런 말들에 문 선생님은 너무 많은 상처를 받았다.

그 글을 읽으면서 소패 신부는 십계명에도 있는 '거짓증언을 하지 말라.'라는 말을 너무 쉽게 무시한다는 게 느껴졌다. 평상시에 문 선생님이 어쨌다는 둥, 원래 그런 교사였다는 둥의 내용들은 정말 나를 화나게 했다. 소패 신부는 심지어 이미 졸업한 학생에게 e메일을 통해 문 선생님에 대한 얘기들을 받아 냈다. 그 학생도 도대체 무슨 생각으로 한지 모르겠다. 소패 신부가 연락을 했거나 쓰레기 교감이 연락을 했겠지.

문 선생님은 더욱 준비를 해야만 했다. 다행스럽게 2학년 때 문 선생님 반 반장이었던 수민이가 법정에서 진술을 해 주기로 했다. 수민이는 내가 학교에 있을 때도 사리 분별이 분명한 똑똑한 아이였다. 대학생이 된 수민이는 문 선생님을 위해 법정에 증인으로 서는 것을 두려워하지 않았다. 내가 수민이 부모님이라면 그런 것에 휩쓸리지 말라고 했을 텐데. 수민이 부모님은 옳은 일이라고 생각하셨다고 한다. 그리고 문 선생님이 학부모님들에게 신뢰도 많이 얻고 있는 교사였으므로 가능한 일이었다. 문 선생님이 성적 조작을 했다고 썼던 e메일 내용(소패 신부가 e메일을 쓴 아이를 재판장에 세우고 싶어 했으나 아이는 재판장에 나오지 않았다.)과 실제 증인인 수민이와의 대결은 뻔한 승부였다.

나이 많은 판사가 수민이의 진술한 증언에 학생으로서 법정에 나와 용기 있게 진술해 준 것에 매우 대단하다고 말했다고 한다. 문 선생님은 고무되어 있었다. 2심만 이기면 학교로 돌아갈 수 있으리라 생각했다. 그리고 몇 달 뒤 2심 결과가 나왔다. 그렇다. 이겼다. 보기 좋게 이겼다.

그리고 더 좋은 소식은 소패 신부가 학교를 떠났다는 얘기다. 교구에서 성당으로 발령을 내 버렸다. 물론 교구에서는 철저하게 소패 신부 편이었다. 신부가 아무리 거짓말을 해도 신부가 거짓말을 한다는 명제는 신부들 사이에서는 성립되지 않으며, 학교에 대해 잘 알지 못하는 이사장 주교님이나 이사들은 전적으로 소패 신부의 말을 믿을 수밖에 없었을 것이다.

아무튼 2심이 나오기 직전에 소패 신부는 성당으로 발령이 났다. 선생님들은 환호했다. 공감 능력이 전혀 없는 소패 신부가 학교를 떠난다고 생각하니 얼마나 행복한 일이었을까?

가끔 소패 신부가 조금만 일찍 학교를 떠났다면 나는 굳이 교육청으로 나오지 않았을지도 모르겠다는 생각을 한다.

소패 신부는 떠나기 전 마지막 미사 강론에서 그동안 자기의 잘못을 고백하여 선생님들께 용서를 구하기는커녕 자기 본분에 맞게, 교사답게 살라고 했다고 한다. 소패 신부의 마지막 학교 미사에서 사과의 말을 기대하며 미사를 참석했던 선생님들은 변하지 않는 신부를 보면서 절망했다고 했다. 사람도 변하지 않는데 괴물 같은 소패 신부는 사람 같지도 않은데 변화를, 사과를 기대했던 게 어쩌면 잘못된 일이었을 것이다.

어쨌든 수민이 증언의 도움으로 문 선생님은 2심을 보기 좋게 이겼다. 완벽하게 이겼다. 그리고 이제는 진짜 복직을 준비했다.

제2장
대법원까지 가다

2심을 완벽하게 승리했다고 하더라도 불안불안했다.

소패 신부가 나가서 새로운 신부님이 교장으로 오셨지만, 불안한 마음은 가시지 않았다. 그러나 정말 축복처럼 악마 같은 소패 신부가 가고, 진짜 천사 같은 신부님이 오셔서 선생님들은 축제였으며, 문 선생님도 복직을 기대했다.

천사 신부님은 문 선생님 사건에 대한 보고를 받는 자리에서 문 선생님 복직을 위해 노력하겠다고 하셨다.

그러나 선악의 대결에서 선이 이기는 건 영화에서나 가능한 가보다. 소패 신부는 학교를 떠났음에도 불구하고 대법원까지 가야 한다면서 주교님을 설득하여 항소를 진행했다. 소패 신부는 정말 끝까지 한 인간인 문 선생님을 냉정하게 죽이고 싶었었던 것 같다.

천사 신부님이 많이 노력하셨다고 들었는데, 이제 학교로 온 지 얼마 되지 않은 천사 신부님의 영향력은 그렇게 강하지는 않은 상태였나 보다.

결국 소패 신부와 쓰레기 교감이 조작한 이 말도 안 되는 사건은 대법원까지 가게 되었다. 무슨 이게 대법원까지 가야 하는 쟁점이 있는 것도 아니고, 2심의 판결문을 보면 완벽하게 문 선생님의 손을 들어주었음에도 불구하고, 소패 신부는 미친 사람처럼 질주하였다.

소패 신부는 이전 변호사와는 완전 클래스가 다른 전관예우급의 변호사를 선임하였다. 소패 신부는 문 선생님을 2년이 넘게 힘들게 했던 것에 대한 조금의 미안함이나 동정이 없는 전형적인 소시오패스였던 것이다.

그런 그의 편을 들고 문 선생님의 징계에 대해 찬성한 가증스런 사람들은 교사도 아니라고 생각한다. 아니 그런 교사들은 사람도 아니다. 악은 혼자 존재하지 않는다. 그래서 악은 외롭지 않다.

그런 관점에 소패 신부와 그의 의견에 동조했던 사람들은 외롭지 않았을 것이다.

오히려 문 선생님이, 그리고 그때 소패 신부와 계속 싸움을 했던 내가 진짜 외로웠다.

제3장
완벽한 승리, 완벽하지 않은 복직

전관예우급 변호사라 사실 걱정이 되긴 했다.

판사 중에도 소패 신부 같은 사람은 존재할 수 있으니까 말이다. 다들 걱정을 하긴 했다.

정말 다행스럽게 대법원에서는 아주 짧은 판결문을 통해 문 선생님의 해임이 무효임을 선언해 버렸다.

3년여의 기나긴 싸움은 드디어 끝이 났다. 대법원 승리로 문 선생님은 다시 학교로 갈 수 있게 되었다. 우리는 그날 저녁 모여 문 선생님의 승리와 복직을 축하하는 파티를 했다. 문 선생님은 아직 실감이 안 나는 듯 파티 내내 긴장하는 듯했다.

기쁨도 잠시, 문 선생님에게는 또 다른 슬픔이 기다리고 있었다. 대법원에서의 승리 소식이 있은 지 얼마 안 되어 문 선생님의 어머님이 돌아가셨다. 문 선생님의 어머님은 문 선생님의 해임 이후에 건강이 갑자기

안 좋아지셔서 병원을 계속 다니셨다고 들었다. 문 선생님과 같은 과목의 교사였던 문 선생님의 어머니는 하나뿐인 아들이자 후배 교사가 겪었을 고통을 누구보다도 잘 알고 계셨을 것이다.

장례식장에 모인 여러 선생님들은 입을 모아 이야기하였다. 문 선생님의 어머니가 기다려 주신 거라고. 아들이 대법원까지 가서 이겨 학교로 돌아갈 수 있다는 소식이 오기를 기다린 거라고. 그 생각을 하니 나는 또 마음이 아파졌다.

홀로 요양원에서 계신 어머니께 문 선생님이 찾아가 재판에서 이겼다고 다시 학교로 간다고 했을 때, 문 선생님의 어머니는 아무 말 없이 엷은 미소를 지으셨다고 했다.

문 선생님의 이야기를 듣고 눈물이 날 뻔했다. 동시에 소패 신부가 생각났다. 한 인간을 한 가정을 완전히 박살 내고, 연로하신 어머니까지 돌아가시게 한 그 신부는 반성이라는 걸 하고 있는지. 그런 면에서 신이 늘 악을 현세에서 응징하지는 않는다고 생각했다. 여전히 그 신부는 성당에서 죄 없는 신자들의 존경을 받고 있겠지. 죄 있는 신부를 죄 없는 신자들이 존경하는 이 종교적 아이러니를 생각하니 갑작스레 어지러웠다.

문 선생님은 어머니의 장례를 마친 후 두 달 정도 지난 늦은 밤 나에게 전화를 했다.

"자?"

"아니, 무슨 일 있어?"

"시 한 번 써 봤는데, 상훈 샘이 국어 샘이니까 한 번 봐줘. 톡으로 보낼게. 잘 자."

엄마가 기억이 나지 않는다

기억이 나지 않는다.
봄날 바람이 멈춘 순간
돌아가신 엄마 생각이 자주 나지 않는 것이 생각났다.
그것이 낯설다.
망각이 낯설다.
나를 키웠고 지켜 낸
엄마가 기억나지 않는다.
기억 있다.
노모가 느린 동작으로
반찬을 가져다 놓으며 더 내놓을 반찬이 있다고
이야기 한다.

기억 있다.
나와 함께 살고 싶어 했던 것을
나는 몰랐다고 혹은 무시하고, 할 수 없다고
생각한다.

기억 없다.
내가 소송할 때
건강을 잃고
돌아가셨다.

해친다.

기억은
나를 1월 엄동처럼 얼렸다.
가슴을 하얗게
숨이 끝까지 들어갈 수 없도록
굳혀 버렸다.

내가 기억을 말한다.
호흡니다.

지독한 사랑이 나를 키웠고
자신을 지운다.
그녀가 지운 것만 같다.

이 시를 보고 나는 너무 슬퍼 거실에서 소리 없이 울었다. 그리고 이
시에 대해 나는 문 선생님에게 어떤 말도 하지 못했다. 지금도 나는 이
시에 대해 감히 어떠한 평가도 할 수 없다고 생각한다.

문 선생님이 2학기에 복직할 때가 되자 학교에서는 여러 가지 준비를
해야 했다. 학교는 일단 문 선생님 대신 근무하는 기간제교원을 어쩔 수
없이 계약 취소를 진행해야 했고, 문 선생님의 3년 치 인건비를 지급하여
야 했다.

사람들은 어리고 열심히 하는 젊은 기간제교사가 나가고, 노쇠한 선배 교사가 오는 것을 달가워하지 않았다. 내가 교육청에 있다는 이유로 학교에 있는 어떤 교사는 문 선생님이 9월에 복직하지 말고, 내년 3월에 복직할 방법이 있냐고 묻는 교사도 있었다. 놀라운 건 그 교사는 기간제교원이었다. 본인도 기간제 신분으로 매년 학교를 옮겨야 하는 문제로 고민했을 그 사람이 나에게 그런 얘기를 하는 거 보고 놀라지 않을 수 없었다. 물론 그 기간제교사 혼자의 생각은 아니었을 것이다.

그 기간제교사가 나와 친하다는 이유로 스스럼없이 나에게 물어볼 정도라면, 학교의 여론은 내가 직접 보지 않아도 알 수 있었다.

행정실에서는 법원에서 판결한 인건비 지급에 소극적이었고, 심지어 어떤 교사는 교무실에 찾아온 졸업생이 문 선생님의 소식에 대해 묻자 "9월에 복직하는데 나는 문 선생님 돌아오는 거 반대."라고 대놓고 내뱉었다.

나는 무서웠다. '역시 인간의 근본은 악하다는 성악설이 맞구나'라는 생각이 들었다.

문 선생님이 복직하는 날의 축하는 전교조 선생님들의 꽃다발 말고는 없었다는 것이 나를 슬프게 만들었다.

내가 학교에 있었다면 교문에 '문 선생님의 복직을 진심으로 축하합니다.'의 글귀가 써 있는 커다란 플래카드를 달아 놓았을 텐데. 물론 몇몇 교사는 축하해 주며 기뻐했다는 것을 알고 있다. 그들에게는 나도 고맙다. 인류애를 가진 평범한 교사들이기에 나는 그들을 사랑한다.

그러나 문 선생님의 복직을 얼마나 많은 선생님들이 진심으로 축하해 주었을지는 아직 나는 잘 모르겠다.

제4장
축하하지 않는 사람들

드디어 문 선생님은 복직을 했다.

내가 이 책의 대부분을 문 선생님의 이야기로 쓰는 것은 나에게 문 선생님의 해임 사건은 트라우마처럼 남아 있고, 내가 학교를 나오게 된 계기가 되었고, 결국 이 글을 쓰게 된 원동력이 되었기 때문이다.

복직을 하는 날 나는 문 선생님에게 축하의 전화를 했다. 문 선생님의 목소리에는 기쁨과 긴장이 뒤섞여 있었다. 나는 거기서 기쁨만을 듣고 싶었다. 어쨌든 노쇠해진 이 50대 중반의 교사는 그래도 학교에서 적응하며 잘 살아가려 하고 있었다.

그러나 아직 학교에는 소패 신부의 기운이 떠도는 듯 보였다. M 교감을 중심으로 D 부장 등은 법원 판결과 별개로 학교에서는 징계를 해야 한다고 주장했다. 그러나 새로 오신 천사 같은 교장 신부님은 철저하게 문 선생님의 편을 드셨다.

3년 동안 고통받은 선생님을 다시 징계하는 것은 맞지 않다고 말씀하셨다고 한다. 너무나 당연한 말씀이었지만, 그곳에서는 그런 말을 하는 사람들은 소수였던 것 같다.

문 선생님의 징계가 무효였다는 법원의 판결도 사립학교에는 미치지 않았던 것이다. 일부 선생님들은 또 들썩였다. 그래도 징계를 어느 정도 받아야 하는 거라는 것이다. 사립학교의 징계의 권한(인사권)은 징계심의위원회(이사회)에 있으므로 징계를 주고 말고는 법인 이사회에서 결정하면 되는데 학교에는 이사가 단 한 명도 없음에도 불구하고, 왜 그런 말들을 하는지 나는 모르겠다.

이건 지능이 낮은 거라고 생각한다. 공감 능력이 없으니 말이다. 문 선생님을 모르는 제3자가 봐도 부당한 징계였고, 과한 징계였으며, 또 3년의 세월을 고통에서 보냈을 문 선생님을 알고 있다면 적어도 이렇게까지 진행해서는 안 되는 일이었다.

결국 법인 징계위원회는 개최되었다. 다행히 징계위원회에 교원 대표로 마음씨 착한 여교사 은 선생님과 신 선생님이 가기로 했다는 말에 안심이 되었다. 착한 교장 천사 신부님은 법인 이사장인 주교님 앞으로 장문의 편지를 썼다고 들었다. 그 장문의 편지에는 주교님도 감동할 만한 내용이 담겨 있을 것 같다.

징계위원들은 천사 교장 신부님 간청을 듣고 그제서야 판결문을 꼼꼼하게 읽어 보기 시작했다. 징계위원회에서도 대법원 판결문이 모두 문 선생님의 해임 처분에 대해 부당하다고 말하기 때문에 또 다른 징계를 결정할 수 없었을 것이다.

그럼에도 불구하고 학교에서는 여전히 문 선생님이 어떤 징계라도 받아야 한다고 주장하는 사람들이 있었다. 가슴 아픈 건 그걸 누구보다도 문 선생님이 다 알고 있었다는 것이다. 그래서 대법원의 영광뿐인 승리도 시간이 갈수록 기쁨이 퇴색되었을 것이고, 최종 법인 징계위원회에서의 어떤 징계가 내려지지 않았어도 많이 위축되었을 것이다. 더 아팠을 것이다. 학교로 돌아가도 온전히 축하받지 못한 자신에 대해 많이 생각했을 것이다.

징계위원회가 진행될 때쯤 문 선생님의 건강은 안 좋아지기 시작했다. 갑자기 몸과 얼굴이 붓기 시작했다. 처음에는 평소 마른 체형의 문 선생님이 학교를 복귀해서 살이 찐 거라 믿었다. 그러나 그게 아니었다. 병원 진단은 폐 섬유화의 진행이었다. 난 만병의 근원이 육체적 피로와 정신적 스트레스라고 생각한다.

당시 문 선생님은 육체적 피로도 정신적 스트레스도 동시에 느꼈을 것이다. 얼굴이 얼마나 부었냐면, 호빵맨 캐릭터처럼 그렇게 되었다. 그러나 얼굴이 붓는 건 그냥 거기서 그치지 않았다. 얼굴이 부으면 눈에도 영향도 있어서 눈도 잘 안 보이기 시작했다. 운전하기도 힘든 상황으로 가고 있었다. 그랬던 문 선생님이 나는 만나고 싶다고 내가 일하는 교육청 근처로 와 주었다. 몇몇의 선생님이 함께 모여 저녁 식사를 하면서 나는 말로만 듣던 얼굴의 부기와 건강이 안 좋아졌음을 직접 확인하니 마음이 너무 아팠다. 나는 얼굴이 왜 부었냐는 말도 하지 못했다.

문 선생님이 화장실에 갔을 때 나는 명 선생님에게 물어보았다. 얼굴이 왜 이렇게 부었냐고 너무 아파 보인다고. 명 선생님은 지금은 약의 부작용으로 얼굴이 붓는 거라고 했다. 스테로이드 계열의 약을 먹으면 저렇게 붓는다고 들었다고 했다.

문 선생님은 복직한 지 4개월 만에 다시 휴직을 준비하게 되었다. 결국 병가에 들어갔고, 이후 1학기 휴직을 하게 되었다.

그러나 1학기가 끝난다고 해서 문 선생님의 건강이 좋아져 예전처럼 학교에서 노래도 하고, 책도 읽고, 웃을 수 있을까?

그날 술자리에서 나는, 상처를 아픔을 준 소패 신부는 발 뻗고 잘 자고, 잘 먹고, 잘 살고 있는데 정작 상처를 받은 사람은 왜 모든 것과 마찬가지인 건강을 그리고 어머니를 잃게 되어야 하는 것인지 누구에게든 묻고 싶었다.

신이라면 대답해 줄 수 있을까?
그리고 아직 모든 것이 진행 중이었다.

PART 8

그래도 삶이
계속되어야 하는 이유

다시 휴직한 문 선생님의 건강은 계속 안 좋아 보였다. 나는 시간을 내어 문 선생님이 사는 동네로 갔다. 문 선생님은 자기 동네에서 제일 유명한 식당으로 나를 오라고 했다. 그 식당은 계절 메뉴만 파는 요샛말로 매우 힙한 곳이었다. 대낮에 남자 둘이서 그 힙한 식당에서 주문을 하고, 밥을 먹었다. 그때는 봄이라 봄 메뉴를 먹었다.

문 선생님과 나는 이런저런 얘기를 했다. 여전히 건강하다는 문 선생님의 말은 아직도 아프다는 말로 들렸고, 나는 되도록 문 선생님 건강 얘기는 안 하고 싶었다.

힙한 식당에서 40대가 넘은 두 남자가 대낮에 밥을 먹었고 우리는 호수가 보이는 카페로 향했다. 나는 남편 출근시키고, 자녀 등교시킨 후의 한가로움을 즐기는 주부가 된 듯했다. 문 선생님과 나는 차를 마시며, 이런저런 수다를 떨었다.

카페에서 나오는 길에 문 선생님은 자신의 차를 뒤로 빼다가 멀쩡히 서 있는 나무를 차로 들이받았다. 뒷범퍼가 다 깨질 정도로 세게 들이받았다. 나는 깜짝 놀라 문 선생님에게 가 보았다.

문 선생님은 괜찮다며, 비싼 커피 마셨다고 하며 웃었다.

그런데 나는 잘 알고 있었다. 문 선생님은 얼굴이 부으면서 안압도 안 좋아져 눈이 잘 안 보인다는 말을 지난번에 명 선생님에게 들었기 때문이다.

나는 교육청에서 근무하고 있었지만, 문 선생님을 보면 한 발짝도 이 학교에서 나오지 못했다고 생각했다.

여전히 내 마음이 아프니 말이다.

제1장
분노가 조절되지 않은 날

문 선생님은 제주도로 한 달간 힐링하러 간다고 했다.

4월 한 달간 말이다. 나는 그게 힐링이 아닌 요양이라 생각되었다. 나는 문 선생님의 병 휴직이 더 길어지지만 않길 바랐다. 다 끝난, 그것도 승리로 끝났다고 생각했던 문 선생님 사건에서 나는 여전히 빠져나오지 못했다.

일요일 오전 교육청에 출근한 나는 지난 주 문 선생님 만났던 일이 잊혀지지 않았다. 여전히 아프고 힘든 문 선생님을 생각하니 화가 났다.

난 ○○ 교구청 인터넷 사이트로 들어갔다. 거기 보니 홈페이지에 희망고등학교 이사장님이신 주교님 이메일 주소가 나와 있었다. 나는 주교님에게 2020년~2023년 현재까지의 얘기들을 길게 써서 보냈다. 답이 있을 거라는 기대보다 그거라도 안 하면 내가 미칠 것 같았다.

긴 글에 나는 지금도 뭐라고 썼는지 기억이 나질 않는다. 일요일 하루

5시간 동안 그냥 쭉 그간의 사건에 대해 썼던 것 같다.

그 글 다 썼을 때 심장이 너무 아팠다. 다 끝났다고 생각하는 일이 사실은 시작이 될 수도 있음에 화가 났다.

문 선생님은 여전히 아파하고 있으니까 말이다. 그걸 보고 있는 나는 이 분노를 어디에 풀어 버려야 할지 잘 몰랐다. 내가 할 수 있는 건 다만 이메일 한 통을 보내는 게 최선처럼 보였다. 보든 안 보든 말이다.

그러나 이 이메일은 생각보다 많은 파장을 가져왔다.

제2장
주교님이 나를 부르다

나는 그 이메일을 보낸 다음 한동안 잊고 있었다.

어느 날 모르는 번호로 전화가 왔는데, ○○ 교구 주교님 비서실장 신부님이라며 내가 이상훈 장학사 맞냐고 물었다. 무슨 일이냐고 묻자, 주교님이 꼭 만나고 싶다고 했다며 시간이 언제 되는지 물었다. 그게 4월 중순이었다.

나는 그 주 금요일 오후에 퇴근을 하고, ○○ 교구청 주교님을 만나러 가게 되었다. 희망고등학교 이사장이기도 한 주교님은 나의 메일을 보고 사실 여부를 확인하고자 부른 것이었다.

주교님을 만나러 가기 전 난 근처 사립학교의 개교 50주년 행사에 참석하였는데, 덕분에 복장은 정장을 입었다. 옷에는 시간과 장소, 상황을 고려하라는 T.P.O의 법칙이 있다던데 다행히 나는 그날 자연스럽게 그

법칙을 지킬 수 있었다.

저녁에 주교님을 뵈었을 때 주교님은 내가 보낸 이메일 내용을 출력해서 가지고 계셨다. 그리고 마치 팩트 체크하듯 하나하나 물었다. 그런데 이미 주교님은 소패 신부에게 팩트 체크를 한 것이었다. 즉 교차검증을 위해 나를 불렀던 것이다.

그러나 소패 신부는 주교님께도 거짓으로 일관하였다. 그건 주교님이 나를 보는 시선과 말투 그리고 억양을 통해 느낄 수 있었다. 나를 신뢰하고 있다는 생각이 들지 않았다.

그래서 나는 말했다.

"주교님, 제가 여기까지 와서 왜 주교님께 거짓말을 할까요? 제가 거짓말을 하는 게 제 삶에 어떤 이득이 될까요? 전 이미 학교를 나왔는걸요."

이 말에 주교님은 약간 움찔하시는 듯 보였다. 굳이 내가 거짓말을 할 이유가 없었다는 것을 이제야 깨닫는 듯싶었다.

그러나 여전히 주교님은 계속해서 문 선생님을 소패 신부의 관점으로 교단에 있어서는 안 되는 교사처럼 말씀하셨다.

나는 계속해서 말했다. 둘의 진술이 일치하지 않을 때는 거짓을 통해 이득을 보는 사람이 거짓을 말할 가능성이 크며, 지금도 거짓을 말하는 신부가 있다며 정면 돌파했다.

그리고 내가 학교를 나온 이유와 장학사가 되어서 문 선생님 사건을 파헤쳐 본 얘기, 학교가 엉망이라는 얘기를 쉴 새 없이 했다. 주교님은 내 얘기가 길어질수록 재밌는 소설 한 편을 듣는 것처럼 흥미로워하셨다. 시간이 지나자 주교님은 내 얘기와 소패 신부 얘기 중 하나만 진실이라고 생각하셨다.

그리고 마침내 나에게 한마디 하셨다.

"지금 문 선생님 어디 계세요? 내가 사과를 하고 싶어요."

나는 감동했다. 세 시간 정도 대화를 주고받은 뒤 주교님은 판단하신 거다. 적어도 내가 주교님을 만나러 와서 거짓말을 하지는 않을 거라는 것을.

"지금 제주도에서 요양 중입니다. 제가 4월 말에 제주도 출장이 있는데, 그때 만납니다. 주교님이 문 선생님 만나 주신다면 문 선생님은 더없이 기뻐할 것 같습니다."

주교님은 내 전화번호를 저장했고, 5월에 문 선생님과 함께 다시 와 달라고 했다.

내가 ○○ 교구청에서 주교님을 만났다는 소문이 파다해져 학교의 여러 선생님들에게 전화가 왔지만, 나는 아무 말도 하지 않았다. 그냥 만난 거라고만 둘러댔다.

4월 말에 다행히 제주도 출장이 있긴 있었다. 전국 사립 담당 장학사들과 주무관들의 워크숍이었다. 주교님을 만나고 난 후 문 선생님에게 주교님 만났고, 주교님이 선생님을 만나고 싶다고 했다고 전했다. 문 선생님은 깜짝 놀라며, 무슨 그런 일이 생기냐며 의아해했다.

나는 제주도 가서 자세한 얘기하겠노라고 했다.

제3장

제주도에서 만난 문 선생님

전국의 사립학교 인사 담당 장학사 및 주무관들이 정책을 토론하기 위해 모인 제주도 워크숍에 나는 아무 관심이 없었다. 교육청에서 함께 근무하는 우리 팀 두 명의 주무관과 함께 갔으나, 나는 온통 문 선생님 만날 생각에 아무 생각도 안 났다.

가자마자 첫날은 회의와 토론으로 하루를 보냈다. 내가 관심 있는 분야였으나 내 생각은 다른 곳에 가 있었다. 둘째 날 나는 문 선생님에게 연락했다. 문 선생님은 제주 공항 근처의 유명한 식당으로 나를 오라고 했다. 문 선생님은 항상 제일 좋은 식당으로 나를 오라고 한다. 내게 늘 고맙다며.

문 선생님은 제주도에 웬일이냐며 너무 기뻐했다. 나는 주교님 만났던 얘기를 했고, 5월에 오자마자 주교님 만나러 같이 가자고 했다. 문 선생님은 너무 기뻐했다.

문 선생님의 동네 식당에서 40대 이상의 남자 둘이 수다를 떨었던 그 날처럼 제주도 식당에서 그리고 카페에서 이런저런 얘기들을 했다. 표정이 조금 좋아지는 문 선생님을 보면서 나도 마음이 조금 가벼워졌다.

그날 밤, 워크숍에 함께 왔던 교육청 주무관들과 간식을 먹으면서 수다를 떨었다. 키가 큰 이 주무관이 나에게 물었다. 제주도에 아는 사람 있냐며, 혼자 돌아다니는 게 조금 이상했다고 말했다. 나는 이 긴 얘기를 해도 좋은 밤이고 생각했다. 평소에 마시지도 않은 맥주를 마시며, 이 긴 얘기를 했다. 이 주무관은 호기심 어린 눈으로 내 이야기에 경청했으며, 중간중간 안타까운 탄식을 하기도 했다.

그리고 이 이야기가 이 상처가 아직 끝나지 않았다고 하니 이 주무관은 문 선생님이라는 분이 지금 아무 일 없이 살아 계신 게 다행스러운 일이라며, 눈물을 흘렸다.

문 선생님을 전혀 모르는 사람도 얘기만 듣고 가슴 아파하는데, 모든 일을 겪은 문 선생님과 그 가족들의 마음은 얼마나 찢어질까?

제4장
치유, 그리고 계속되는 삶

5월 초 문 선생님과 나는 약속대로 ○○ 교구 주교님을 뵈러 갔다. 주교님은 워낙 바쁘셔서 날짜 잡기가 쉽지는 않았는데, 다행히 세 명이 맞는 날이 있었다.

그날 날씨는 5월의 푸르름을 그대로 보여 주고 있는 듯했다. 다소 긴장한 문 선생님의 모습이 보였다.

드디어 우리는 주교님을 만났다.

주교님은 문 선생님을 만나자마자 건강에 대해 물어보았다. 문 선생님은 많이 좋아지고 있다고 얘기했다. 주교님은 문 선생님의 지난 사건에 대해서는 거의 언급하지 않으셨다. 그리고 이렇게 말씀하셨다.

"제가 재단의 대표로서 문 선생님께 사과드립니다. 제가 학교에 너무 관심이 없어서 벌어진 일이라 생각됩니다. 이번 일은 잘못된 것이며, 특히 3년간의 소송은 너무 잘못된 일입니다. 진작 막지 못해 죄송합니다."

주교님의 말씀은 문 선생님의 3년을 보상하기 위한 것처럼 느껴졌다. 문 선생님은 이런 말로 대답했다.

"이제야 숨이 쉬어집니다."

문 선생님의 가슴에 돌덩이 하나가 있었던 것이다. 숨 쉬는 것을 막고 있었던. 그러면서 눈물을 흘렸다. 50대가 넘은 남자가 80대와 40대의 남자만 있는 곳에서 엉엉 울었다. 나도 울음이 나오려는 걸 참았다.

그리고 문 선생님은 주교님께 감사드린다며, 내일은 어머니 산소에 가서 주교님을 만난 이야기를 할 거라고 했다.

나는 이제야 마음속의 짐 하나를 내려놓을 수 있었다. 평범했던 교사가 학교를 나와 이렇게 고통 속에 보내는 일은 다시는 있어서는 안 될 것이다. 이건 문 선생님 그리고 나에게도 모두 해당되는 얘기다.

특히 이상한 교장과 교감 그리고 그들을 동조하는 사람들로 인해 약하고 지친 선생님들이 고통받아서는 안 될 일인 것이다.

문 선생님은 다시 2023년 9월에 복직하였다. 아직은 건강이 다 회복되었다고 할 순 없겠지만, 적어도 얼굴 표정만큼은 좋아진 것 같았다.

나는 장학사 임기를 마치고, 생각지도 않은 곳에서 지금 학생들을 가르치고 있다.

그리고, 나의 삶도 문 선생님의 삶도, 희망고등학교의 많은 선생님들의 삶도 계속되고 있다.

에필로그
BACK TO SCHOOL

나는 지금 장학사 임기가 종료되어 공립학교에서 근무 중이다. 16년 정도 근무했던 첫사랑 같았던 사립학교가 마음 한편에 아련하게 남아 있고, 아직 그 학교를 사랑하지만, 다시 첫사랑을 마주할 자신은 없다. 장학사 업무로 희망고등학교에 몇 번 갔지만, 그래서 내가 만들었던 박물관, 그렸던 벽화 심지어 아직 문 앞에 붙어 있는 부착물들이 나를 추억으로 이끌었지만, 동시에 문 선생님 사건으로 내가 겪었던 트라우마도 떠올라 조금 이상한 마음이 들었다.

내가 가입해 있는 국어 선생님들의 인터넷카페에서는 학교의 순위를 '좋은 사립학교 > 좋은 공립학교 > 나쁜 공립학교 > 나쁜 사립학교'로 매긴 글이 있다. 그러나 나는 사립이니 공립이니가 중요한 게 아니라 어떤 사람들이 그 공간에 있느냐가 중요한 것이라고 생각한다. 결국 좋은 학교든 나쁜 학교든 그 구성원들의 문제이지 설립 주체의 문제는 아닌 것이다.

내가 교육청에서 3년 공무원 생활을 해 보니 교육청도 좋은 공무원들과 한 팀일 때는 천국이었지만, 정말 이상한 사람들과 한 팀일 때는 지옥이 따로 없었다.

결국 사람이 분위기를 만들고, 사람이 문화를 만든다.

나는 교사는 사람을 키우는 직업이라고 생각한다. 그러기에 더욱 소명 의식이 필요하다고 생각한다.

소패 신부도 좋은 선생님을 만났더라면 그렇게 괴물로 크지는 않았을 것이다. 문 선생님의 징계를 주장했던 사람도 정의로운 선생님께 교육받았다면 그렇게 되지는 않았을 것이다.

이게 교사 만물설이다.

나의 교직 하반기에는 또 어떤 일들이 있을지 기대가 된다. 두렵기도 하다. 그러나 교직에는 있어서는 안 되는 그런 소패 신부는 만나지 않을 거라 생각되어 조금은 안심이 된다.

좋은 신부, 나쁜 신부, 좋은 목사, 나쁜 목사, 좋은 스님, 나쁜 스님, 좋은 사람, 나쁜 사람 이렇게 이분법으로 나누기는 힘들지만 분명 세상에는 선악이 존재하고 있다.

우리가 누구에게서 태어나고, 누구를 만나고, 누구에게 교육받고, 어떤 책을 읽고, 어떤 경험을 하느냐에 따라 우리의 가치관은 달라질 것이다.

그중 대한민국 교사가 할 수 있는 일은 적어도 우리가 괴물을 키워서는 안 된다는 것이다. 괴물이 요괴가 아닌 인간이 될 수 있게 해 주어야 한다. 그건 아주 어린 시절부터 시작되어야 한다. 그러기 위해서는 교사 스스로가 괴물이어서는 안 된다.

난 늘 교사의 역할이 세상에서 제일 중요하다고 생각한다. 그러기에 교직은 더욱 엄격하게 문을 만들어야 하며, 육체를 위한 건강검진을 2년에 한 번 하듯 정신을 위한 검진도 2년에 한 번씩 해야 한다고 주장하고 싶다. 물론 좋은 선생님들도 나는 많이 만났다. 그러나 여전히 정신이 너무 아픈 공감 능력이 없는 사이코패스 교사가 존재한다는 것을 나는 부인하지 않으며, 확실히 존재한다고 생각한다.

그건 내 경험을 통해서 드러났다. 물론 어느 조직이나 그런 사람들이 있을 수 있다.

그러나 교사는 다른 사람의 인생에 중요한 영향을 끼치는 존재이므로, 공감 능력과 타인에 대한 이해가 기본적으로 갖추어져 있어야 한다.

이 책이 교사에 대한 폄훼가 아닌 존중이며, 존경임을 다시 한번 밝히고 싶다.

대한민국의 모든 선생님들이 몸도 마음도 늘 건강하길 바란다. 그래야 학생들의 몸도 마음도 건강하게 성장할 수 있다.

교사는 개인 직업으로서 매우 매력적이지만, 사회적 책임으로서는 매우 무거운 직업임을 교사 스스로 깨닫길 바란다.

그리고 마지막으로 한 마디 한다면,
교사는 괜찮은 사람이어야 한다.

누군가는 우리를 늘 지켜보고
우리를 통해 꿈을 키운다.

내가 그래도 교사로 계속 살 수 있는 이유

1. 달콤한 나의 학교

올해도 고3 담임이다.

작년에 이어 연 2년째이다. 작년에는 어찌나 나를 힘들게 하는 녀석들
이 많던지. 다시는 고3 담임은 하고 싶지 않았지만, 올해는 조금 순수한
녀석들을 만난다는 생각에 지난겨울부터 설레기 시작했다. 재작년 1학
년을 했을 때 가르쳤던 아이들이라서 친숙할 뿐 아니라 1학년 때는 엄청
순진했던 녀석들이었다. 아무튼 귀여웠던 녀석들이 드디어 나의 반으로
오게 된 것이다.

1학기는 그렇게 시작되었다.

이번 봄은 유난히 벚꽃이 빨리 피었다. 교정을 벚꽃들이 아름답게 채

울 무렵 내 마음에도 한 녀석이 묵직하게 자리 잡았다.

그 아이 이름은 신우철! 일단 지각은 기본이었다. 오늘 아침도 지각이다.

"신우철! 너 또 늦냐? 지각하는 날이 제시간에 오는 날보다 더 많으면 어떡하냐?" 나의 아침 멘트다.

"선생님, 내일은 안 늦겠습니다. 사랑합니다." 우철이의 아침 멘트다.

우리는 이런 멘트를 한 달이면 거의 15일 이상 주고받았다. 수업 전에 온 것만으로도 나에게는 기쁨이 되었다.

"신우철! 수업 시작이다. 왜 안 오냐?" 내가 전화 걸었을 때의 멘트다.

"선생님, 다 왔습니다. 선생님 사랑합니다." 우철이가 전화 받을 때의 멘트다.

우철이가 다 왔다는 말은 흡사 나의 어머니가 밥을 다 차려 놓았으니 일어나서 밥 먹으라는 말씀과 거의 대동소이하다. 아직 멀었다는 뜻이다.

그래도 우철이의 '사랑한다'는 입에 발린 소리가 나쁘지 않은 아침이다. 아침부터 다 큰 남자 녀석이 나이 든 남자 선생님에게 사랑한다는 말이 징그럽기보다는 귀엽게 느껴질 때쯤 녀석은 헐레벌떡 들어왔다.

안 그래도 바쁜 아침, 지각생들을 체크하는 것은 교사의 숙명이지만, 내 자랑을 하자면 학창 시절 지각한 일이 단 한 번도 없었던 완벽한 나에게, 지각은 늘 이해가 안 가는 학생들의 행동 중 하나였다. 물론 이해 안 가는 것이 지각뿐이랴마는, 이해 안 가는 학생들의 행동도 이해하는 척해야 하는 게 교사라는 직업일지도 모른다는 생각을 하며, 1교시 수업에 들어갔다.

"반장, 우철이 왔냐?" 1교시 수업 후 우리 반을 들러 물어보았다.

"선생님, 안 왔습니다." 반장은 당연한 듯 말했다.

무슨 일이 생긴 거다. 아무리 늦어도 1교시에는 들어왔던 녀석이다. 뭔가 큰일이 난 것이다.

집에 전화를 해도 안 받는다. 우철이 핸드폰도 꺼졌다.

우철이 아버지께 전화를 했다.

지난번에 한번 학교에 오신 우철이 아버지는 우철이를 정말 잘 알고 계셔서 그런지 연신 나에게 미안해하셨다. 내가 송구할 정도였다.

"우철이가 아직 안 갔나요? 아침에 분명 깨우고 출근했는데, 제가 알아보겠습니다."

우철이 아버지의 목소리 너머로 여유가 느껴진다. 5분 뒤 내 전화에 우철이 번호가 뜬다.

우철이 번호를 저장해 놓지도 않았는데, 끝자리가 너무 익숙하다. 우철이다.

"야! 어디야?"

"선생님, 사랑합니다. 지금 날아가겠습니다."

그렇다. 우철이는 큰일이 난 것이 아니라 큰 잠을 자고 있었던 것이다. 오 마이 갓!!

2학기가 되었다.

2학기가 되자, 아이들은 입시 원서 상담 및 접수로 인해 조바심을 내기 시작했다. 날도 더운데 하루에 7~8명씩 상담을 해야 하는 나도 힘들긴 마찬가지였다. 자신의 진로에 대한 확신이 있는 아이서부터 수시와 정시의 개념도 없는 아이까지 다양한 학생들과 나는 매일 마주했다.

"우철아 너는 뭐가 되고 싶냐?"

"선생님, 저는 사장이 되고 싶습니다." 정말 막연한 대답이었다.

사장이 그렇게 순수한 말일 줄은 우철이가 뱉어 놓은 다음에야 느낄 수 있었다.

"그래서, 무슨 과를 지원할래?"

"선생님, 저는 무조건 경영학과입니다."

"야, 인마 너는 이과야. 경영학과는 문과 계열이잖아."

"선생님, 이과는 경영학과 가면 안 되나요?"

"안 되지는 않지만, 이과에서 공부해 놓고 갑자기 문과 계열의 경영학과로 진학하는 게 이상하잖아."

"괜찮아요. 어차피 이과 공부도 제대로 안 해 놓은걸요. 헤헤."

그렇다. 우철이에게 문과니 이과니 이런 것 따위는 중요한 것이 아니었다. 집에서 가장 가까운 지방 쪽의 경영학과를 알아보기 시작했다. 대충 충청도 쪽 몇 개 대학을 추천해 주었다. 사뭇 진지한 모습에 놀랐지만, 아무튼 영 생각 없는 녀석은 아닌 것 같았다.

원서 접수가 끝난 고3 학생들의 마음은 이미 캠퍼스 잔디밭을 뒹굴고 있다. 들뜬 수업 분위기를 누르기란 쉽지 않은 시기다. 또 슬슬 수시 합격생도 속출하는 교실에는 그야말로 희비가 엇갈리는 풍경이 이어진다.

8교시 후 종례를 하러 반으로 갔다.

"저기 빈자리 누구냐?"

"우철이입니다."

이 녀석 또 도망갔구나 하는 괘씸한 생각이 들었다. 교무실로 향하는 복도에서 전화를 눌렀으나 우철이는 받지 않았다. 퇴근해서 잠이 들 무렵 우철이의 문자가 왔다.

"선생님, 저 ○○대학교 경영학과 합격하였습니다."

나는 답문 대신 전화를 걸었다.

"우철아, 축하한다. 내일 보자."

"선생님, 저 내일 또 다른 대학 면접 보러 가요."

"그걸 지금 얘기하냐? 으이구, 아무튼 잘 다녀와라."

"선생님 사랑합니다."

핸드폰의 기능은 참 오묘하다. 얼굴을 보면 쭈뼛거릴 말들도 술술 나오니 말이다.

10월이 되었다.

고3에게는 연말이나 다름없는 시기다. 합격의 기쁨을 불합격한 친구들을 위해 표현하지 못하는 배려 깊은 녀석들도 있을 정도로 아이들은 너무 착하다.

"연주야, 지각비 정산 좀 하자." 총무에게 지각비 정산을 시켰다.

수능을 앞두고 지각비로 간식이나 사 먹자는 약속은 지난달부터 했다. 총무가 지각자 리스트를 뽑아서 돈을 걷기 시작했다. 우철이는 밀린 4만 원가량의 지각비를 한 번에 냈다. 역시 통도 크다.

"다음 주 목요일 보충수업 마지막 날이다. 우리 지각비로 뭐 좀 먹자."

"닭강정이요, 피자요, 자장면이요, 뷔페요…." 누가 말했는지도 모르게 여기저기서 메뉴가 튀어나왔다.

"선생님, ○○피자에서 싸게 제가 한번 주문하겠습니다."

"무슨 수로 그렇게 할 수 있냐?"

"선생님, 거기서 저 알바하는데요." 우철이가 알바를 한다는 말을 들은 적이 있었던 것 같다.

"그래, 그럼 네가 책임지고 잘 사 와."

우철이에게 처음으로 임무를 맡겼다. 거의 10만 정도를 깎은 금액인 20만 원으로 피자 15판을 사 온다는 말이 믿기지 않았지만, 이번에 믿어 볼 수밖에 없었다. 우리 반 아이들도 불안하기는 마찬가지였나 보다. 수 군거리는 목소리가 들렸지만, 빨리 종례를 마치고 교무실로 향했다.

드디어 보충 마지막 날이다. 피자를 먹는 날이다.

아침 7시 30분에 우리 반 출석 체크를 하는데 역시 우철이는 안 왔다. 하기야 경영학과까지 자랑스럽게 합격한 녀석이 이 시간에 올 리는 없 었다. 1교시가 끝나도 우철이는 안 왔다. 교무실에서 우철이 집으로 전 화를 했다. 안 받는다. 핸드폰도 안 받는다.

여느 때처럼 자는 거라 생각했다. 2교시가 끝나고 전화하니 전화를 받 았다.

"선생님, 저 너무 아파요. 병원에 들렀다가 갈게요."

"그래 병원 갔다가 와라."

그러나 우철이는 안 왔다. 6교시까지도 안 왔다.

7교시는 우리 반 정규수업 시간이다.

"큰일 났다. 우철이가 아프단다. 지금까지 안 온 걸 보니, 병원에 가지 못할 정도로 아픈 거 같아."

나의 말에 "으악." "나쁜 ○○." "미친 ○○." "그럴 줄 알았어." "도둑○."

여기저기서 이런 말들이 반 아이들에 입에서 나왔다.

오늘 8교시에 피자를 먹기로 한 아이들의 분노가 극에 달하기 시작한다. 우철이가 아픈 것보다 피자가 더 소중한 꼬맹이 같은 녀석들이다.

나는 진정시키며 수업을 진행하려고 했다. 그러나 나도 진정이 안 된다. 나도 배가 고팠단 말이다.

8교시를 일찍 끝내고 그냥 내 돈으로 아이스크림이나 하나씩 돌려야겠다고 생각했다. 그거라도 안 하면 괴물로 변할 아이들이니까 말이다.

드디어 마지막 문학 보충수업의 시작이다. 오늘따라 정말 지루한 소설 작품이다. 작품을 분석하다가도 과연 작가는 자신의 작품을 누군가가 이렇게 난도질하는 걸 알까 하는 애처로움이 들기 시작했다.

수업 시작한 지 10여 분이 지났다. 수업에 대한 집중도가 떨어지기 시작한다. 배가 고프니까 말이다.

그때다.

갑자기 뒷문에 노크 소리가 들린다. 손이 아닌 것 같다. 발로 두드린 것 같다.

우철이다!

"와아…."

아이들의 환호보다 더 놀라운 것은 우철이의 모습이다.

○○피자 배달 복장에 장화까지 신고, 한쪽 어깨에는 피자를 다른 쪽 어깨에는 콜라를 들고 나타났다.

"선생님, 저는 약속을 지켰습니다." 우철이의 영화 같은 대사다. 아프긴 아팠나 보다. 얼굴이 반쪽이다.

"우철아!" 아이들이 우철이를 이렇게 반기는 모습은 처음이다.

"한 판은 고3 담임샘들 드십시오." 아무튼 예절만큼은 전교 1등이다, 우철이.

"오냐, 잘 먹으마. 오늘 수업 끝이다. 끝!!" 나는 10분 만에 수업을 끝내고 피자를 들고 교무실로 내려갔다. 아이들의 환호 소리와 웃음소리가 가을을 타고 흐르고 있었다.

포테이토 피자를 먹으며, '피자도 이렇게 달콤할 수 있구나.'라는 생각을 했다.

수많은 날을 지각했던 우철이, 그래도 피자 배달은 지각하지 않았구나, 녀석.

퇴근길에 제법 가을 분위기를 내는 교정을 보면서 '올해도 또 그렇게 가는구나.'라는 생각이 들었다. 누구를 만나고 헤어지고, 상처받고 상처주고, 유통기한 1년짜리 사랑도 이제는 정해진 이별을 향해 달리는 것 같았다. 내년에는 또 다른 녀석이, 또 다른 우철이가 나를 울리고, 웃겨줄 것이다.

학생이 그리고 학교가 날 속일지라도 나는, 나의 이 학교가 달콤하다.

추신) 우철이가 졸업한 지 1년이 지나 우철이 어머니는 그동안 선생님들께 감사했다면서 떡을 사 오셨다. 전교 선생님이 다 먹을 정도의 떡을.

그리고 우철이는 정확히 7년 후 피자집 사장이 되어, 피자를 들고 나를 찾아왔다.

2. 잊혀질 수 없는 것들에 대하여…

지금부터 내가 쓰는 이 이야기는 실제 내가 경험한 것이다. 여기에 등장하는 인물들은 모두 실존 인물이다. 시간이 조금 지난 일이라 약간의 감정의 과장은 있을 수 있으나 사건의 과장은 없음을 밝히고 시작한다.

요즘 나는 마음먹고 글이란 것을 써 본 적이 없었고, 감정 과다로 쓴 시도 없었고, 심지어 일기마저 쓰지 않고 있다. 이런 나를 보면서, 나를 돌아보는 일에 상당히 무뎌져 가고 있음을 나 스스로 눈치채고 있었다. 그럼에도 불구하고 오랜만에 글을 써야겠다고 생각한 것은 당시 내가 느꼈던 감정이라는 것을 잊혀지게 두고 싶지 않아서이다.

이 이야기의 실타래는 2013년 연말 회식에서부터 풀어 나가야 할 것이다.

"사랑하는 이 선생님….''

누군가 내 곁으로 다가왔다. 마포 갈비는 10년 전이나 지금이나 시골 분위기가 여전히 났다. 난 주저앉아서 먹는 식당에 익숙하지 않아서 그런지 이 식당이 조금 불편했고, 옷에 배는 고기 냄새는 많이 불편했다.

"사랑하는 이상훈 선생님….''

"아, 네 교감선생님.''

갑자기 교감선생님이 매우 친근하게 부르신다. 물론 같은 국어과라 다른 사람들에 비해서는 그래도 친한 편이니 나를 그렇게 불렀나 보다.

내 옆에는 어느새 내가 인생에서 가장 존경하는 교장 신부님도 와 계셨다.

"이번에 박물관을 만들고자 하는데…. 교장 신부님. 이상훈 선생님에게 맡기시죠."

대뜸 하시는 말씀에 '박물관'이라는 단어 말고는 내 귀에 하나도 들어오지 않았다. 갑자기 '박물관'이라는 단어가 낯설게 들렸다.

'학교에 왜 박물관을 지으려는 거지?' 나는 도대체 무슨 말들이 오가는지 몰랐다. 앞에 고기가 타고 있었다.

"그래, 상훈이가 한번 맡아 봐라."

교장 신부님은 친근함의 표현을 이름을 격 없이 부르는 것으로 표현하셨는데, 나는 그런 모습이 약간은 불편하기도 또 약간은 편하기도 했다. 그러나 '박물관'이라는 단어는 타고 있는 고기처럼 거북스러웠다.

교장 신부님이 오시고 학교에 다양한 시도와 변화가 있다는 것이 느껴지긴 했다. 그러나 박물관은 다른 게 아닌가? 나는 국어 전공의 교사이고 박물관과 나는 아무 관련이 없다. 난 박씨도 아니니까 말이다. 그렇지만 뜬금없는 '박물관'이라는 말이 나를 어떤 곳으로 몰아가고 있었다.

"아, 네…. 박물관이요? 자료가 있나요?" 이 말은 하지 말았어야 했다. 어차피 박물관 자료가 아무것도 없다는 것은 누구나 다 아는 거니까.

2013년 올해 담임교사에서 빠져서 모처럼 하고 싶은 일을 실컷 할 수 있을 거라 믿었던 게 잘못이었다.

어차피 나의 삶이란 미션과 미션 해결의 반복이었으니 말이다. 어쩐지 최근 들어 나의 삶이 너무 잔잔하다 싶었다. 그러나 또 다른 미션이 주어졌으나 이상하게도 전혀 설레지 않았다. 왜냐하면 난 늘 자신 있는 미션들만을 선택하고 도전했으며, 그 미션 해결에 대해 상당히 자부심이 있었고 덕분에 자존감은 높아질 대로 높아지고 있었다.

집으로 돌아오는 길에 교장 신부님과 교감선생님의 얘기를 상기해 보았다. 그리고 생각했다. 왜 박물관 총책임자가 나로 정해졌고, 난 또 어쩌자고 할 수 있다고 한 걸까?

다음 날 아침 5시 30분에 핸드폰 진동이 울렸다. 오늘부터는 아침 수영을 한다. 물이 차가웠지만, 그런대로 할 수 있었다. 머릿속에서는 '박물관'이라는 말이 떠나지 않았다. 물속에서 힘들게 팔을 휘저을 때도 그 말들이 떠올랐다. 아침 수영의 가장 큰 장점은 물과 나밖에 없다는 것이다. 이게 진정한 물아(我)일(一)체(體) 아닌가? 아침 수영을 내가 좋아하는 이유는 적어도 수영하는 순간만큼은 아무것도 떠올리지 않아도 된다는 것인데, 이제는 그 일도 글러 먹어 버렸다. 매일 아침 난 수영장이 아닌 '박물관'에서 헤엄을 치고 있었다.

(1) 박물관? 그걸 어떻게 만들 수 있단 말인가

일단 나는 학교의 수많은 창고부터 뒤졌다. 생각보다 괜찮은 것이 약간 있었다. 각종 트로피와 메달, 상장, 과학 실험 기구, 레코드판, 카세트 등 여러 가지 물품들이 창고에 쌓여 있었다. 심지어 광복 몇 주년 기념 태극기와 국기함까지 찾아냈다.

'뭐야, 이거 너무 쉽잖아. 이것들을 깨끗이 닦아서 대충 전시해야겠다.'

생각보다 너무 쉽게 일이 풀려 나갔다. 그런데 한 가지 아쉬운 건 물품들이 너무 오래되었고, 양도 부족하다는 것이다. 그리고 종이 자료들은 들자마자 찢어져 버렸다.

나는 매주 금요일 창고를 하나씩 뒤지기 시작했다. 그리고 박물관 도우미로 야자하는 학생들 중 6명의 학생들을 뽑았다. 애들은 애들이다. 자습실에서 머리 싸매고 있느니 창고를 뒤지는 것을 더 좋아하니 말이다. 우리의 작업은 특성상 주로 야간자율학습 시간에 이루어졌고, 그래서 그런지 창고의 습한 기운이 밤기운과 함께 늘 우리를 덮어 주었다.

창고는 물품보다 먼지가 많았고, 쓸데있는 것보다 쓸데없는 것이 훨씬 더 많았다. 창고에서의 물건은 대부분 쓰레기장으로 직행하기도 했다. 나는 내가 박물관 물품 수집을 하는 것인지 아니면 창고 정리를 하는 것인지 여러 차례 나에게 묻지 않을 수 없었다.

그렇게 석 달 정도가 지났다. 학교 창고는 뒤질 대로 뒤져서 더 뒤졌다가는 내가 뒤질 지경이었다. 여름에 시작했던 일이 가을의 문턱을 넘고 있었고, 나도 학교에서는 더 이상 얻을 것도 없어서, 새로운 것을 발견하지 않으면 안 되는 시기가 되었다. 자료 정리는 다 되었으나 괜찮은 것은 30여 점이고 나머지는 별로 의미 없는 것이었다. 시간이 지날수록 걱정이 되었지만, 내가 박물관 자료를 수집하는 걸 이 학교에서 아는 사람은 거의 없었다. 3월에 박물관 담당이 나라는 얘기만 교직원 회의 때 교감 선생님께서 잠깐 언급했을 뿐이었다.

나에게 박물관 자료를 주는 사람도 나한테 수고한다고 하는 사람도 아무도 없었다. 그러나 오히려 그것이 더 편했다. 사람들이 '박물관'이라는 단어마저 잊었으면 하는 바람도 있었다.

'박물관' 자료 정리하면서 한국창의재단에 '박물관' 관련 예산을 받기 위해 계획서 비슷한 걸 제출했다가 2차 면접에서 탈락한 적이 있는데, 그 일로 나는 '박물관' 자료 수집 작업에 대한 의욕이 상실되어 가고 있었다. 업무에 바빠서 그런지 한동안 박물관을 지우고 있었다.

가끔 교장 신부님과 교감선생님이 잘되어 가냐고 묻긴 하셨지만, 독촉이라기보다 격려라는 것이 느껴졌고, 본인들도 이 일이 될 거라고는 믿지 않으시는 듯했다. 내 느낌인지는 모르겠지만, 몇 년 자료 찾다가 끝나도 될 거라고까지 생각이 들었다. 그렇게 2013년이 끝이 나고 있었다.

(2) 다시 시작하기

아무래도 자료가 너무 없다.

박물관 안에 들어갈 자료가 이렇게 없는데 어떻게 박물관을 만들 수 있다는 말인가? 가정관은 리모델링 공사가 한창 진행되었고, 2층에는 박물관이 이미 터를 잡아 가고 있었다. 인테리어는 내가 머릿속으로 구상한 것이 있었으나, 인테리어 업자가 몇 번 바뀌면서 내 의사가 정확히 전달되지 않았다. 조금 짜증이 났지만, 우리 집도 아닌데 예민하게 굴지 말자고 스스로 다짐하면서 밤마다 박물관 공사 현장을 체크했다.

천장 공사가 상당히 오랜 시일이 걸릴 거라고 예상했다.

그러나 천장의 나무 구조가 멋지다는 이유도 천장의 공사는 하지 않기로 했다. 비용도 절감되고 좋은 일인 것 같지만, 나는 내가 자료를 모으는 시간이 얼마 남지 않았음을 의미하는 것이라 조바심이 생기기 시작했다.

2014년, 1학년 담임이라서 엄청 바빠지고 있는데, 적어도 2주에 한 번은 교장 신부님과 여러 선생님(당시 개축 위원회)들에게 박물관 진행 상황을 브리핑해야 했다. 내가 하는 브리핑이라는 것은 박물관 자료 수집과 가정관의 의견 정도만 어필하는 것인데, 내가 전문가도 아니어서 거의 아무 말 대잔치처럼 흘러가고 있다는 느낌을 받았다.

그래서 학교의 개축위원 한 분과 함께 박물관과 도서관이 잘되어 있는 학교로 출장을 갔다. 처음에 간 곳은 중앙대학교 부속 고등학교였던 것으로 기억된다. 이곳은 전국 학교 도서관 중에서도 최고로 꼽힐 만큼 대단하다는 소문을 들었다. 가 보니 역시 달랐다. 입구부터가 학생을 위한 공간으로 집중되어 있었다. 작은 영화 관람 공간, 테라스 앞 책을 읽을 수 있는 공간, 깨끗한 사서실 등 정말 어느 것 하나 버릴 것이 없었다. 그대로 우리 학교로 옮기고 싶은 생각이 들었다.

중앙대 부속 고등학교를 나와서 숙명여고로 향했다. 숙명여고는 건물부터가 바로크 양식이라는 느낌이 들었다. 바로크 양식을 정확히 모르겠으나 대충 이런 느낌일 것이라고 생각했다.

고전적인 냄새가 풍겼고, 도서관에 들어서니 학생들이 어찌나 많은지…. '진짜 이게 고등학교 도서관인가'라는 생각이 들었다. 마치 시험 기간의 대학 도서관 같았다. 특히 이 도서관에서 놀라운 점은 온돌 휴식처가 있다는 것이다.

아이들은 여기에 누워서 책을 읽기도 하고, 쉬기도 했다.

'역시 다르긴 다르군.' 하고 생각하며 꼭대기 층으로 사서 선생님의 안내를 받으며 올라갔다. 꼭대기 층에는 박물관이 있었다.

숙명여고의 박물관은 무슨 국립박물관이라고 내어놓아도 손색이 없을 정도였다. 내가 몇 개월 동안 모아 놓은 자료에 비교할 수 없을 정도로 화려한 자료들로 넘쳐났다. 몇 개는 좀 빌려 가고 싶은 생각까지 들었다. 갑자기 내가 모아 놓은 것은 폐기물처럼 느껴지기 시작했다.

'다시 시작해야겠다. 박물관 자료는 다시 모아야 한다.'라고 다짐하며 숙명여고를 빠져나왔다. 함께 간 선생님과 숙명여고 앞에서 차 한 잔을 마셨다. 숙명여고의 고전적 향기가 차에서 계속 묻어 나왔다.

학교에 돌아왔어도 중앙대 부속 고등학교와 숙명여고의 분위기가 머릿속에서 맴돌았다. 어떻게 하면 되는지 모르겠다는 생각이 계속 들었다. 모아 놓은 자료가 있는 교실로 갔다. 거기 가서 내가 폐기물처럼 느껴졌던 자료들을 하나둘 읽기 시작했다. 사진부터 생활기록부, 트로피 등 계속 보고 또 보았지만, 이걸로는 안 된다는 생각만 들었다.

세 시간 정도 읽다 보니 밤이 되었고, 나름 고전소설을 읽는 것처럼 재미있긴 했다. 그러나 나의 재미가 박물관 전시로 연결되기란 매우 어려운 일이었다. 9시 정도가 되어 가고 있었다.

낡은 먼지 속에 있다 보니 물 한 잔이 너무 먹고 싶었다. 교무실로 내려가 물 한 잔 먹고 다시 올라왔다.

자료를 쭉 둘러보는 순간 저쪽에 끈으로 묶여진 앨범들이 눈에 들어왔다. 사진이나 보자는 생각에 앨범 몇 개를 집어 들었다.

그 속에는 젊은 열정에 가득 찬 선배 선생님들의 사진이 가득했다. 당시 학생들보다 선생님들의 모습에 더 눈이 갔다. 옛날 양복이 촌스럽게 느껴졌지만, 그들의 눈에서는 왠지 모를 기운이 느껴졌다.

'그래, 이거야. 이 사람들을 찾아보자. 이 사람들은 뭔가를 가지고 있을 거야. 적어도 지금 모은 자료보다는 더 좋은 게 있겠지.' 이렇게 생각하고 퇴근을 했다. 창고를 나오면서 내일 당장 이들을 찾아보리라 생각했다.

다음 날 새벽 여전히 수영장이 아닌 박물관에서 나는 헤엄을 치고 있었다. 박물관, 박물관, 박물관….

(3) 우편물

아침 일찍 출근하여 행정실로 갔다. 나는 행정실장에게 퇴직 교사 명단과 주소를 달라고 했다. 나는 퇴직 교사들에게 편지를 써서 박물관 자료를 받으려고 계획했다. 그래서 아침에 가자마자 교장 신부님께 퇴직 교사들에게 교장 신부님 이름으로 편지를 보내 달라고 했다.

교장 신부님께서는 내가 요청한 대로 편지를 잘 써 주셨고, 나는 그 편지를 하나하나 부쳤다. 교장 신부님은 국어 교사인 내가 보기에도 필력이 매우 좋았고, 문장의 구성력도 완벽했다. 내가 하고 싶은 말들을 지적으로 잘 풀어 주셨다.

그 편지가 퇴직 교사 모두에게 전해지길 바랐으나 대부분은 주소 불명으로 반송되었다. 그도 그럴 것인 1953년에 개교했고, 60년 가까이 되는 학교의 그 교사들이 퇴직하면서 남긴 주소에 지금까지 그분들이 사는 게 어쩌면 더 이상한 일일지도 모르겠다. 아마 사망하신 분들도 있을 것이다. 반송되는 편지들을 보면서, 박물관은 더 이상 진전이 없게 될 것이라고 생각되었다.

'그래, 이건 원래 내가 맡을 일이 아니었어. 박물관, 그걸 내가 어떻게 할 수 있는 일이 아니었어. 지금까지 한 것도 대견해.' 자기합리화에 빠져 있을 때쯤 교감선생님이 나를 찾으셨다.

"이게 학교 앞으로 왔네."

"네, 이게 뭐죠?"

열어 보자마자 나는 놀라지 않을 수 없었다. 1953년에 임용된 교사의 임용장 및 고등학교 발령장 등 적어도 50여 년이 넘은 종이들이 어제의 종이처럼 반듯하게 말려 있었다. 또 1950년대의 학교의 사진 등의 다양한 자료들이 그 봉투 안에 다 담겨 있었다.

"박대용? 이분이 누구시죠?" 나는 갑작스럽게 이분의 이미지를 머릿속으로 막 떠올려 보았다. 그런데 아무 이미지도 떠오르지 않았다. 내가 가장 인상 깊게 본 퇴직 교사는 김○○ 교장 선생님 정도였다. 이분은 매년 졸업식에 90이 넘는 연세에도 학교에 오시니 내가 기억을 안 할 수 없는 분이다. 이분에게는 이미 몇 개의 자료를 받아서 잘 알고 있지만, '박대용'이라는 분은 처음 듣는 이름이었다.

그분이 보낸 서류와 상패 사이에 몇 장의 사진이 있었다. 젊은 날의 사진부터 최근의 사진까지 청년의 모습에서 노인의 모습이 누런 봉투 안에 다 담겨 있었다.

박대용 선생님의 사진을 보고 난 어떤 분인지 단번에 알아볼 수 있었다. 그분은 우리 학교 개교 기념사진(1953년 5월 21일 사진) 중앙에 등장하는 분이셨다.

드디어 풀려 가는구나. 이분 자료로 전시관 한 칸은 족히 채울 수 있을 거라고 생각되었다. '드디어 되었어. 미션 성공이구나.'

이제 자료만 잘 정리하면 되는 것이다. 그런데 갑자기 '박대용'이라는 인물에 대해 호기심이 생겼다. 왜 이분은 왜 자료를 왜 학교에 왜 보냈을까? 연락처는 나와 있지 않았다. 주소를 보니 ○○군에 있는 아파트였다. 검색해 보니 다행히도 관리실 전화번호가 나와 있었다.

"안녕하세요. 여기는 희망고등학교입니다. 혹시 ○○○동 ○○○호 사시는 박대용 선생님과 통화할 수 있을까요?"

"여기는 관리실이라 통화는 안 됩니다." 매우 불친절했다.

"아, 그럼 연락처 전달 부탁드립니다. 희망고등학교 개축 위원회 박물관 담당(그럴싸해 보인다) 교사 이상훈입니다. 희망고등학교로 연락 바란다고요. 전달 부탁드립니다."

"네." 전달이나 할는지 모르겠다. 왜 이렇게 관리소 직원이 불친절한가? 진짜 짜증이 났지만, 괜히 짜증 냈다가 연락이 불가능할까 봐 조용히 전화를 끊었다.

그리고 한 일주일이 흘렀다. 연락이 없어서, 다시 전화를 했다. 학교 번호보다는 내 핸드폰을 남겨야겠다는 생각이었다.

여전히 불친절하다. "그 집에 사람이 없어요."

"아, 네. 혹시 연락 닿으시면 핸드폰으로 연락 바랍니다."

내가 그 집을 찾아가고 싶었으나 안 계시다고 하니 뭐 가 봤자가 아닐까?

또 며칠이 흘렀다. 지금 생각해 보면 내가 왜 그분을 계속해서 만나고 싶어 했는지는 지금 생각해 보면 잘 모르겠다. 이미 우편으로 자료를 다 받았는데 말이다.

"네, 박물관 위원회요? 그런 곳 아닙니다." 어떤 선생님이 박대용 선생님의 전화를 받고 이렇게 말했다고 한다. 나중에 들은 얘기다. 박대용 선생님이 학교에 직접 전화를 하셨는데, 뜬금없이 박물관 어쩌고저쩌고 하니 알 수가 있나? 게다가 90이 가까운 노인의 목소리라는 것이 잘 들릴 리가 있겠나? 다른 선생님들은 박물관이 만들어진다는 것을 알지도 못하니 말이다. 통화의 기회를 날려 버렸다.

그러나 아주 우연하게 박대용 선생님과 통화할 수 있었다. 행정실로 전화가 왔고, 나를 찾았나 보다. 다행히 박 선생님은 중국 여행을 다녀오신 거고, 박물관에 대한 기대를 말씀해 주셨다. 목소리는 잘 안 들렸지만, 그의 힘없는 목소리에서 일종의 기대 따위가 나에게 전달되었다.

2015년은 그렇게 가고 있었다.

(4) 2016년 5월 18일

자료는 이제 대충 정리되었다. 나름 보니 콘셉트만 잘 잡으면 괜찮을 것 같다. 행정실 기사님들의 도움으로 옛날 의자와 그 옛날의 학교 종도 찾았고, 교장실에 있는 앨범들을 스캔하니 대충 자료는 충족되었다. 박물관 안에는 허연 장이 몇 개 들어왔는데, 그걸 보고 적지 않게 실망을 했다. 내가 원하는 게 아니어서이다. 약간 힘이 빠졌으나 추가로 유리장을 주문하기로 마음먹었다. 비용은 조금 들었지만, 이왕 하는 거 대충하기는 싫었다.

박대용 선생님을 시작으로 몇 분의 선생님이 자료를 보내 주셨고, 몇 분은 내가 직접 찾아가기도 했다. 대부분 희망고등학교에 대한 벅찬 애정과 감성을 가지고 계신 분들이었다. 그도 그럴 것이 그들에게 젊은 날은 모두 희망고등학교였으니 말이다.

2016년에는 퇴근을 박물관으로 거의 했다. 박물관에 한참 앉아 있거나 이것저것 보는 일에 시간을 보냈다. 일주일에 서너 번은 박물관에 앉아서 음악도 듣고, 책도 읽었으며 전시물도 보면서 나의 아지트 및 예술작품 감상실 정도로 사용하였다.

5월은 학교행사로 정신없었다. 나는 개교기념일에 즈음하여 박물관 개관식을 진행하려고 했다. 내가 가장 신경 쓴 부분은 퇴직 교사들을 오게 하는 것이었다. 그중에서도 수차례 나에게 전화를 걸고 진행 상황에 관심이 많았던 박대용 선생님이 오시느냐가 나에게는 중요한 일이었다.
"박대용 선생님, 혹시 5월 18일 개관식에 참석 가능하신지요?"
"허허, 그럼 내가 가야지. 내가…."

개관식을 앞둔 날 밤 나는 박물관에서 음악을 틀어 놓고 한 세 시간 정도 있었다. 아무도 모르겠지만, 사실 우리 박물관의 콘셉트는 영화 〈러브레터〉 + 〈내 마음의 풍금〉 + 〈시네마 천국〉이다. 유키 구라모토의 음악이 박물관을 감쌌다. 어느새 밤이 깊어 가고 있었다.

정적을 뚫고 전화가 울린다. Art Garfunkel 〈Traveling boy〉….
"이상훈 선생님이시죠?"
"네."
"박대용 선생님 집사람이에요."
"아, 사모님 안녕하세요." 불길하다. 불길하다.
"내일 박 선생님이 가기 힘들 것 같아서요."
"네? 무슨 일이라도?" 불길하다. 불길하다.
"박 선생님이 다리가 불편하고, 그 아침까지는 학교에 갈 방법이 없어요. 시내에 사는 딸아이도 출근을 해서 학교까지 데려다줄 사람이 없어요. 그냥 개관식 잘해 주세요."
잠시 머뭇거렸다. 다행이다. 다행이다.
"아, 사모님 저도 살아요. 어차피 출근길이니 들렀다가 모시고 갈게요. 걱정 마세요."
나는 ○○군에 살긴 산다. 그런데 그 선생님 댁과 나의 집은 30분 거리니 적어도 나는 6시에는 출발해야 한다.
○○군에서 학교까지는 1시간 걸리고, 아침에 미사가 7시 50분에 봉헌되니까 적어도 7시 20분에 도착해야 하니까 말이다. 그래도 다행이다.

내 눈이 떠진 건 5시다. 평소보다 30분 먼저 눈이 떠졌다. 오늘은 수영이고 뭐고 박대용 선생님 댁부터 가야 한다. 아침을 먹고 지하 주차장으로 가니 5시 40분. 너무 빠르다. 너무 빠르다. 새벽이라서 지금 가면 차가 하나도 안 막힌다. 차를 보았다 너무 더럽다. 너무 더럽다.

그래도 다른 사람을 태울 거면 청소부터 하자. 진공청소기를 가져다가 주차장에서 청소를 했다. 외부도 걸레로 깨끗하게 닦았다. 오랜만이다. 깨끗한 내 차.

6시가 되었다. 이제 출발이다. 박 선생님 댁 가는 길에 박물관 개관식 배경음악으로 쓰일 몇 곡을 틀어 보았다.

유키 구라모토 ― 〈Childhood days〉

Ennio Morricone ― 〈Cinema Paradiso〉

Patti Page ― 〈I went to your wedding〉

Nana Mouskouri ― 〈Try to remember〉

내 마음의 풍금 ― 〈연주곡〉

Patti 음악 대신 유키 구라모토의 〈A winter story〉를 추가했다.

박 선생님이 사시는 아파트는 자그마했는데, 아침이라 그런지 주차할 만한 곳이 없었다. 주차를 하고 전화를 드렸다.

벌써 일어나셔서 기다리신다. 내려오시는 데에는 한참의 시간이 걸렸다.

입구로 가서 정중히 인사드렸다. 지팡이를 짚고 계셨고, 다리가 불편해 보이셨다. 느릿느릿 걸으셨으며, 걸을 때마다 숨소리가 거칠어지셨다.

"와 줘서 고마워요." 사모님이 배웅을 하셨다.

"잘 모시고 가겠습니다." 선생님을 태우고, 학교 쪽으로 향했다.

음악을 살짝 틀었으며, 선생님과 대화를 나누기 시작했다.

"선생님은 왜 학교를 떠나셨나요?" 첫 질문이 이게 튀어나오다니, 나도 미쳤다.

"허허…, 그때 이 동네는 미군들이 다 휘젓고 다녔어. 애들을 생각하니 떠날 수밖에 없었다우. 그래서 자식 교육을 위해 떠났지. 교장이 날 가지 말라고 잡았지만, 자식들을 생각하면 안 떠날 수가 없었어. 지금은 자식들 다 키웠어. 자식들 다 잘되었어. 외국 간 자식도 있고 다 잘되었어."

"그러셨군요."

"이 선생은 학교 몇 년째인가?"

"아, 네 저는 이제 13년 차입니다."

"나는 희망고등학교를 잊지 못해. 사실 결혼식장이 없어서 학교 개교하기 전에 교실에서 결혼했어."

"학교에서 결혼식을요?"

"그래요. 그때는 예식장 잡기도 어렵고, 그래서 그냥 허락받고 교실에서 결혼했지. 허허."

'그렇군. 희망고등학교는 박대용 선생님의 학교이자, 예식장이자, 젊은 날의 전부였군.'

박대용 선생님이 왜 그렇게 희망고등학교를 못 잊어하시는지 이해가 되는 대목이 생기기 시작했다.

"혹시 지금도 연락되시는 분들 많이 계세요?"

"뭐 다들 어떻게 사는지 모르겠어. 죽은 친구들도 있을 거야."

귀가 어두우신 선생님께 크게 얘기하느라 목이 약간 아팠지만 그런대로 괜찮았다.

고속도로가 시원스럽게 나를 따라왔다. 학교에 도착하자 김 선생님이 교장실 앞 주차장에 나와 있었다. 내가 어젯밤에 후배 김 선생님에게 특별히 예우해야 할 선배님이 있다고 말해 놓았다. 김 선생님은 마치 대통령 정도의 높은 사람이 학교에 방문한 것처럼 차문을 열어 주고, 박대용 선생님을 친절하게 잘 안내했다.

(5) 남겨진 것들

스콜라관(가정관을 리모델링한 건물 이름) 봉헌식이 시작되었다. 스콜라관 앞에서 미사로 진행되었는데, 원로 교사 몇 분이 오셨고, 박대용 선생님과 포옹을 하고 계셨다. 다들 연세가 90이 가까우신 분들이라 움직임이 불편해 보이셨지만, 감정은 젊은 누구보다 또렷하게 느껴졌다.

30여 분간 스콜라관 봉헌식이 진행되었고, 이제 박물관 개관식이다. 나는 박물관 불을 다 켜고, 내가 준비한 음악과 영상을 틀기 시작했다.

사람들이 이제 막 올라오기 시작했다.

문을 열자마자 커다란 개교 기념사진을 볼 수 있게 배치해 놓았다.

박대용 선생님께 먼저 커다란 1953년 5월 21일 찍은 사진을 보여 드렸다.

"이분이 선생님 맞으시죠?" 대답이 없으셨다.

다만 고개를 끄덕였고, 눈빛이 흔들리고 있었다. 한동안 그 사진을 보고 만지기까지 했다.

그리고 천천히 박물관을 둘러보셨다.

5평도 안 되어 보이는 이 작은 박물관의 물품들을 꼼꼼히 둘러보셨다. 한참 동안 말없이 다들 둘러보셨다. 앨범도 들춰 보았고, 자신이 기증한 물품들을 다시 한번 보셨다.

그리고 내가 준비한 영상을 천천히 보셨다. 10여 분 분량의 이 영상은 희망고등학교의 과거, 현재, 미래를 보여 주는 영상으로 내가 몇 날 밤을 생각한 뒤 1시간 만에 만든 것이다. 만든 시간보다 생각이 훨씬 더 중요했다.

"언제든지 오셔도 됩니다. 박물관은 늘 열어 두겠습니다."

그러나 나의 이 말은 공허하기 짝이 없었다. 90세가 넘는 이분들이 스스로 학교를 다시 방문하기란 쉽지 않은 일이기 때문이다. 그렇게 오전이 갔고, 퇴직 원로 교사 선생님들은 교장실에서 차 한 잔을 드시고 다들 집으로 가셨다. 박대용 선생님은 시내에 사는 따님이 와서 모시고 가셨다.

이날은 학교 축제가 있는 날이라 더 정신이 없었고, 박물관 개관식을 마치고 나는 교무실로 와 한참을 앉아 있었다.

그리고 살짝 잠이 들었다. 피곤하기도 했고, 깊은 잠을 자고 싶다는 생각이 들었다. 그렇게 한참을 잤다.

전화벨 소리에 잠이 깼다.

"여보세요."

"이 선생님."

"아, 박대용 선생님."

"고마워요. 고마워요. 잘 보았어요. 잘 보았어요."

더 이상 아무 말씀을 안 하셨다.

"네. 와 주셔서 감사합니다. 건강하십시오."

나는 가슴 한구석이 갑자기 아려 왔다. 도대체 90이 넘으신 노인분에게 학교가 어떤 의미가 있었기에. 그분에게는 직장 이상의 무엇이었나 보다. 내가 아직은 알 수 없는….

그리고 또 1년이 지나갔다. 2017년이다.

"박대용 선생님, 이상훈입니다. 잘 지내시죠?"

"잘 안 들립니다. 크게 말씀해 주세요."

"아, 네 이상훈입니다. 건강하신가요?"

"아, 이 선생. 난 잘 지내오, 다리가 아파 외출을 못 합니다."

"네, 건강하신지요?"

"괜찮습니다."

"박물관은 잘 보존되고 있습니다. 학생들도 많이 와 보곤 합니다."

"그래요, 다행이네요."

"그럼 건강하십시오."

몇 마디 나누지 않았지만, 그분이 나에게 보내는 고마움의 표시는 수

화기 너머에서도 충분히 느낄 수 있었다. 나도 늙어 갈 것이다. 그리고 늙어 가고 있다. 늙어 감에 대해 두려움은 없지만, 지금 내가 느꼈던 이런 감정들에 무뎌질까 그게 제일 두렵다.

그래서 무뎌짐이 찾아올 때마다 나는 이 박물관에 와 볼 생각이다. 여기에는 박대용 선생님의 흔적이 그리고 나의 흔적이 계속 남아 있을 것이다.

추신) 2022년 5월 20일 금요일 오후 5시 26분, 박대용 선생님이 나에게 문자를 했다. 핸드폰은 박대용 선생님 것이 맞는데, 문자는 사모님이 쓰신 거다. "박대용 선생님이 오늘 천국 가셨습니다."
나는 운전을 하고 가다가 길 한편에 차를 세워 두고 한동안 가만히 있었다.

독자평

"책을 덮고 나는 울었다. 책을 읽고 울어보기는 처음이다."_phj27**

"학교 이야기지만, 결국 인생 이야기. 철학자의 깊은 이야기보다 더 큰 울림을 주는 이야기."_frauhy**

"교사가 선(善)이 아님을 솔직히 고백한 책은 처음이다."_sangta**

"교사인 나를 힘들게 한 건 학생도 학부모도 아니었다. 소시오패스 교장, 쓰레기 교감, 그리고 괴물 같은 교사들이었음을 다시 한번 알게 되었다."_lee****

"그 어떤 책도 학교를 그리고 교사를 이렇게 적나라하고 날카롭게 분석하지는 못했다."_jje**

"교사가 교사를 비판하는 아이러니 속에서 가슴에는 잔잔한 감동이 밀려온다."_manmany***

"학생, 학부모, 교사 모두 반드시 읽어야 할 학교지침서."_gmw46**

"이 책을 읽지 않고, 학교를 교사를 논하지 말라."_ideas**

"교육을 이론이 아닌 현실로 배웠어야 했다. 그동안 내가 만난 교사들의 모습을 너무 사실적으로 그려 마치 내가 쓴 책 같았다."_bangwo**

"그동안 알지 못했던 선생님들의 민낯. 선생님을 비판하는 당사자가 현직 선생님이라 더 리얼한 이야기."_star29***

"학교와 종교가 묘하게 닮아있음을 드러낸다. 그나마 좋은 교사와 좋은 종교 지도자가 있어서 지금도 사회는 굴러간다."_gm68**

"초년시절부터 교사로서 성장하기까지의 처철한 생존기로 인간의 추악함과 다양함을 엿보게 된다. '나도 누군가에겐 소시오패스였던가?' '21세기의 학교를 여전히 20세기에 갇혀 사고하였는가?' 되묻는 시간이며, 이 땅의 힘들어하는 교사들을 위한 헌사이다."_2sunsang***

"인물들의 관계가 묘하게 우리 학교와 너무 닮아 있다. 이 책을 읽으면서 계속해서 나에게 물었다. 나는 괜찮은 교사인가. 건강한 교사인가. 인생은 계속되는 선택이라는데 주인공의 선택을 보고 나는 저 상황에서 어떤 선택을 할 수 있을까 생각하니 소름이 끼쳤다."_vitti**

짧은 추천사

작가보다 조금 일찍 교직 생활을 시작해서 그런지 나의 현실은 훨씬 가혹했다는 생각이 든다. 그럼에도 불구하고 작가처럼 끝까지 내가 교직을 놓지 않은 이유는 선한 동료 선생님들과 아름다운 학생들 때문이었다.

교사는 스스로 부끄러움을 알아야 하며, 다른 사람에게는 부끄럽지 않은 사람이어야 한다는 나의 지론은 지금도 유효하다. 교사로서 교장으로서 부끄러움을 알고 다른 교사들에게 부끄럽지 않게 살아야 함을 이 책을 통해 다시 한번 깨달았다.

대한민국의 평범한 교사였던 인물의 정의로운 선택과 행동에 감동 받았으며, 작가를 우리 학교에 초대해서 더 자세한 이야기를 듣고 싶어졌다.

— 파주중학교 교장 이혁규

학생으로 학교를 다닐 때부터 교사로 학교에 근무할 때까지 만났던 다양한 선생님들의 이야기를 때로는 공감의 미소를 지으며 때로는 뜨끔뜨끔 찔리는 마음으로 읽었다.

반면교사(反面教師)라는 말에 나의 제자가, 나의 동료가 그렇게 나를 생각하지 않았으면 좋겠다는 생각을 갖게 되었다. 앞으로 아픈 선생님과 나쁜 선생님이 아닌 건강한 선생님, 좋은 선생님이 되어야겠다는 다짐도 해 보게 되는 책이다.

— 경일관광경영고등학교 교장 임운영

초등학교 교사로서 내가 경험했던 학교들에 대한 사실적인 묘사에 깜짝 놀랐다. 이 책을 읽으면서 나는 어떤 교사로 아이들에게 동료 교사에게 기억될까 생각하니 지금 현재 나의 존재에 대해 갑자기 엄숙해짐을 느꼈다. 그리고 이 책의 주인공처럼 열정적이고 선한 교사가 살아 있다 생각하니 다행이라는 마음이 앞섰다.

오랜만에 시원하기도 슬프기도 한 책을 읽었다. 이 책은 대한민국 교사라면 반드시 읽어야 할 책일 뿐 아니라, 현실을 살아가는 우리 모두에게도 좋은 책이 될 것이다.

— 어람초등학교 교사 이용범

우리의 삶이 늘 그렇듯 선택의 기로에서 무엇을 선택하든 오롯이 자신의 몫으로 남는다. 그것이 옳은 선택이든 그렇지 않은 선택이든….

교사라는 직업을 선택하려거나 이제 갓 교사의 길에 접어든 선생님들에게 이 책의 소소한 에피소드에서 과연 어떤 선택이 교사로서 옳은 것인가에 대한 길잡이가 되어 줄 것이다.

— 의정부공업고등학교 교사 윤명현

이 책은 학생과 교사로서의 삶을 모두 경험한 선생님의 시선을 통해 우리나라의 학교 현실의 상처를 아프게 드러낸다. 그러나 저자는 그 상처를 보듬고 더 좋은 교육을 위해 무엇이 필요한지 이야기하고 있다. 그 대화의 장에 교육에 관심 있는 모든 분들을 초대하고 싶다.

— 이산고등학교 교사 이동배

다양한 교육적 경험을 갖고 교사로서의 교육적 여정을 세밀한 시선으로 풀어내고 있는 '나의 사적인 학교'는 교사로서의 길을 준비하는 예비 선생님, 오랜 교실에서의 경험과 자칫 매너리즘에 빠진 선생님들에게 첫 마음을 회복하는 충분한 책이 될 것으로 믿어 의심치 않습니다.

여러 가지 어려움에 직면해 있는 대한민국의 교육이 충분히 해 볼 하다는 의미와 가치를 이 책을 통해 충분히 발견할 수 있을 것으로 생각합니다. 이후에도 저자이신 이상훈 선생님의 다양한 경험과 교육적 시선이 우리들에게 지속적으로 전달되길 바라며, 교육에 대해 관심을 갖고 있는 많은 분들이 이 책을 통해 교육에서의 희망과 초심을 되찾을 수 있기를 기대하며 이 책을 추천합니다.

— 충훈고등학교 교사 최상권

40대 이상이라면 누구나 정말 실감나게 공감하는 학교의 풍경을 담은 전반부, 현재의 교직 문화를 날카롭게 비판하는 중반부, 그리고 영화보다 더 영화 같은 후반부. 교사라면 이 책을 보기 시작하면 중간에 책을 놓을 수가 없다.

— 신나는학교 교사 이필규

한 사람의 처절한 생존기를 생생하게 엿보게 되는 글이었습니다. 부조리했던 과거와 여전히 변하지 않는 현실을 보며 쓸쓸함도 보게 되네요. 한편으로는 나를 바라보며 내가 얼마나 행복한 사람인지 느낄 수 있었습니다.

현재 교사로 근무하면서 부조리했던 교사들의 모습을 보며 타산지석을 삼으며 반면에 나도 누군가에게 그런 존재일 수 있겠다는 생각이 들었습니다.

어떤 이는 부조리한 교사의 모습을 보면서 어떤 이는 정반대의 교사의 모습을 보면서 꿈꾸게 되는데, 나는 후자라서 정말 다행이구나라고 생각했습니다.

이 땅의 힘들어하는 교사들이 한 번쯤 읽으면, 함께 공감할 수 있는 글로 꽉 채워진 스펙터클한 책입니다.

— 유신고등학교 교사 이진석

'나의 사적인 학교' 추천의 글

이천 다산고등학교 교장 최우성

1. 교육의 본질을 되돌아보는 감동적인 자기 고백

이상훈 선생님의 '나의 사적인 학교'는 단순한 자기 고백을 넘어, 교육의 본질에 대한 깊은 성찰과 깨달음을 선사하는 감동적인 작품입니다. 저자는 학생 시절 겪었던 억압적인 교육 환경과 교직원들의 비교육적인 행위를 생생하게 묘사하며, 독자들에게 아직도 이런 학교가 존재하는지 의구심을 갖게 만듭니다. 이를 통해 저자는 진정한 교육이 무엇인지, 그리고 교육자로서의 역할은 무엇인지에 대한 깊은 고민을 드러냅니다.

2. 교육의 이상과 현실 사이에 대한 날카로운 비판

'나의 사적인 학교'는 교육의 이상과 현실 사이에 존재하는 엄청난 간극을 날카롭게 비판합니다. 저자는 교육이라는 이름으로 학생들을 억압하고 착취하는 현실을 고발하며, 진정한 교육은 학생들의 성장과 발전을 위해 존재해야 한다는 것을 역설합니다. 또한, 교육 현장에서 만연한 부조리와 비윤리적인 행위를 폭로하며, 교육 개혁의 필요성을 절실하게 訴합니다.

3. 정의와 진실을 향한 용기 있는 목소리

'나의 사적인 학교'는 정의와 진실을 향한 용기 있는 목소리가 가득 담긴 작품입니다.

저자는 개인적인 안전과 불이익을 무릅쓰고, 교육 현장의 어두운 면을 낱낱이 밝혀냅니다. 이를 통해 독자들에게 진정한 교육의 가치를 일깨워주고, 사회 변화를 위한 용기를 북돋아줍니다.

4. 교육계 종사자들에게 필독의 서적

'나의 사적인 학교'는 교육계 종사자들에게 필독의 서적입니다. 저자의 경험과 성찰은 교육 현장의 문제점을 이해하고 개선하는 데 큰 도움이 될 것입니다. 또한, 진정한 교육자로서의 자세와 역할에 대해 다시 한 번 생각해보는 계기가 될 것입니다.

5. 교육에 대한 관심 있는 모든 사람들에게 추천하는 책

'나의 사적인 학교'는 교육에 대해 관심 있는 모든 사람들에게 추천하는 책입니다. 이 책은 우리 사회의 교육 현실을 이해하고, 더 나은 교육을 위한 변화를 모색하는 데 중요한 역할을 할 것입니다. 또한, 꿈과 희망을 잃지 않고 살아가는 삶의 의미를 찾는 데 큰 도움이 될 것입니다.

나의 사적인 학교
(My private school)

ⓒ 이상훈, 2024

초판 1쇄 발행 2024년 7월 18일
   2쇄 발행 2024년 8월 23일

지은이	이상훈
펴낸이	이기봉
편집	좋은땅 편집팀
펴낸곳	도서출판 좋은땅
주소	서울특별시 마포구 양화로12길 26 지월드빌딩 (서교동 395-7)
전화	02)374-8616~7
팩스	02)374-8614
이메일	gworldbook@naver.com
홈페이지	www.g-world.co.kr

ISBN   979-11-388-3357-8 (03810)